JOSE **LUNA**

RELATOS DE LO SUTIL

SALTOAL**REVERSO**

RELATOS DE LO SUTIL
© JOSE ANTONIO LUNA MORILLO, 2025

ISBN: 9798991476423

joselunamorillo.com
relatosdelosutil.com
mapasestructuralesinnatos.com

SALTOAL**REVERSO**

De esta edición:
Editorial Salto al reverso, 2025
editorialsaltoalreverso.com

Primera edición: enero de 2025

Prólogo: Santiago Otero Mondéjar
Diseño de portada: Fiesky Rivas

Si...

Si puedes mantener la cabeza en su sitio cuando todos a tu alrededor
la pierden y te culpan a ti.
Si puedes seguir creyendo en ti mismo cuando todos dudan de ti,
pero también toleras que tengan dudas.

Si puedes esperar y no cansarte de la espera;
o si, siendo engañado, no respondes con engaños,
o si, siendo odiado, no incurres en el odio.
Y aun así no te las das de bueno ni de sabio.

Si puedes soñar sin que los sueños te dominen;
Si puedes pensar y no hacer de tus pensamientos tu único objetivo;
Si puedes encontrarte con el triunfo y el desastre,
y tratar a esos dos impostores de la misma manera.

Si puedes soportar oír la verdad que has dicho,
tergiversada por villanos para engañar a los necios.
O ver cómo se destruye todo aquello por lo que has dado la vida,
y remangarte para reconstruirlo con herramientas desgastadas.

Si puedes apilar todas tus ganancias
y arriesgarlas a una sola jugada;
y perder, y empezar de nuevo desde el principio
y nunca decir ni una palabra sobre tu pérdida.

Si puedes forzar tu corazón, y tus nervios y tendones,
a cumplir con tus objetivos mucho después de que estén agotados,
y así resistir cuando ya no te queda nada
salvo la voluntad, que les dice: ¡Resistid!

Si puedes hablar a las masas y conservar tu virtud.
O caminar junto a reyes, sin menospreciar por ello a la gente común;

Si ni amigos ni enemigos pueden herirte;
Si todos pueden contar contigo, pero ninguno en exceso.

Si puedes llenar el implacable minuto,
con sesenta segundos de diligente labor.
Tuya es la Tierra y todo lo que hay en ella,
y —lo que es más— ¡Serás un Hombre, hijo mío!

RUDYARD KIPLING, 1895

CONTENIDO

ESTE LIBRO SE COMENZÓ A ESCRIBIR EL 21 DE JULIO DE 2022 A LAS 8:22 DE LA MAÑANA EN MADRID.
PUBLICADO EN CIUDAD DE MÉXICO EL 1 DE FEBRERO DE 2025.

BIENVENIDOS A JOSE LUNA

PRÓLOGO

CONOZCO A JOSE ANTONIO LUNA MORILLO de *siempre*. Pasamos nuestra infancia intentando emular a Oliver y Benji, elevados a la categoría de mito, muy por encima de nuestros héroes futbolísticos. Conforme cruzábamos la pubertad entre lecturas, apuntes e innumerables conversaciones, compartimos infinitud de confidencias que azuzaban la esperanza de un mundo mejor y un futuro prometedor.

Él, sin duda, consiguió esto último, pero para entonces hacía tiempo que yo no le acompañaba. El destino bifurca nuestras vidas sin un mísero letrero de advertencia a los ilusos caminantes. Con nuestra llegada a la universidad comenzaríamos una larga travesía por los desiertos de la ausencia y del silencio, prolongada tortuosamente durante años.

Cuando volvimos a reencontrarnos casi dos décadas después, Jose Antonio ya había emprendido un viaje iniciático de consecuencias tan imprevisibles como inesperadas. Con palabras sutiles y apocadas sonrisas, pero con una resistencia estoica, nos hizo partícipes de su empeño por transformar el mundo, aun cuando aquello le privase de una vida holgadamente placentera. Había decidido aceptar *el encanto de la imperfección, de lo simple, de lo fácil, de lo natural, de lo modesto, de lo humilde*, frente a la obscenidad egocéntrica, material y consumista que nos engulle como un agujero negro.

Decidió, pues, desprenderse de las cadenas que le impedían alcanzar su propio ser, a costa de conocer *los confines de la locura* durante sus retiros del mundo. Su alma había alcanzado una elevación mística propia de aquellos que han sabido sumergirse por igual en la ciencia y en la fe, en el conocimiento del universo y del ser humano, en los libros y en los viajes, en las culturas y en sus religiones, en la astronomía y en la belleza natural. A partir de entonces adoptó la posición nihilista en la que la hospitalidad sería su única amistad.

Por todo ello, *Relatos de lo sutil* es un testamento vital, un libro de ciencia, un cuento, una llamada a la valentía, un canto a la vida. Es una obra con carácter expiatorio, donde la voz de Jonás Lucero Martín no es sino el alter ego de Jose Luna Morillo: *me decidí a contar la historia de mi vida.* A través de un Jonás profético nos sumergiremos en un periplo por lo más profundo de su subconsciente, *explorando el poder, la destrucción, la muerte y la transformación, pero, sobre todo, la vida misma en la plenitud de la muerte.*

Intentar desgranar y explorar el vasto universo del ser humano significa, inevitablemente, dolor. Pero también amistad, locura, amor, trascendencia, misticismo, muerte y resurrección. ¿Qué significa existir? ¿Algo de nuestro destino está predestinado genéticamente? ¿Qué parte, en cambio, se despliega al albur del misterio mismo de la vida? A lo largo de las cinco partes que conforman este libro encontraremos no una sino múltiples respuestas, configurando algo así como un mundo poliédrico que nos hará *cuestionar, desafiar y buscar nuevas formas de pensar y de actuar.*

Relatos de lo sutil, en definitiva, no es una amalgama de historias inconexas sino una invitación a explorar los límites entre la realidad y lo intangible. Los diversos relatos ofrecen al lector una nueva cartografía de la existencia humana, una que no se limita a la biología ni a la espiritualidad, sino que las abarca ambas en un delicado equilibrio. Por todo ello, hallarán en sus páginas la sublimación de lo onírico.

Hipnotizado por la última luna de agosto, les invito a descubrir a Jose Luna. Alguien que no es sino un Jonás resucitado.

Disfruten de este viaje hacia lo sutil…

Santiago Otero Mondéjar. Un amigo… cualquiera
Agosto de 2024

Oscuro, para que todos atiendan;
claro como el agua, claro,
para que nadie comprenda.
ANTONIO MACHADO, 1912

I. EL AMIGO

*La idea de reconocer una misión cuando esta llega crece
a partir de encuentros personales con gente cuyas vidas
y misiones son congruentes, genuinas y están implicadas
en el servicio. hay muchas buenas causas para implicarse,
pero la misión a la que me refiero lleva escrito su nombre,
escrito de tal manera que solo usted sabe que es la suya. es
algo a lo que usted se presta voluntario. asumir una misión
es uno de los aspectos de la individuación, de ser auténtico
con uno mismo, de hallar un camino que surge del corazón
o de la vida elegida. es trabajar con el alma. y como muchos
que empezaron con algo pequeño, pero con sentido, podrán
decirle, siempre se va paso a paso.*

JEAN SHINODA BOLEN

Más vale un juicio que ninguno. Si nos adentramos en el arriesgado camino del autoconocimiento, ese viaje hacia lo que denominan «uno mismo» y, por extensión, hacia el «tú», cargaremos con la pesada responsabilidad de haber transmutado desde la crisálida del ser humano *prepersonal* a su posterior eclosión como la más bella de las mariposas de alas de cristal, o, lo que es lo mismo, como persona consciente. Esta metamorfosis no estará libre de sus inevitables y, a la vez, exquisitas repercusiones. Cada paso en este proceso conllevará tanto el dolor del crecimiento como el placer de la realización, en un equilibrio delicado y delicioso.

En épocas de desconexión de nuestro ser esencial, comprobaremos por nosotros mismos que la gran mayoría de estas secuelas serán molestas e inoportunas; sin embargo, siempre llevarán, en su propia naturaleza, toda la información que codifica el momento presente como algo inequívoco e irremediable.

Hace unos meses se me solicitó, por parte de este buen amigo nuestro, que escribiese mi supuesta historia, pese a mi convencimiento inicial de que nada especial podría ser extraído por alguien de ella, al ser, sin duda, mi vida una entre tantas otras y yo, un ser invisible, insignificante y minúsculo, que a muy duras penas era capaz de lidiar con los problemas más terrenales y desdeñables de mi sencilla y modesta existencia.

Pareciera que mi tan querido compañero nunca entendió demasiado del arte de escribir, pese a que se definía a sí mismo como un pensador y un escritor un tanto *underground*, y es que, sin lugar a dudas, ese era su hábitat. Tenía una fascinación casi poética por la grandeza, idealizando las acciones que, en su interioridad, se vestían con la posibilidad de convertirse en hazañas dignas de un héroe legendario. Pero en este pedido, en su fe ciega en el valor de mi historia, residía la esencia misma de su carácter: la capacidad de ver en lo mundano el germen de lo extraordinario.

Era como si su alma estuviese impregnada de un aire mágico que dotaba de un aura de majestuosidad a cada acto cotidiano. Por supuesto, imaginaba, con la fantasía desbordada, que yo no tendría más que encender mi portátil y, en algunas semanas, el relato se crearía por sí solo, como si hubiese algo mágico y espiritual en nosotros dos y en su visión poética, quizás demasiado idealista y utópica de la vida, con sus causalidades y sincronicidades propias; como si de verdad todo esto tuviese alguna importancia manifiesta en algo tangible o no.

La tarde en la que, sin ningún tipo de rodeo posible y tan directo como acostumbraba a mostrarse en su relación con otros, me sumergió por completo en este nuevo proyecto suyo, nos encontramos en *Cafelito*, cuyo llamativo establecimiento solíamos visitar con deleite en cada paseo por las vibrantes calles del barrio madrileño de Lavapiés.

La dignificación que los dueños del lugar hacían del café siempre nos emocionaba. Algunas veces resonaba en nosotros de manera que rozaba lo extraordinario, conectando con nuestro momento vital. Pero, como una inevitable antítesis, había también muchas otras veces en las que se nos revelaba, de frente y sin rodeos, el camino que, sin posibilidad de retorno, habíamos vuelto a perder. Y lo aceptábamos, sin objeciones ni lamentos, con una profunda y serena aceptación, como quien entiende que el cauce de un río encuentra siempre su destino en el mar.

En aquel delicado y fresco lugar, el café se molía al momento, a veces con cardamomo y canela, y otras tantas con jengibre, vertiendo un tostado, amargo y alcaloide aroma de taciturnas y largas esperas no deseadas. Estos alquimistas, hermosos, pulcros y bondadosos como eran, ponían al servicio de la vida todo su amor por aquellos granos seleccionados uno a uno, que manipulaban con un cuidado casi sagrado, como si del mismo Sudario de Turín se tratase, y ellos albergaran en su interior a dos piadosas monjas dominicas, imbuidas del misterio.

Justo ahora, soy consciente de que el encuentro con ellos en esa tarde de sombras prolongadas, con nubes pesadas y densas, violáceas y grises, imponentes y ancladas en el cielo, fue decisivo para considerar lo que mi inseparable compañero iba a proponerme. A pesar de que en aquella época me aferraba a la creencia de que sin ideas fijas no se podía escribir un libro, algo en mí comenzó a ceder.

Decidí entonces contar la historia de mi vida. Pero, al hacerlo, solo pude articular afirmaciones inmediatas, limitándome a narrar episodios e historias. Si fueron verdaderas o falsas, eso no importó. La cuestión radicaba en que aquel relato constituía mi verdad.

En el fondo, solo me parecen dignos de ser contados los acontecimientos de mi vida en los que el mundo inmutable incide en lo mutable. Por eso, privilegio los acontecimientos internos como temática preeminente. En comparación, los recuerdos efímeros de viajes, encuentros personales, escenarios urbanos y anécdotas adyacentes palidecen. Así, la memoria de lo externo se difumina, dejando espacio para los encuentros con realidades alternativas y las profundas impresiones del inconsciente, grabadas con una huella imborrable en mi memoria.

No obstante, no os engañaré: alberguéprofundas dudas, y solo su persistente insistencia, junto con el vasto amor y admiración que sentía por él, lograron convencerme. Me agrada pensar que mi vacilación inicial ante su petición está vinculada a una de las dos cualidades —o defectos, según se mire— que compartimos.

En primer lugar, ambos mantenemos la convicción de que nuestra vida no merece ser relatada, no porque nos consideremos menos valiosos o importantes que los demás —suponiendo que existiera alguna distinción tangible entre unos y otros—, pues sin duda, no la hay. Por el contrario, sostenemos que todas las personas disfrutamos de una romántica y deliciosa insignificancia, casi divina, que se encuentra albergada en cada ápice de nuestro ser. De este modo, no hay, en esencia, nada de gran singularidad que narrar sobre uno mismo, por muy extraordinarios que algunos intenten aparentar ser en este infame y normalizado teatro de máscaras goffmanianas, donde reinan los juegos de poder, los espejos distorsionados, las proyecciones vanas y el perpetuo afán del sacar provecho.

En realidad, creo que ya solo escribe por el regalo de leerse a sí mismo. Nunca ha pretendido alcanzar relevancia alguna antes de marcharse de este mundo, del que dice despedirse en un adiós constante, cada vez más sereno y pausado; cada instante más compasivo y agradecido.

En este sentido, siempre lo he percibido como un humilde pintor que crea la más perfecta de las obras y acepta, sin resignación, la ausencia de la más mínima repercusión posible. Sus escritos son un conjunto de exquisitas obras de orfebrería narrativa, de pequeñas fotografías de su alma; textos elegíacos llenos de encanto, de cuidada estructura y engañosa sencillez que, de forma curiosa, parecen provenir de otro tiempo pasado o quizás, por venir. Pienso que solo el mundo que él describe debería existir.

En segundo lugar, se manifiesta nuestra eterna contradicción, sin duda el rasgo que más nos une, aunque debo admitir que jamás podría siquiera aspirar a alcanzar el caótico extremo al que él llega. Es difícil imaginar a un ser humano más contradictorio y enrevesado que mi querido amigo.

En este contexto, entre todos los principios fundamentales de la filosofía griega, el principio de contradicción se erige como el más implacable, pues desempeña un rol crucial en el proceso de pensar, conocer y, en última instancia, alcanzar la sabiduría. Este principio nos revela una verdad elemental: cuando abstraemos el cambio de un objeto determinado, ese objeto no puede, bajo ninguna circunstancia, exhibir al mismo tiempo propiedades que se excluyan entre sí.

Tanto mi apreciado amigo como yo mismo nos podemos considerar unos buscadores zigzagueantes que recorren, muchas veces a duras penas, el sendero menos confortable de la vida, deshaciendo en ocasiones nuestros propios pasos y probando sin cesar dónde el terreno es firme y dónde, por el contrario, nuestros pies se hunden.

Es por todo esto que él escribe, compone, interrelaciona, reflexiona y engendra. Su alma es una impecable central de reciclaje, capaz de transformar los razonamientos venenosos y los tormentos tóxicos, y de transmutar la inmensa melancolía y la tristeza de su anciano y abrumado espíritu en la más deliciosa y noble creación transpersonal, siempre puesta al servicio del otro.

Después llegará el autosabotaje impuesto y la queja plañidera, y con ellos, nuevos suplicios, nuevas culpas, nuevas angustias, nuevos errores, nuevos reproches, nuevos dolores, nuevos temores. Mucho de obcecaciones, deslices y crueldades, en los que se sumergía durante horas de inagotable agonía, sin alcanzar a vislumbrar una posible escapatoria. ¡Continúa apretando los dientes y tragando saliva, mi viejo amigo! ¡Prosigue engañándote y contándote cuentos! ¡Sigue martirizando tu afligido y apesadumbrado corazón! ¡Persiste con terquedad en quebrar, para siempre, tu inestable y neurótica razón!

No es casualidad que estos ojos hayan presenciado sus incongruencias y paradojas en forma de misteriosos y disparatados incendios de nieve glaciar más de una vez, desde Oimiakón a Karachi, contemplando cómo poseía el innato don de curar con el más despreciable e infame de los puñales a desdeñables seres que habitaban la otra ribera de la vida y cómo, por el contrario, hería de muerte a las personas más inocentes, sensibles, puras y amadas, utilizando terribles falacias, deshonestas maniobras, malintencionadas preguntas, ruegos lastimeros y lamentos desesperados, como si usara el más puro y traicionero de los suspiros.

Ambos seguimos evocando y alimentando, en los rincones más profundos de nuestro inconsciente, aquel instante preciso en el que salvó una vida que hacía tiempo había dejado de serlo; una psique sombría y desolada, donde los pensamientos se enredaban como zarzas de Sierra Morena en una maleza espesa; un alma convertida en una prisión de sombras y laberintos, con paredes levantadas a partir de miedos, dudas y la más honda desesperación; una sensibilidad extrema, desajustada para enfrentar un tiempo cruel; una incapacidad evolutiva, evidente para todos, que le impedía adaptarse al mundo que, por desgracia, seguía habitando y, sin saberlo, cocreando.

No faltaron —bien lo sabe mi querido amigo— insufribles y angustiantes daños colaterales, derivados de esa determinante acción que marcaría el devenir de su existencia, loable sí, pero igual de nefasta y luctuosa. Un no menos amargo —por ser repetido una y otra vez— boicot a su vehículo de consciencia, cada vez más puesto al límite de lo soportable.

Una nueva decisión autodestructiva que trajo de vuelta *todo lo malo* y, como tal, despertó al penúltimo Leviatán, cuya existencia se remontaba al quinto día de la creación. Majestuoso, como era, con sus hachones de fuego provenientes del mismísimo fin y sus serpenteantes y poderosas siete cabezas y que hasta entonces se encontraba agazapado en los vestigios del volcán Laki, cuyos efluvios de azufre, nitrógeno, fósforo, salitre, escoria, arena y ceniza fueron los causantes de las más horrendas tinieblas jamás conocidas por el ser humano, causando la angustiosa muerte de un cuarto de la población de Islandia en 1783.

Por azar, la vida me condujo hasta él, Jonás Lucero Martín, en un seminario al que ambos asistimos, muchos años atrás, titulado «Bioenergética y ensueño dirigido», que tuvo lugar durante más de veinte sesiones en un minúsculo pero agradable local del tumultuoso Barrio de las Letras, en Madrid. A tan solo unos pasos de la Taberna Mariano, un rincón que pronto se convertiría en nuestro refugio habitual, forjamos una conexión que marcaría nuestras vidas de manera irrevocable.

Desde el primer instante me encontré con un hombre que jamás se mostraba sociable, al contrario, nunca antes en mi camino había observado en ninguna otra persona una insociabilidad tan marcada. Era un ser enigmático y peculiar que, pese a ello, no se movía con el temor y la vacilación de quien se había acostumbrado a recibir muchos golpes. Por el contrario, su actitud era firme y decidida, lo que indicaba que su realidad estaba forjada con determinación y un férreo sentido de confianza en sí mismo. Aunque su forma de ser parecía oculta tras un velo de secretismo, la seguridad y serenidad que desplegaba con cada movimiento eran inspiradoras. Sin lugar a dudas, Jonás era uno de esos contados grandes hombres que te salvan sin ni siquiera darse cuenta.

Me resultaba paradójico que, a pesar de encontrarnos en un ambiente minoritario, junto con otras personas que también podían escapar de lo mal considerado «normal», Jonás fuera percibido por los demás como un ser extraño, misterioso y singular, perteneciente, sin duda, a mundos ancestrales y arquetípicos, muy alejados de aquellos en los que nos hallábamos. Cuanto menos excéntrico trataba de ser en aquel mundo distópico, más se lo hacían parecer. No obstante, todos procedíamos del mismo abismo.

Encarnaba, para mayorías y minorías, las cualidades atribuidas a un náufrago, un extraterrestre o un vagabundo, incluso en los espacios en los que, de manera ingenua, dictaminaba yo, debería ser una figura importante, alguien a quien seguir y escuchar. Sin embargo, incluso allí, su relevancia y su capacidad para ser visto eran inapreciables. Supongo que él tampoco parecía estar interesado en malgastar su tiempo y energía demostrando su enorme valía a otros seres humanos que no tenían la capacidad de apreciar su incalculable valor. Esta fue la mayor de mis sorpresas en nuestro primer encuentro.

Mi amigo jamás sería uno de esos autores que prometen ansiosos un encuentro con sus lectores en la próxima presentación de su libro. Despreciaba el tiránico totalitarismo de la autoexhibición, negándose a ser un producto de su propia obra. Rehuía convertirse en un eslogan de sí mismo, evitando caer en la maquinaria de la autoexplotación. Este rechazo lo condenaba a las sombras del olvido. Elegir mantenerse al margen de esa lógica significaba abrazar un aislamiento casi total, donde las posibilidades de ser descubierto o reconocido se desvanecían.

De forma sorprendente, la soledad le concedía una libertad insospechada, que se alejaba de lo alegórico. Sin la carga de tener que satisfacer o contentar a una multitud de seguidores, su creatividad emergía sin restricciones, retando las convenciones y aventurándose en territorios vírgenes.

El anonimato y la imperceptibilidad no eran una mera circunstancia en él. Yo mismo también fomentaba mi propia invisibilidad, que, por otro lado, era evidente para todos. Con el tiempo, y bajo su influencia, aprendí que, junto con la soledad, la inactividad y el silencio, constituían las claves de una mente clara y albergaban los deliciosos secretos de la búsqueda del «yo».

Recuerdo con intensidad aquellos días de mi niñez, cuando, con la maestría de un pequeño escapista, me deslizaba fuera de la vista de los adultos al menor descuido. Me refugiaba en recovecos secretos, convencido de que la invisibilidad era mi aliada fiel. ¿Y para qué? Para sumergirme en aventuras fantásticas junto a mis dos compañeros de juegos, seres imaginarios con nombres tan excéntricos como intrigantes: Ole y Lei. Fuera del alcance de mi madre, acababa rendido y exhausto, durmiendo en el rellano de alguna casa vecina, ante el asombro y la preocupación de sus desconfiados dueños, que enjuiciaban mis rarezas, y de mis desorientados padres.

En aquellos momentos de juego, sin duda era yo mismo, estaba a solas conmigo. De esta manera, aprendí mucho más sobre mí mismo de lo que podría haber aprendido en miles de horas lectivas en los numerosos centros educativos y académicos a los que asistí, donde la gran mayoría de maestros y profesores desconocían por completo todo acerca de sí mismos —y como es reconocido por todos, no se puede dar lo que no se posee—.

Por lo tanto, se puede decir que en la etapa de la infancia reside una sensibilidad que permanece latente en cada niño, aunque no todos logren desarrollarla con la misma intensidad y delicadeza. En muchos, esa sensibilidad se desvanece demasiado pronto, incluso antes de que hayan aprendido a trazar las primeras letras, como si jamás hubieran conocido su existencia. No obstante, en otros, perdura durante mucho tiempo, y algunos afortunados logran conservar un destello y una repercusión de ella hasta los días postreros, cuando el cabello se ha tornado blanco y los años han esculpido sus cuerpos en cansadas reliquias del tiempo.

Todos los niños, mientras mantienen el secreto de la sensibilidad guardado, se sumergen de manera incesante y con todo su ser en el único asunto crucial: ellos mismos y las enigmáticas conexiones que se entrelazan entre su ser individual y el vasto mundo que los rodea. Esta etapa se encuentra relacionada con lo personal y lo transpersonal de forma inconsciente. Con el paso de los años, algunos sabios y buscadores de la verdad, valiéndose de la base cognitiva alcanzada con la madurez, regresan a esas ocupaciones de la infancia. Esta fase se encuentra relacionada con lo transpersonal, aceptado de manera consciente.

En este sentido, la fantasía de invisibilidad y de inexistencia que acogía en mi ser desde una edad temprana no era más que un decidido impulso innato de autoconocimiento, entendido como una bella forma de reconciliarme con mi esencia, instigado de forma natural por mi inconsciente.

En cambio, los seres humanos más visibles y reconocidos —aquellos que algunos llaman famosos y muchos otros confunden con exitosos— afrontan enormes dificultades para conectar con su esencia más profunda. La constante exposición y la hipersocialización los alejan de la humildad, de su propio ser y, por ende, de lo imperceptible.

Es por ello que Jonás, quien, pese a ser un individuo lleno de contradicciones y cambios impredecibles, basó toda su existencia en la búsqueda de la congruencia vital y el férreo seguimiento de sus valores. Nunca aceptó impartir ningún seminario, conferencia o curso, aunque tuvo incontables oportunidades, quizás nacidas de otros visionarios y librepensadores que, como si poseyeran el ojo de un vidente, sabían a quién debían admirar de verdad, como los auténticos herederos de Gabriel Albert Aurier.

Su renuncia al reconocimiento de la mayoría y a lo que la sociedad, con su ceguera colectiva, llama éxito, lo acercó con una intensidad deslumbrante a vivir, más que nunca, en plena sintonía consigo mismo, iluminando para nosotros el sendero menos confortable, aquel que pocos se atreverían a recorrer.

A su paso, los pretenciosos se acercaban como diminutas polillas, hipnotizadas por una luz magnética e inalcanzable que escapaba a su comprensión, ansiosos por impresionar con sus posesiones mundanas, sus vidas de fábula que ni ellos mismos creían y sus supuestos logros profesionales, de los que tanto alardeaban. Pero sus esfuerzos resultaban vanos, como sus infructuosos intentos de captar el delicado aroma de aquello que fascinaba a Jonás, a mil años luz de lo que ellos, en su nebulosa superficialidad, podían siquiera imaginar.

La grandeza de la sencillez habitaba en su mirada, un destello de humildad y aceptación que desarmaba cualquier máscara de vanidad o superioridad. En su alma ardía un fuego sagrado, fraguado en el amor puro que se desbordaba con cada latido de su corazón, que una vez fue vibrante y lleno de pasión, y que ahora yacía como un paisaje lunar, estéril y desolado. Mientras tanto, en su andar —él no caminaba como los demás— trascendía todos los confines de las prisiones sociales de nuestra época, envuelto en el manto de la libertad y la vida palpitante que emergía de su cuerpo con una ternura tan intensa que erizaba la piel de aquellos que se atrevían a acercarse.

Decía que, durante su camino, muchos se acercaron a Jonás con la ilusión de capturar su atención a través de aquellos velos engañosos con los que intentaban sentirse superiores a otros seres humanos como respuesta inconsciente a una carencia que busca ser suplida. Sin embargo, en sus ojos se reflejaba la indiferencia hacia tales artificios, meros adornos de un culto vacío a lo absurdo, y en su espíritu habitaba la certeza de que la verdadera grandeza trascendía las limitaciones de esas pieles superficiales y vacías.

Pronto comprendí que, al contrario de lo que me ocurría a mí, Jonás era inmune a los encantos superficiales que se desvanecen con el paso del tiempo; anhelaba la profundidad de las almas, el brillo de la sabiduría acumulada, y todo el coraje y la gracia que solo se obtienen con la experiencia. La juventud, fugaz como el tímido aleteo de una mariposa al atardecer, no tenía el poder de deslumbrarlo ni de reclamar su devoción.

Por el contrario, él era un buscador de lo auténtico, un enamorado de las imperfecciones. Las arrugas, las marcas, las cicatrices, los lunares, las estrías, las heridas, los rasgos marcados por la vida eran testigos silenciosos de historias valiosas, de aceptación y compasión, capaces de cautivar su atención mucho más allá de cualquier apariencia pasajera o de la fama y el reconocimiento.

Jonás se sumergía en la esencia de aquellos que tenían la valentía de mostrarse tal como eran, sin temor a la mirada crítica de la sociedad. En su presencia, los artificios se desvanecían, dejando espacio para la verdadera conexión, para la comunión de las almas sedientas de autenticidad. Se erigía como el custodio de lo esencial, el guardián de un mundo invisible para los ojos ciegos y los corazones endurecidos.

Su presencia era un recordatorio sombrío de la brevedad de las riquezas terrenales y la fugacidad de los encantos físicos. Por ello, mientras todos los demás se perdían en el juego fatuo del poder, él abrazaba la grandeza de lo intangible, de lo invisible, del revés de la trama, de aquello que se escapa de las garras del tiempo y trasciende los límites de lo efímero y de la comprensión humana.

Me sentía atraído por la pureza y autenticidad que emanaban de él. En su compañía, experimentaba una sensación de conexión profunda con la verdad esencial de la existencia, una certeza que muchos ignoraban en su afán de adaptarse a las normas sociales y a las expectativas impuestas por la sociedad. Observaba cómo se mantenía imperturbable frente a la corriente de la conformidad, eligiendo seguir su propio camino a pesar de las dificultades y la soledad que esto implicaba. Admiraba su valentía y determinación para vivir en armonía con su verdadero ser, en lugar de conformarse con una vida superficial y vacía.

¿De dónde surgía su misterio? ¿Estaba en su aura mágica? Aún hoy no lo logro comprender, pero él desafiaba las convenciones desplegando las alas de una esencia etérea que deslumbraba y perturbaba a partes iguales. Se presentaba como un enigma viviente, una obra de arte en constante transformación y transmutación, cuyo valor no residía en el efímero aplauso de las masas, sino en el eco eterno que resonaba en aquellos corazones dispuestos a escuchar su mensaje cautivador. Un mensaje tan transpersonal e invisible como científico y psicológico, tejido con los hilos invisibles de su profesión, que, por otro lado, tanto amaba.

En ocasiones, extraño la compañía de aquellos que se mueven en la penumbra del anonimato, sin buscar los reflectores del reconocimiento. En un mundo donde todos anhelan destacar, ser auténticos y diferentes, resulta irónico que esta búsqueda de singularidad termine por homogeneizarnos. ¿No es acaso en esa anónima simplicidad donde reside la verdadera esencia de lo que somos? Para alcanzar la plenitud de nuestra esencia, es necesario primero habitar el anonimato y el ser sin pretensiones.

Para muchos, ser auténtico implica liberarse del yugo de normas ajenas, aspirando a habitar la propia creación personal; pese a ello, recalco que, en su intento por diferenciarse dentro del grupo al que pertenecen, terminan pareciéndose aún más entre sí. La constante búsqueda de singularidad los arrastra a una comparación incesante con los demás, llevándolos a una mayor homogeneidad.

En la mayoría de los casos, el hombre consciente, como hojas que caen en otoño, deja atrás ciertas frivolidades y abandona la búsqueda de fama y reconocimiento. Sin la vehemencia de antes, comienza a mirar su realidad con ojos retrospectivos. Aprende a esperar, a guardar silencio y a escuchar. Si para adquirir estas virtudes es necesario aceptar ciertos achaques y debilidades, él los considera un verdadero beneficio.

Por mi parte, al igual que Jonás, cultivé una relación íntima con la psicología y la terapia. Desde muy joven, el temor a la locura me asediaba de tal forma que me impedía conciliar el sueño en paz, llevándome a mi primera experiencia en el consultorio de un psicólogo. Recuerdo, con la claridad de un amanecer tras una larga noche, cómo me sentía: acurrucado en la cama, incapaz de dormir mientras mi mente se llenaba de pensamientos oscuros y aterradores.

La terapia solo me ayudó a enfrentar mis miedos de manera puntual, con el objetivo de no tener que volver a asistir, ya que, siendo aún un niño de once o doce años, me preocupaba que alguien pudiera enterarse de que asistía a terapia y me llamara loco. Este temor a todo lo relacionado con la locura y la pérdida de control, del que ya se ha hablado en capítulos ya leídos de mi vida, ha sido una constante en mi periplo. Es un fantasma que siempre ha acechado mi razón e intentado, con éxito en numerosas ocasiones, sembrar la semilla de la inestabilidad, la duda y la inseguridad.

Mi verdadera conexión con la psicología se produjo durante mis años universitarios, cuando decidí estudiar esta fascinante disciplina. En aquel periodo, en medio de la vorágine académica, sentía que me encontraba quebrado e incompleto, lo que me llevó a buscar una vez más el apoyo de un terapeuta.

Fue entonces cuando descubrí la terapia Gestalt y me sumergí en el proceso de autoconocimiento que esta me ofrecía, utilizando maravillosas herramientas de introspección como el eneagrama y la bioenergética. Gracias a esta terapia, y a una psicóloga muy honesta y sabia, aprendí a conectarme con mi mundo más emocional, que había estado inhibido por mi parte más racional, y a comprender mejor mis propias necesidades y singularidades.

En aquel momento de mi trayectoria, lo que más me sorprendió, sin embargo, fue que muchos de los psicólogos, profesionales de la terapia, profesores y compañeros de estudio con los que había compartido el camino académico no habían tenido la oportunidad de adentrarse en las profundidades de una experiencia terapéutica que pudiera transformar sus vidas de manera significativa. Se limitaban a aplicar el marco teórico aprendido y a seguir el camino establecido por otros psicólogos.

A pesar de haber estudiado las teorías y los enfoques terapéuticos más modernos, no profundizaban en su propia psique ni habían experimentado la sanación que puede proporcionar la propia terapia, de la cual, por otra parte, vivían. No dejaban de ser papagayos acreditados con la rigidez de un credo impuesto, y aunque algunos de ellos eran capaces de ayudar a sus pacientes, comprobé que no eran capaces de ofrecer el mismo nivel de servicio que alguien que había visitado sus más oscuras profundidades y sombras, y había vuelto, transmutado y rendido, dispuesto a servir a los demás. Después de todo, ¿cómo podría alguien ofrecer algo que no posee?

En contraposición a la superficialidad de esa mayoría de psicólogos, Jonás Lucero era una luz resplandeciente en el crepúsculo; el rojizo planeta Marte en un atardecer; una rosa silvestre con pétalos que desplegaban su belleza al viento y era el hogar de cientos de abejas y coloridas mariposas que buscan su néctar; un secreto guardado por siglos a punto de ser revelado; un alegre riachuelo a los pies de la Virgen de la Sierra en la Subbética cordobesa; un centinela silencioso en Guadarrama con ramas que abrazaban el cielo como brazos abiertos y nutricios; un paciente y noble agricultor, un dogmático doctor en botánica y el mayor experto en semillas del mundo; las sabias pupilas de un perro como puertas abiertas a su alma, que reflejan sus pensamientos y emociones con una claridad abrumadora; un lenguaje universal que trasciende las barreras del tiempo y la distancia; una danza de copos que cubren la tierra con un manto de pureza; una certera invitación a la reflexión y a la introspección para sentir la conexión con el todo y con el uno. Él era como si fuese a acontecer con la inminencia de lo inevitable algo jamás visto y, sin embargo, ansiado durante una eternidad.

Era Jonás Lucero no solo ser humano, sino también persona. Cualquiera que albergase en su interior un mínimo de sensibilidad y tuviese la oportunidad de dialogar con él, pronto intuiría que se encontraba ante un gran hombre. Había aprovechado el dolor mucho más que otros. Recuerdo algo que me escribió, algunos meses después de nuestro primer encuentro, en uno de los innumerables correos electrónicos que nos enviábamos a cualquier hora del día:

«Hay un orden invisible en la vida, semejante a una semilla que contiene, plegado en su interior, aquello que se manifestará o no muchísimo tiempo después. Su potencial de despliegue depende de los vínculos que se propicien entre unas semillas y otras, pues no se encuentran aisladas. También influye en su crecimiento el conjunto de condiciones y circunstancias del entorno, en un flujo incesante y con una claridad palpable en todos los aspectos visibles y, sobre todo, invisibles de la vida.

Todas las cosas están encadenadas, trabadas, enamoradas.[1]
Querido amigo, recuerda siempre esto: lo esencial es lo invisible. De esta forma, la vida en sociedad es un camino hacia la autorrevelación, ya que, si uno no se conoce a sí mismo y no comprende las complejidades de su propio cerebro y corazón, el establecimiento de un orden externo, un sistema o una fórmula ingeniosa carece de sentido. Lo esencial es comprenderse a uno mismo en relación con los demás. De este modo, la relación no tiende a convertirse en un proceso de aislamiento, sino en un movimiento recíproco en el que desvelamos nuestros impulsos, pensamientos y objetivos más auténticos. Y es este descubrimiento el que marca el comienzo de la liberación y la transformación.

Debemos desprendernos de la obsesión por el control, que incluso nos enferma, dejándonos ir como las hojas se desprenden de los pedúnculos, como un susurro de placer al viento y entregándose a la cálida brisa del universo. La vida es un equilibrio maravilloso entre la necesidad de control y la entrega. El destino guía a quienes lo aceptan, pero arrastra sin escapatoria alguna a todos aquellos que se resisten».

En este sentido, él era, sin lugar a dudas, un heterodoxo de lo espiritual, de lo invisible, de lo eterno, y a su lado, con el tiempo, yo también me transformé en uno. Acogía la plenitud del caos para ofrecer algo de luz y orden a las existencias automáticas y grises de individuos tan perdidos y enajenados como yo. Y es que en todo proceso iniciático siempre hay un maestro, unos pasos a seguir que ya han sido trazados por millones de individuos, como un patrón inconsciente innato a lo largo de nuestra historia biológica. Lo que aprendí a su lado me permitió unir miles de piezas que, sin darme cuenta, llevaba años intentando encajar. Con creciente curiosidad, exploré en las reconditeces de su infinito ser a cuya gravedad me rendí por completo.

Mi admiración y reverencia hacia él eran tales que a menudo me sorprendía a mí mismo inmerso en una

---

[1] Extraído de *Así habló Zaratustra* (1883), de Friedrich Nietzsche.

ensoñación febril, donde contemplaba a una horda de *Illuminati* desesperados, luchando con la ferocidad de bestias hambrientas por alcanzar el tesoro oculto en su mente. Era como observar un lienzo de locura en el que la cordura yacía relegada a un rincón oscuro y olvidado. La escena era tan intensa y palpable que podía sentir el aliento caliente de aquellos seres siniestros, empeñados en apoderarse de aquello que él custodiaba con la devoción de quien protege lo más sagrado.

A pesar de todo, él no cedía ante los embates de sus perseguidores. Su cerebro era una fortaleza inexpugnable, un bastión que se negaba a ser violado por las fuerzas del mal. Sabía que aquello que custodiaba en su interior era valioso y que no podía permitir que cayera en manos equivocadas. No era solo una cuestión de talento o de habilidad, sino de integridad y fortaleza. Jonás era un maestro en el arte de proteger lo que era importante, y eso lo hacía, aún más si cabe, un hombre digno de admiración y respeto. Por mi parte, solo podía quedarme maravillado ante tanta grandeza de espíritu y de fortaleza interior.

Durante aquel periodo de tiempo junto a él, tomé consciencia de que lo importante en la vida era estar en nuestro centro, saber quiénes somos, de tal forma que, si permanecemos en nuestro centro, cualquier decisión que tomemos será la única posible.

Y así, los años se tornaron en siglos, pese a que la actividad egocéntrica del «yo» es un laberinto sin fin en el tiempo. La memoria es la llave que mantiene en movimiento el engranaje del núcleo, ese «yo» que creemos conocer. Si os detenéis a observar ese centro, os daréis cuenta de que no es más que un flujo continuo de tiempo, un vivir y recordar que se entrelazan con cada experiencia. Y veréis también que, al igual que ocurre con el tiempo, el «yo» es una construcción del pensamiento, una forma de reconocimiento en constante evolución.

De igual manera que el pasado y el futuro se nos presentan como incognoscibles y tentadores en su promesa de revelación, todo lo que existe reside en el presente, en un eterno simultáneo. El tiempo, en su esencia, es una ilusión tejida por la dinámica de la conciencia. La aparente linealidad no es sino una manifestación de nuestra razón desplazándose entre diversos puntos del espacio y el tiempo. Así, nuestras vidas se entrelazan en una narrativa no lineal, un tapiz de existencia que se superpone y se entreteje en su propia complejidad.

Por ende, nuestra identidad se revela como permanente y arraigada en un modo de organización inmutable, exento de las limitaciones inherentes al proceso evolutivo. El observador de la conciencia separada se ve compelido a percibir dicha realidad desde una perspectiva temporal lineal y, por ello, cree que existe eso que denominan el desarrollo personal o la evolución del individuo. No obstante, si aprendemos a mirar la realidad, nos veremos en la necesidad de aludir a diferentes niveles de organización de la conciencia que son capaces de coexistir en perfecta sintonía. Es pertinente señalar que el ser o aquello que, en apariencia, experimenta una evolución es, en realidad, la relación dinámica entre estos niveles interconectados de conciencia que se entrelazan en armonía en distintas ubicaciones del supuesto tiempo.

Las conversaciones con Jonás eran con regularidad un bálsamo para mi alma, y junto a él reconocí que existen seres humanos cuyos senderos, aunque a veces no sean los más confortables, se encuentran constelados y entrelazados como en un solapamiento cuántico. Intuíamos la posibilidad de que dos personas pudiesen sentir una conexión inexplicable y profunda entre sí, como si sus vidas estuvieran destinadas a cruzarse en un momento específico y permanecer así *in aeternum*. De esta forma, se encontrarían en diferentes puntos de la realidad al mismo tiempo, y su posición exacta solo podría definirse en el momento en que se observaran. Para él, la posición equivaldría a un propósito de vida mayor, muy alejado de la superficialidad de la vocación, sustentado en un profundo amor mutuo.

A todas luces, él fue el catalizador de mi viaje iniciático, un trayecto tan antiguo como la humanidad misma, similar al que innumerables almas han emprendido a lo largo de los siglos, en cada rincón y cultura que ha dado forma a nuestra historia. Encontrarme con él me llevó a intuir que, esparcidos por nuestro mundo cotidiano, hay melodías, libros, historias, plantas y animales, toda clase de objetos y artefactos, pero por encima de todo, personas que son puertas hacia la inmensidad de lo intangible. Cada uno de ellos constituye una invitación a explorar un universo inexplorado, donde la imaginación es el límite, el tiempo es relativo y lo inefable es el motor que impulsa la aventura de la individuación.

Él era uno de esos artefactos mágicos, un individuo que había logrado resolver el problema de sus relaciones con los dos mundos, el de los hechos y el de los símbolos, liberándose de todas sus creencias. En cuanto a los problemas prácticos de la realidad, mantenía hipótesis viables que le permitían cumplir con sus objetivos, sin darles mayor importancia que a cualquier otro instrumento. Pero, cuando se trataba de sus semejantes y de la realidad en la que vivía, experimentaba con la claridad de un cielo despejado los afectos del amor y la comprensión.

Recuerdo un atardecer en la encantadora ciudad de Córdoba, con su laberinto de callejuelas empedradas y monumentos que resonaban con el peso de su historia. Mayo estaba en su apogeo, y las tardes eran esplendorosas. Las rosas silvestres florecían, y el sol se derramaba en tonalidades cálidas y doradas, pintando el horizonte sobre los patios floridos y las fuentes centenarias, creando una atmósfera mágica y serena.

Fue en esa noche, mientras paseaba por los jardines del Alcázar de los Reyes Cristianos, que me encontré con Jonás. Habíamos quedado en vernos durante mi visita a la ciudad, donde él estaba escribiendo su nuevo ensayo en aquel momento, pero no esperaba que nuestro encuentro fuese tan especial.

El aire, cargado aún de humedad, se elevaba en tenues vapores hacia un cielo límpido y sereno. Nos acomodamos en un banco de piedra, rodeados por la exuberante vegetación y las flores en plena primavera. ¡Oh, cuán embriagadoras resultaban sus fragancias! Los patios del Alcázar, con su arquitectura mudéjar, eran un auténtico oasis en el corazón de la ciudad, un lugar donde la historia milenaria no solo se observaba, sino que se respiraba, impregnando cada rincón con una presencia densa y majestuosa.

Entre las imponentes flores principales, los geranios y las gitanillas, que se erguían como reinas del jardín, se vislumbraban otras más pequeñas, aún en su etapa inicial, como el jazmín, la diamela y la dama de noche. Parecían delicados secretos al borde de revelarse, sostenidos por tallos vigorosos y colmados de energía. Allí, aguardaban con la calma de quien sabe que el tiempo está de su lado, listas para desplegar su frescura y embelesarnos con su delicada, pero irresistible, fragancia, anunciando la promesa de una belleza que estaba por florecer.

Estas flores recién nacidas, sosegadas y llenas de vitalidad, estaban envueltas en un suave abrazo de tonos lila y verde claro, como si fuesen testigos de su propia metamorfosis. Desde sus delicados pétalos se asomaba con gracia un inmaculado y cautivante matiz de violeta que emanaba una intensidad radiante.

En aquel espacio, la vida latía con fuerza, una energía casi palpable que resonaba con la complejidad intrínseca de cada brote. Incluso en los pétalos aún cerrados, se distinguían finas vetas, patrones enigmáticos, como mandalas esculpidos por la naturaleza misma, invitando a la contemplación y al asombro. Algunas de esas flores, con su quieta belleza, parecían guardianas de antiguos mitos y leyendas que el viento susurraba al pasar.

En el jardín de las buganvillas, todos los mirlos cantaban. Una vasta hoja de naranjo se balanceaba en lo alto de una rama, descendiendo con la calma de un sufí en meditación, a través del aire templado, como lo había hecho en tiempos remotos, portando consigo la memoria de estaciones pasadas y susurrando los secretos de otoños antiguos. Aquel vergel nos acogía en nuestro diálogo; las plantas se unían a nuestras palabras, convirtiéndose en testigos vivos de nuestras conversaciones y participando con la vitalidad que compartían con nosotros. Podíamos sentir que encontraban placer en compartir su espacio, ya que se nutrían de las cualidades que brotaban de nuestros corazones abiertos. Como muestra de gratitud, su verde energía desplegaba un poder purificador, limpiando nuestras emociones y creando una solemne simbiosis entre seres vivos que se unían de forma recíproca. Había momentos cargados de una poesía infinita. Aquel jardincillo era un lugar extático para demorarse.

Cada detalle en esas plantas, con sus flores en ciernes, parecía invitarnos a sumergirnos en los enigmas de la existencia. Mientras nos sentábamos allí, rodeados por la fragancia de la naturaleza y la calma del entorno, nuestras conversaciones fluían con alegría entre temas de amor, belleza y cultura. Explorábamos en profundidad nuestras ideas sobre la estética y la creatividad, dejándonos llevar por debates que tocaban las fibras más profundas de nuestras emociones. Reflexionábamos sobre el poder del arte, su capacidad no solo para evocar sentimientos intensos, sino también para transformar a quienes lo viven.

Fue en el transcurso de aquella charla cuando Jonás, con su mirada penetrante y su tono reflexivo, compartió su visión sobre la disidencia y la rebeldía. No hablaba desde una postura superficial, sino desde un lugar de genuina búsqueda interior, un llamado a desentrañar las verdades ocultas y a despojarnos de las normas que nos encadenan. Para él, la rebeldía era más que un simple acto de rechazo; era una búsqueda incansable de autenticidad. «La transparencia y la verdad no son idénticas», me dijo.

Él consideraba que el valor de sentarnos fuera, alejados de la corriente común, no radicaba tan solo en regocijarnos en nuestra propia singularidad y distinción. Nos sentábamos fuera para atraer, para invitar a otros a unirse a nuestro camino. La disidencia verdadera no era un mero alarde de rebeldía ostentosa, aunque el sistema también podía requerir de aquellos individuos que algunos tildaban de bufones. El verdadero disidente no solo busca evitar la soledad, sino también evitar que otros se queden solos, anhelando que sean magnetizados por su ejemplo, que sean atraídos hacia su visión y su forma de vivir y de ser.

La vida en sociedad era una travesía de autorrevelación. Si éramos capaces de comprender las diversas modalidades de la psique y el corazón, el mero acto de establecer un sistema o una fórmula ingeniosa carecía de propósito. Por tanto, lo más importante era conocerse a uno mismo en vínculo con los demás. De esta manera, la relación se convertía en un constante movimiento en el que se desvelaban los móviles, pensamientos y anhelos propios y ajenos, difuminándose las fronteras entre ambos. Este descubrimiento marcaría el inicio de la revolución interna del ser, de la liberación y el comienzo de una transmutación profunda.

El peligro de la complacencia era lo que más temía en este contexto. La creación de una pequeña isla, la formación de un tejido multidimensional que reflejase lo mismo que se criticaba, representaba para Jonás el riesgo de la disidencia ilusoria. Esa autocomplacencia es una falacia del denominado desarrollo espiritual y de la iluminación que algunos creen haber alcanzado. Mantenerse en contacto de manera continua con la luz sin tregua agota la capacidad de un individuo para sostenerla. La luz, en su exceso, también puede desestabilizar. Aunque en teoría parece asimilable, falta la auténtica experiencia. La autocomplacencia espiritual nace de la equivocada noción de que la espiritualidad es un refugio seguro. Aquellos que buscan seguridad en lo espiritual no han comprendido que su verdadero valor radica en abrazar lo incognoscible, en encontrar serenidad en medio de la incertidumbre y el caos. Este peligro se encuentra exacerbado por las redes sociales. Él consideraba que los delirantes disidentes de las redes sociales, aquellos que eran de forma superficial en su rebeldía, estaban condenados a la extinción.

En este sentido, la rebeldía adicta a las redes sociales se desliza en una superficie lisa y poco profunda, donde cada gesto parece calculado y orquestado para el consumo inmediato. Se limita al instante fugaz, sin permitir que emerja una narrativa profunda ni un espacio para la verdadera introspección. Es un acto fácil de analizar y predecir, reducido a lo que puede medirse y clasificarse. Al final, esta forma de disidencia no trasciende lo racional y lo visible, quedando atrapada en la banalidad del presente sin dejar huella significativa.

Las redes sociales se alzan como enormes murallas en el paisaje de la interacción humana. En lugar de ser ventanas abiertas a la diversidad, actúan como espejos que reflejan solo lo familiar, lo cómodo. Al vincularnos con quienes comparten nuestras mismas inquietudes y preferencias, creamos una burbuja de resonancia, cerrando la puerta al desafío de lo desconocido. Así, la oportunidad de explorar nuevas perspectivas, de confrontar ideas distintas y de enriquecer nuestra visión del mundo se desvanece entre las conexiones predecibles y las opiniones reiterativas.

Por el contrario, existe una impresión más visceral y profunda, que opera sobre todo en el ámbito del inconsciente.

No es fruto de una elección deliberada, sino que varía en función de la sensibilidad de quien observa. Percibo dos tipos de impresiones: una intencionada, que brota de intuiciones profundas y de una sensibilidad aguda, y otra, más espontánea y azarosa, nacida de procesos instintivos y subconscientes. La verdadera mirada, la más compleja, exige tiempo, contemplación y una reflexión pausada. Se nutre de esa impresión que trasciende la superficie, donde reside la auténtica esencia de la vida. La plenitud siempre estará más del lado de esta impresión, de lo oculto bajo la superficie y del sendero menos confortable.

Para Jonás, el verdadero disidente no debía ser un suicida ni alguien que provocaba el conflicto por el simple placer de confrontar. Al contrario, el auténtico disidente se diferenciaba de esos otros rebeldes superficiales y vacíos de significado. Su fuerza residía en su vida, en su manera de ser, sin necesidad de proclamarse. Atraía y convencía con la sencillez de su ejemplo, inspirando a los demás a cuestionar, a desafiar, a replantear sus creencias y acciones. No era una voz estridente que clamaba en el ruido, sino una presencia que, desde el silencio, encarnaba la autenticidad y la integridad en un mundo obsesionado con la conformidad. Un disidente genuino no buscaba seguidores ni pretendía cambiar el mundo; lo lograba sin proponérselo, despertando conciencias, desafiando los paradigmas establecidos y transformando a quienes lo rodeaban.

Al final de su reflexión, Jonás me miró con seriedad y dijo:

—Debo confesarte algo importante. Elegir este camino significa renunciar a todo aquello que la sociedad valora: éxito, reconocimiento y comodidades. Serás malinterpretado, burlado e incluso hostigado por aquellos que albergan malos espíritus en su interior. Pero recuerda esto: nunca serás criticado por quienes hacen más que tú, sino por aquellos que, en realidad, hacen menos o no hacen nada en absoluto. El aislamiento y la incomprensión serán compañeros en tu travesía, porque despertar a una realidad más profunda siempre provoca desconcierto en aquellos que no están preparados para verla. El viaje hacia una conciencia no fragmentada es delicado y exigente; puede traer consigo ciertos desajustes emocionales, un costo que solo los valientes están dispuestos a pagar.

Se detuvo un instante, en un silencio profundo que flotaba con la calma de quien ha hecho las paces con su propio destino, como si cada palabra que quedaba en suspenso emanara de una verdad irrevocable:

—Y, sin embargo, jamás he envidiado las vidas fáciles y despreocupadas de quienes permanecen dormidos. Al contrario, siempre he admirado a aquellos que, cargando con el peso de la existencia, han sabido caminar con grandeza.

Este planteamiento me llevó a una profunda reflexión sobre cómo nuestras percepciones más comunes a menudo pueden ser ilusorias. Nos aferramos a la noción de libertad cuando nos encontramos ante un abanico de opciones, creyendo de forma equivocada que la verdadera autonomía radica en la capacidad de elegir entre ellas. Sin embargo, en esos momentos de aparente elección es cuando solemos estar más desconectados de nuestra esencia más pura. La autenticidad de nuestro ser no se revela en la multiplicidad de decisiones, sino en la singularidad de su expresión, cuando no queda espacio para las alternativas.

Cuando nuestra personalidad superficial pierde el contacto con su núcleo profundo, la estructura primordial de nuestra esencia busca empujarnos hacia situaciones donde se nos niegue esa supuesta libertad. Es como si, de alguna manera, esas restricciones nos forzaran a enfrentar nuestros mayores temores, llevándonos por caminos que hemos evitado. Pero es en esos momentos de limitación —donde la ilusión de control desaparece— que se abre una ventana a la verdadera comprensión de quiénes somos. Lo que percibimos como una privación de opciones tal vez sea, en realidad, la mayor oportunidad de redescubrir nuestra auténtica identidad.

En este contexto, el relato iniciático sigue una estructura arquetípica, donde la crisis existencial actúa como el desencadenante principal. Es esa sacudida interna la que nos revela que lo trascendental en la vida va más allá de lo personal, conectándonos con una dimensión transpersonal. Este intenso despertar tiende a manifestarse en momentos cruciales, a menudo ligados a septenios clave, que marcan etapas de transformación vinculadas a la esencia del individuo y a las particularidades de la época que nos toca vivir.

Jonás entendía que la transmisión de conocimientos no era solo una cuestión de transferencia de información, sino también de experiencia. Por ello, buscaba guiar al otro por un camino parecido al que él había recorrido, para que pudiese experimentar cada una de las etapas del proceso de aprendizaje. De esta forma, adquiriría una gran cantidad de conocimientos que le conducirían a la sabiduría, al haber experimentado y reflexionado sobre cada paso del camino.

Al igual que el maestro, el alumno se convertiría en un viajero en busca del conocimiento. Es como si se tratase de una larga cadena de reminiscencias arquetípicas que conecta a todas las personas que han pasado por ese camino antes que nosotros, y que nos invita a recorrerlo a fin de descubrir lo que ellos descubrieron, para así enriquecer tanto nuestra propia comprensión del mundo como el arquetipo inicial de base, que quedaría más desarrollado en el inconsciente colectivo y disponible para algunos seres humanos de las generaciones venideras. Y todos estos patrones redundantes son debidos a la neurosis obsesiva que alberga la existencia por la repetición, como si esta constituyese el mismo núcleo de Dios como formas mandálicas infinitas.

Cada vez que la vida engendra a un nuevo ser humano, comienza un nuevo ciclo, destinado a recorrer una vez más un vasto repertorio de escenas millones de veces repetidas, apenas diferenciadas por variaciones ínfimas.

En este sentido, la condición humana, desde tiempos inmemoriales, se encuentra entrelazada en un intrincado tejido de patrones arquetípicos que se repiten sin cesar, y es cuando la vida, ajena a su propia cautividad, se adentra en una sucesión interminable de experiencias semejantes, sin percatarse de que está atrapada en una telaraña de repeticiones infinitas. Sin embargo, al descubrir la profunda verdad de que nuestra existencia, en su esencia más íntima, pero también en la más superficial, es una perpetua reiteración de vivencias arquetípicas y situaciones no únicas, se despierta una nueva forma de consciencia en nosotros. Este despertar trasciende los límites de lo convencional y nos permite vislumbrar la naturaleza cíclica y recurrente de la realidad.

Así, el ser humano se mueve en sincronía con los patrones universales que se entrelazan a través del tiempo y el espacio. Es en este despertar a otro tipo de entendimiento donde se encuentra la posibilidad de trascender los confines de la repetición y explorar nuevas dimensiones de la experiencia humana, ampliando las formas arquetípicas de respuestas humanas a una vibración transpersonal incognoscible. Admito que mi modo de realizar dicha exploración necesitaba de Jonás. Recuerdo cómo un día le pregunté:

—Jonás, ¿cuál dirías que es el mayor acto de sabiduría que podemos realizar en nuestra existencia?

Me miró con asombro, y sus ojos me abrumaron con su infinita humildad y ternura. En un momento, elevó la mirada al cielo, y con los ojos emocionados y colmados con la información de miles de años de esencia vital, me contestó:

—Desde lo más hondo de mi ser, te confieso con urgencia que debemos escapar de este laberinto enmarañado que nos ha atrapado en una existencia ajena, que no nos pertenece. Este no es el destino que la humanidad debería aceptar. Debemos romper con la red inconsciente que envuelve a la mayoría, un entramado mundial que se nutre de mentes cautivas para perpetuar un sistema que, en su perversidad, engendra más siervos que defienden sin cuestionarse su propia opresión, encerrados en un ciclo vicioso sin fin. Debemos actuar de inmediato, aunque esto nos exponga a la burla, al desprecio, a la incomprensión más brutal. Debemos estar dispuestos a pagar el precio de la soledad, de la marginación y la exclusión. Es imperativo liberarnos de la servidumbre impuesta por esta gigantesca empresa llamada mundo, y empezar a cultivar nuestro propio jardín, conscientes de que lo inefable, lo invisible, es lo que sostiene la vida.

En esta búsqueda, es fundamental mirar más allá de las fronteras impuestas y encontrar la verdad en nuestro interior. Liberarnos de las ataduras de la sociedad y escuchar la melodía de nuestro corazón es esencial. La libertad debe ser perseguida con valentía y determinación, sin permitir que las sombras del miedo nos detengan, porque solo así viviremos en su totalidad.

La vida es un misterio divino que merece ser vivido con intensidad y pasión. Hay que abrazarla con audacia y dejarse llevar por el viento de la libertad. Es importante explorar caminos desconocidos y descubrir los tesoros que se esconden en cada esquina. La valentía y el amor incondicional, tanto hacia los demás como hacia nosotros mismos, son claves para escapar de esta siniestra maquinaria que es, para la gran mayoría, el mundo. Solo así podremos encontrar la salida hacia una realidad más plena y libre — concluyó Jonás.

Sabía leer a los hombres más que cualquier otro, y en este caso, como me amaba con una gran profundidad, leía con una acrecentada claridad. Durante esta época de mi vida, descubrí mucho sobre mí mismo a través de mi amigo y acepté que mi lugar se encontraba en el mismo lugar que el suyo, donde estaba la interacción creativa, con su multi-plicidad, su variedad y su diferencia. Y cuando la energía del grupo tomaba forma, materializándose y adquiriendo una identidad concreta, entonces mi ser sufría una discontinuidad, volviéndose poco a poco más frío y desapegado hasta la ruptura final, que no solía tardar mucho. No soportaba las formas, la densidad de la materia, las concreciones y la especificidad si no pertenecían al plano creativo.

Y así, en vez de hacerme, realizarme o cumplirme, aprendí a serme, a ir integrándome con mi vida, o más bien, fusionándome con la vida que emanaba de cada poro de mi ser. Sentía esta energía palpitante y tumultuosa, cálida, como un cosquilleo en el centro de mi pecho y en mi plexo solar, en cada respiración que mi cuerpo acogía. De esta manera, tuve la oportunidad de tomar conciencia de que, en esencia, yo era la relación entre lo que creía que era y lo que me ocurría.

De esta forma, el tipo de relaciones que tenía con el otro, los patrones conductuales y comportamentales que se repetían sin cesar, las situaciones que me resonaban, los arquetipos en los que me encarnaba, la energía que me atraía, los paisajes que me brindaban paz, los conflictos y disputas, los acuerdos y pactos... todo lo de afuera... Todo ello formaba, de manera íntima, parte de mí, tanto como mis aurículas hipertrofiadas, mis débiles y erráticas arterias, perdiendo con lamento su elasticidad, susurrando al viento las historias de mis excesos y mis descuidos, mi escasa inteligencia espacial, mi creatividad, mi ternura o mi melancolía (y su infinita tristeza).

En consecuencia, surgió un nuevo concepto del ser, una comprensión más auténtica de mi esencia, revelada a través de este camino de autodescubrimiento. Este viaje resultó tan innato y sencillo como abstracto y complejo. Implicó momentos profundos de reflexión y sensibilidad, así como el desafío del sufrimiento, a veces rozando la desesperación y la locura. Esta experiencia me permitió entender por qué la gran mayoría de los seres humanos prefiere aferrarse a la imagen que tiene de sí mismo en lugar de abrirse al descubrimiento de su ser esencial. En su lugar, alimentan falsas creencias de separación, dividiéndose entre ellos mismos y lo que les ocurre, que perciben como algo ajeno, culpando de sus circunstancias y destino a los dioses, a la mala fortuna, a sus padres, a la sociedad en general, al tiempo en el que les ha tocado vivir, que consideran indigno de ellos, o al supuesto karma de vidas pasadas.

Para ellos, el destino es una espeluznante amenaza a la que hay que temer y que se debe intentar controlar. Sin embargo, lo que ocurrirá, lo que muchos llaman destino, es lo que desconocemos de nosotros mismos en el dinamismo de nuestra propia individualidad. Somos también todo lo que nos ocurre y lo que está por llegar. ¿Cómo podríamos temer a esa parte tan importante de nuestro ser?

Conforme a la enseñanza de Heráclito de Éfeso, *ethos anthropos daimon*, el carácter de un hombre es su destino. El *ethos*, o carácter, se erige como una disposición intrínseca que delinea nuestra interacción con el mundo, configurando nuestra forma de ser y existir en él. El vocablo *daimon*, o destino, nos incita a reflexionar acerca de la causalidad y la imposibilidad de eludir ciertos sucesos en nuestra biografía, los cuales se despliegan de acuerdo con nuestro *ethos*.

Es una ilusión vanidosa creer que lo que acontece en nuestras vidas, sea grato o no, carece de razón de ser. No somos simples entidades psíquicas inmersas en un mundo caprichoso de objetos que nos circundan; somos estructuras singulares dentro de un vasto campo multidimensional de vibraciones. Por ende, atraemos o somos atraídos hacia situaciones congruentes con esa estructura, las cuales llevan un contenido que debemos integrar y que, de algún modo, nos corresponde vivenciar. Solo a través de su asimilación logramos plenitud y alcanzamos un nuevo estado de equilibrio.

El dilema radica en nuestra tendencia a resistir el flujo natural de la vida, evitando con frecuencia aquello que estamos llamados a experimentar. En nuestra enajenación, nos aferramos a la ilusión de que nuestra voluntad debe prevalecer, culpando a los demás por las limitaciones que sentimos. Proyectamos sobre otros los misteriosos matices de nuestra psique, entrelazándonos en sus complejidades y sucumbiendo así al sufrimiento tanto propio como ajeno. De este modo, nuestras vivencias se tornan incompletas y la misma coyuntura se ve abocada a repetirse en una espiral constante, en el ciclo infinito de los fractales de la vida.

Todas estas ideas fueron creciendo poco a poco en mi alma, como un anuncio de la semilla del fruto nuevo, convirtiéndose cada vez más, para mí, en la auténtica verdad que sustituía a los frutos marchitos y secos de otras temporadas. Lo que se materializaba en mi ser estaba muy lejos, casi a años luz, del egocentrismo dominante, del victimismo que tanto abunda en los seres humanos y del profundo temor que muchos manifiestan hacia la vida misma. Las circunstancias y los sucesos que me ocurren, soy yo. Aquello que llamamos, con connotaciones negativas, acontecimientos, no son más que puertas a nuestra verdadera esencia, oportunidades para convertirnos, paso a paso, en lo que ya somos en potencia. El destino no es una amenaza, el destino soy yo. No tengo temor de mí mismo.

El curso de la vida, en su esencia más invisible, se revela como la arquitectura intrínseca del proceso existencial que faculta al organismo recién llegado a desenvolverse con el paso del tiempo. Este camino, marcado por diversas coyunturas críticas, despierta en la consciencia un reconocimiento gradual de las múltiples potencialidades que yacen en lo más íntimo de su personalidad listas para ser exploradas y desplegadas a lo largo de su travesía vital. No hay nada fatídico en el destino si comprendemos que la secuencia de sucesos de una existencia está organizada por el mismo poder que nos hace ser lo que somos como individuos.

Cristalinas, evidentes y resplandecientes de amor y respeto, se me aparecen ahora las enseñanzas que recibí de

Jonás, en las montañas, en los jardines, en los museos, en los retiros y en su biblioteca. Allí, junto a él, aprendí a amar la psicología, la filosofía, la música y la ciencia. Las enseñanzas de Jonás, tan sensible y tierno tanto en las preguntas como en las respuestas, constituyeron una formidable base de conocimiento para mí. Gracias a su bondad, aquello que en tiempos pasados me parecía tedioso y abrumador, cargado de una densidad insoportable, ahora representaba un camino a seguir.

De este modo, su imponente biblioteca se convirtió en el único refugio donde encontraba a Jonás con una asombrosa regularidad. En medio de ese santuario del saber, destacaba su mesa de estudio, una majestuosa pieza de acacia maciza coronada por un mármol blanco de Macael. Embellecida con intrincados mandalas tallados con precisión, la mesa siempre estaba cubierta de libros, cuadernos, notas y esquemas aquí y allá, testigos silenciosos de una psique siempre en ebullición.

A pesar de no ser un experto en arquitectura ni en diseño de interiores, podía intuir el estilo de la biblioteca, atribuyéndole etiquetas como minimalista y nórdico, aunque lo que destacaba por encima de todo era lo orgánico, lo vivo. Decenas de plantas radiantes, exuberantes y alegres, entre las que se encontraban diversas variedades de coleos, geranios y aromáticas, armonizaban el lugar y propiciaban la creación de este reducto único, rebosante de libertad, elocuencia, creatividad y ecuanimidad. Era un espacio en el que conversar nos resultaba tan cómodo y fructífero que parecía casi mágico. Aparte de esto, no había mucho más destacable, salvo la gran cantidad de libros, de todos los formatos posibles, dispuestos con esmero en las estanterías que aquel lugar sagrado custodiaba.

Poseía, sin duda, libros de un valor incalculable, y me explicaba, sin dogmatismos y con la reflexividad que solo poseen los grandes hombres desprovistos de toda ambición de convencer a los demás, que «los libros debían ser abiertos con prudencia y respeto, porque albergaban parte del alma del autor». Mientras lo decía, acariciaba con suavidad el lomo del libro de Wolfgang Pauli que sostenía en sus manos, con gesto amoroso, como si, desde este plano astral, fuese capaz de reconfortar al autor, demostrándole que no había sido olvidado, que seguía siendo una parte viva de nosotros.

Muchas veces charlábamos sobre lecturas, en ocasiones de manera ligera, aunque la mayoría de las veces con una densidad profunda. En una de esas conversaciones, concluimos que una forma valiosa de autoconocimiento vocacional consistía en entender quiénes éramos, en toda nuestra esencia, antes de «estar».Y todo ello se contenía en la filosofía, la historia, la literatura y el conocimiento en general que encontrábamos en los libros. A través de ellos, me sentía fortalecido en cada uno de mis nuevos principios, alimentándome de la filosofía de la pesadumbre y el descontento.

Así, permuté mis lecturas superficiales, sin un objetivo más allá que, según el caso, alimentar mi curiosidad o evadir mis problemas, por otras obras cuya lectura me orientaba a mantenerme despierto y conectado. Mientras la vida, en su ciclo perpetuo de patrones energéticos, transitaba a través de mi ser por los mismos caminos que llevaba recorriendo desde el inicio de los tiempos: Séneca, Epicteto, Leibniz, Nietzsche, Hume, Kant, Fichte, Schelling, Hegel, Kierkegaard, Heidegger, Arendt, Chomsky, Hesse, Mann, Dostoyevski, Tolstói, Adorno, Kleist, Kafka, Hölderlin, Novalis, Joyce, Freud, Jung, Spielrein, Weber, Fromm, Krishnamurti, Foucault, Goffman, Kofman, y en los últimos tiempos Byung–Chul Han, entre muchos otros.

Pero leer nunca es suficiente. La lectura debe ir acompañada por la escritura. De ahí que Plinio el Viejo recomendase: *nulla dies sine linea*. Pasábamos los días analizando, catalizando, banalizando y canalizando. De esta forma, aquellos autores nos ayudaban, al menos mientras duraba la lectura, a clavar la mirada en el abismo, a erradicar por completo nuestro enorme narcisismo, así como a disolver cualquier atisbo de dualidad, al ser capaces de intuir y de sentir que nuestra realidad no era más que la continuación de la de muchos otros grandes seres humanos que habían vivido nuestras tramas vinculares y nuestras circunstancias miles de veces antes que nosotros, como una serie de patrones inconscientes codificados millones de años antes de nuestra sencilla y, a la vez, grandiosa existencia.

Para explorar de manera genuina nuestro ser y acercarnos a comprender algo acerca de nuestra historia, es necesario integrar diversas prácticas: el estudio, la meditación y la acción. Tanto la escritura como la lectura son parte esencial de estas prácticas. Sin embargo, es solo a través de la acción que el conocimiento teórico se convierte en sabiduría vivida. No podemos quedarnos en la teoría; nuestras vidas deben ser experiencias tangibles y vivenciales.

Mediante los vínculos y lo experiencial, entendí que la divinidad se encontraba en uno mismo, no en las ideas ni en las teorías, y que el camino de la búsqueda de nuestro propio ser lo comenzaron a caminar quienes estuvieron mucho antes que nosotros. Este entendimiento me proporcionó una gran estabilidad emocional, un mayor desapego y una existencia pacífica.

Es innegable que la vida se deleita en la repetición. Confieso que pertenezco a esa peculiar clase de personas que encuentran un profundo gozo en la recurrencia, en el latido constante de lo conocido, ya sea al leer una y otra vez los mismos pasajes de un libro o al perderme en los compases familiares de una melodía. Es como si en la repetición residiera una fuerza vital que renueva lo vivido, permitiendo que cada ciclo revele matices antes inadvertidos. Supongo que, en el fondo, la repetición es la mejor forma de describir a la existencia.

El mundo ya ha sido interpretado mucho antes de nuestra llegada, y nuestra misión es desentrañar esos arquetipos ocultos y las decisiones que modelan nuestro destino. Aun así, la mayoría, al ignorar la profundidad de estos arquetipos inconscientes y eternos, reduce la interpretación del mundo a una simple cuestión de poder. Así, se desvanece la riqueza de lo simbólico, dejando a muchos confinados en una visión limitada, donde lo esencial queda eclipsado por lo superficial.

Nos encontramos en un universo en constante movimiento, en el que las energías fluyen y se entrecruzan, generando ciclos que se repiten de forma infinita. Observamos cómo las mismas historias se repiten a lo largo de la historia, los mismos personajes surgen una y otra vez en distintas épocas y lugares, como si estuvieran destinados a vivir y revivir sus dramas y aventuras a través del tiempo.

Sin duda, para nosotros, eran esos momentos de regreso al origen, después de finalizar un ciclo de repeticiones, donde había que empezar de nuevo en lo antiguo, con una renovada energía y vibración, con la comprensión que solo puede venir de la vivencia de la compasión. Sin embargo, este camino de consciencia no es el de la mayoría, y para las contadas personas despiertas no hay nada tan doloroso como ver a otro ser humano repetir una y otra vez el mismo patrón cristalizado; y más doloroso aún, observarlo frente al propio espejo.

Nuestro vínculo, en otras ocasiones, no se manifestaba con la misma profundidad. Sentíamos la pasión de la vida, con su carácter infinito y su incesante movimiento, y, al mismo tiempo, la pequeña y finita pasión humana que nos atraía y nos mantenía juntos. Quizás, era en esos momentos de aparente desigualdad donde se desplegaba toda la riqueza de la vida, con su inagotable diversidad de formas y colores.

A veces, nos entregábamos al simple acto de contemplar el atardecer, permitiendo que el sol se extinguiera en el horizonte, sin necesidad de articular una sola palabra. Disfrutábamos de lo cotidiano, como preparar juntos una cena especial o reparar un mueble que había cedido al desgaste del tiempo; aunque, para ser honesto, era yo quien me encargaba de las reparaciones mientras él, sin mucho talento para las labores manuales, observaba con una mezcla de curiosidad y serenidad lejana. Esas pequeñas acciones, que a simple vista parecían triviales, eran, en realidad, los hilos invisibles que tejían nuestra vida en común, otorgándole forma y sentido, anclándonos con hondura a la tierra y a lo que importaba de verdad.

Por otra parte, en muchas otras ocasiones, nuestras conversaciones nada tenían que ver con los libros, ni con su escritura ni con su lectura, ni con otros asuntos más terrenales. Dialogar acerca de los sueños que disfrutábamos cada noche nos resultaba una de las actividades más productivas, estimulantes y esclarecedoras. En ese estado no ordinario de consciencia, desaparecían nuestras autocensuras diurnas y actuábamos de manera muy diferente, de tal forma que la parte emocional cobraba aún más importancia. Es por ello que, en unas estructuras tan racionales y analíticas como las nuestras, los sueños constituían una herramienta de trabajo interior fundamental y, como tal, no deseábamos ni por un solo instante desaprovechar tan maravilloso regalo.

A través de los sueños, desvelábamos aspectos ocultos de nuestra esencia, aquellos que en el día a día eran censurados, acallados y reprimidos, pero que en la noche emergían con libertad inusitada. Recuerdo con especial nitidez un sueño que Jonás me relató, aún con asombro en su voz, pues, con cierta ingenuidad, pensaba que ya no era capaz de tener ese tipo de experiencias.

En el sueño, que relataba hasta el más mínimo detalle, él era una especie de matarife en un siniestro y futurista matadero que le recordaba a una vieja fábrica de su infancia, construida por completo con metales comunes tales como aluminio, hierro y cobre, y donde se clasificaban y descuartizaban seres humanos. Jonás describía con detalle, con el terror de quien reconoce que todo aquello formaba parte importante de él, cómo el intenso olor a orina, heces y sangre del foso de desangrado enloquecía tanto a las personas que iban a ser sacrificadas como a él mismo, en un frenesí incomparable de crueldad, violencia, destrucción, salvajismo y extravío.

Con la mirada perdida, en otros mundos demasiado lejanos a este, y con una mueca extraña en su rostro, detallaba cómo, antes de llevar a cabo su cruel tarea, los seres humanos a los que tendría que sacrificar habían interactuado con él, buscando su compasión mediante algún contacto físico o una mirada directa a sus ojos. En el sueño, estos individuos parecían no poseer la capacidad de emitir ningún sonido, y más tarde, cuando estaban siendo sacrificados, pateaban tanto que herían a Jonás, convertido en un sanguinario matarife. Sus gestos faciales cambiaban, transmutando de la sumisión y la pleitesía del que espera su salvación en el primer contacto con Jonás, al odio más exacerbado y a la más terrible de las iras.

Describía escenas de horror y ensañamiento sobre otros seres humanos que permanecían estáticos, con sus cabezas atrapadas entre gruesas barras, oxidadas y afiladas, y cómo solo podían ser liberados de ellas mediante la decapitación. Incluso después de este acto, seguían con vida, mientras otros matarifes, más crueles aún que Jonás, acudían como escualos atraídos por el olor a hemoglobina, epinefrinas y metanefrinas. Los pinchaban y golpeaban con cualquier cosa que tuvieran a mano, entre carcajadas, mofas y burlas.

Narraba cómo los observaba aplastados, desarticulados, descuartizados o desollados vivos y cómo, incluso después de estos tormentos, algunos continuaban conscientes, tratando de huir de las piletas colmadas de sangre en descomposición, restos fecales y vísceras trituradas.

Relataba con meticulosa precisión cómo emergió de un estado de sopor, entre una amalgama de náuseas, vértigo y angustia que asaltaban sus sentidos, y una desagradable sensación de malestar que emanaba de su estómago como una respuesta fisiológica hacia su repulsiva labor. La imagen de la factoría de muerte y sufrimiento se convertía en un agujero negro de iniquidad y espanto sin límites dentro de un mundo satánico y horroroso. Puro veneno de carne enferma y malsana, procesada y deglutida más tarde por otros como él; quirománticos y nigromantes antropófagos que personificaban la misma muerte y que se nutrían de muerte aun sin saberlo.

Jonás, en su rol de terapeuta, descuartizaba personas, desmembraba sus mentes, las quebraba por completo para, después, acompañar al paciente mientras este ensamblaba su raciocinio diseccionado y hecho pedazos de una forma más acorde a su singularidad innata y específica. Al diseccionar las almas, las definía, les hacía de espejo, proyectaba y transfería; entregaba su propia sombra al paciente, incluso tomando el rol de villano si era necesario, rindiéndose por completo y poniendo toda su esencia al servicio del otro, sacrificando hasta su propia calma en beneficio de la terapia.

Esta imagen metafórica de lo que era lo perturbó, pues pronto comprendió que había cierto grado de sadismo en lo que hacía. Del mismo modo que en cada persona que aparece en nuestros sueños hay algo de nosotros mismos, lo mismo sucede en la vigilia, aunque no siempre sea perceptible para la mayoría.

Disfrutaba del aroma del miedo del otro, de las uñas enterradas en angustia, de la rabia en la mirada al saberse descubierto, del querer huir con desesperación del lugar, de las evasivas, de los ruegos y los reclamos. La confirmación de su acierto en la interpretación y análisis del caso le resultaba placentera, alcanzando casi el éxtasis cuando, con el paso del tiempo, la indiferencia que el paciente había mostrado desde el inicio —aferrándose a lo mental y al frágil arraigo terrenal que le daba una leve estructura— se disolvía en un instante en el océano de lo intangible e infinito. La arrogancia y el supuesto control que aparentaba poseer se esfumaban para siempre, dejando espacio a la incertidumbre, la inseguridad, la ruptura, los quebrantos y la duda.

Sin embargo, al principio, Jonás parecía no entender o no aceptar que, para integrar esa sombría parte de él, tuviese que valerse del mundo onírico, y se mostraba sorprendido y decepcionado. A los pocos minutos, comenzó a reír a carcajadas, y sus labios y ojos se colmaron por completo de la compasión e indulgencia que muestra un profesor consciente a su alumno en su primer día de clase. ¿Había caído, una vez más, en la autocomplacencia espiritual? ¿Se había endiosado, creyendo que su inconsciente no albergaba oscuros deseos? ¿Se había comportado con la altivez de quien se considera más allá del aprendizaje, pensando que ya no había nada más que descubrir en sí mismo? ¿Acaso creía que estaba libre de las mismas pulsiones que cualquier otro?

El gozo y el placer, incluso físico, en la ejecución de su propósito y vocación le demostraron que era tan humano como los demás. No era una montaña, aunque tiempo atrás así lo había sentido, y, por lo tanto, aún quedaban muchos asuntos que le inquietaban. Aceptó todo esto con buena disposición y, con humildad, me dijo:

«Siempre hay algo que descubrir de uno mismo. Cuando soñamos, siempre somos lo que somos, saliendo a la luz partes de nosotros que nos pueden sorprender o incomodar, pero como cualquier otra cosa durante nuestra existencia, todas ellas necesitan ser acogidas y comprendidas. De hecho, las partes de nosotros que más nos cuesta amar son las que más necesitan de ese amor incondicional por nuestra parte.

Lo crucial nunca es la luz, sino los instantes previos a su llegada, saturados de una oscuridad densa y pesada. Es en ese punto donde reside la oportunidad de transformación. Cuando uno se adentra en su propio ser, la claridad se revela de manera progresiva. El conocimiento de uno mismo es un río inagotable que no tiene principio ni fin. A medida que profundizamos en él, encontramos la serenidad y la calma necesarias para contemplar la verdad. Solo cuando la mente está en reposo —y esto no puede lograrse mediante la simple fuerza de voluntad, sino mediante la comprensión de uno mismo— puede la realidad manifestarse. Es solo entonces cuando se alcanza la dicha suprema, y la acción creadora se convierte en una posibilidad real».

Con el paso del tiempo, siempre nos referimos a este sueño como «El sueño del matarife de almas y la arrogancia de Jonás».

¡Oh, el absurdo de tu solicitud, al pedirme que te sumergiera en un relato sobre mi propia individuación! ¿Acaso no somos conscientes de que nuestras vidas se entrelazan de forma cuántica de manera ineludible, viejo amigo? No hay escape posible de esta interconexión que nos envuelve. Cada paso que di en busca de mi propia luz resonaba solemne en el reflejo de tu propia travesía. En nuestras experiencias compartidas, encontrábamos el terreno fértil donde germinaba la semilla del cambio. Ambos reciclamos nuestras propias sombras para iluminar con mayor intensidad la oscuridad de los demás.

Cabe cuestionar la verdadera relevancia de tal noble fin. ¿Acaso todos estos roles circunstanciales que desempeñamos tienen algún significado real? La naturaleza pasajera de muchos de ellos es demasiado evidente y, sin duda, no se les debe otorgar ninguna relevancia, ya que no definen nuestra identidad.

Pintores, músicos y poetas, al igual que cirujanos y científicos, solemos identificarnos con nuestros bellos y admirados propósitos, vocaciones y labores. Aun así, por importantes que nos parezcan, dicen poco sobre nosotros, ya que todos son temporales y finitos, en contraste con nuestro ser esencial.

En la sociedad actual, el desarrollo de una profesión es necesario con el único objeto de atender a las necesidades de la vida, por más que a algunos de nosotros nos pueda pesar, y con la única excepción de que se forme parte del pequeño grupo de supuestos privilegiados para los que no sería necesario por sus circunstancias específicas.

En los casos en los que coincida profesión con vocación y propósito, siempre será de relevancia el motor del autoconocimiento y la espiritualidad, ya sea consciente o inconsciente. Nos encontraremos, por lo tanto, con inspiradores individuos, libres de ataduras morales y dogmas, pero al mismo tiempo responsables consigo mismos y con los demás, que conocen lo que tienen que hacer y, al mismo tiempo, hacen lo que desean hacer. Esto solo se consigue sabiendo quiénes somos, y para ello muchas veces tendremos que elegir el sendero menos confortable, requiriendo las mismas dosis de valentía que de humildad.

No obstante, y considero que esta es la clave, en el camino de la búsqueda del propósito y la vocación, llega un momento en el que, cuando parece que hemos alcanzado el fin, deja de interesarnos, pues el verdadero trayecto, colmado de lo transpersonal, ha sido tan profundo que se valora como un fin en sí mismo, mientras que el propósito y la vocación se revelan como algo superficial, aunque puedan adquirir gran valor si se ponen al servicio de otros individuos. Se convive, de esta manera, con la cuestión «¿quién soy yo?» de una forma más pacífica y serena.

Para llegar a tan esplendoroso momento de mi vida, tuve que sondear lo más vasto de mi ser para reconocer quién es esa persona que dice: «¡Yo!». Considero que, en el proceso que nos lleva a intentar habitar la inmensidad manifiesta de nuestro ser, debemos buscar el equilibrio ideal entre la distancia y la familiaridad.

Rechazo con firmeza la idea de que solo somos seres entrelazados, y sostengo que no existe una existencia individual separada de las relaciones que nos conectan. Somos entidades en constante movimiento, surgidas del intrincado entramado de nuestras familias, arrastradas por las corrientes inconscientes del deseo colectivo.

Las inquietudes que nos ocupan ya no pertenecen al dominio de lo metafísico, de lo espiritual o de una minoría privilegiada. Nos encontramos inmersos en una era que nos insta a reconfigurar de manera radical nuestra percepción de la realidad, tomando consciencia de que la materia de la existencia son los demás, porque solo a través de ellos nos será posible el acceso a nuestro ser, y de ahí surgirá el descubrimiento de lo invisible.

Nuestras insignificantes historias de vida, repetidas una y otra vez a lo largo de los siglos, milenio tras milenio, con sus dramas y conflictos personales que nos aquejan, no pueden ser resueltos en su forma convencional; solo pueden desvanecerse mediante una nueva y profunda comprensión de la realidad misma. Solo de esta forma se producirá el salto hacia lo desconocido, y la existencia, que ahora se define por la repetición cíclica, tomará otros atributos hasta ahora desconocidos. Se tratará de una energía que no encuentra su origen en el linaje humano, sino que requiere de nuestra participación para manifestarse.

No existía forma alguna de contar mi historia de vida sin narrar la de Jonás, enlazadas y entrelazadas como constelaciones en un mismo cielo, preservando las lecciones aprendidas y transmitiendo el legado de generación en generación, trascendiendo la individualidad y convirtiéndonos en guardianes de la memoria colectiva en el ciclo infinito de repeticiones. Somos lo que somos por los que fueron.

Mi tarea estaba cumplida. Todo se había consumado. Mi amigo no solo existía en los recuerdos; había encontrado refugio en cada palabra que trazaba, en cada oración que nacía de mi pluma. Ya no era un fantasma atrapado entre las líneas, sino un latido vibrante, un pulso inmortal grabado en la piel del papel. Ahora, aunque el mundo siguiera girando, él permanecería allí: desafiante, vivo y eterno, en un silencio que clamaba con más fuerza que cualquier voz.

II. EL CONFORTABLE SENDERO

En el año 780 nació en Jiva, una próspera ciudad del actual Uzbekistán (antiguo reino de Persia), Abu Abdallah Muhammad ibn Musa al–Jwarizmi, conocido como Al–Juarismi o Algorithmi, quien es considerado el padre del álgebra y uno de los más brillantes matemáticos de la historia. En una ocasión, sus alumnos le preguntaron sobre el valor del ser humano, y Al–Juarismi respondió con la enorme sabiduría y la ecuanimidad propia del gran hombre que fue: Si tiene ética, entonces su valor es igual a uno. Si además es inteligente, le agregamos un cero y su valor será de diez. Si también es rico, le añadiremos otro cero y su valor será de cien. Si sobre todo eso es, además, una bella persona le agregaremos otro cero y su valor será de mil. Pero, si pierde el uno, que corresponde a la ética, perderá todo su valor, pues solo le quedaran ceros. Sin valores éticos ni principios sólidos no queda nada, salvo delincuentes corruptos y malas personas

AL-JUARISMI

En mi camino, tuve el privilegio de conocer, de manera íntima y personal, a destacados pensadores, agitadores de consciencias, filósofos, científicos, psicólogos y algunos de aquellos considerados gurús, cuyos nombres eran de sobra reconocidos y reverenciados por muchos. Eran admirados por su supuesto vasto conocimiento y sabiduría, con los cuales parecían capaces de iluminar a otros, a menudo a través de sus grandilocuentes y, en ocasiones, desmesuradas y delirantes respuestas a cualquier cuestión que se les plantease.

Fruto de la profundización en mi relación con ellos, descubrí que la mayoría no poseía más sabiduría que las mujeres y los hombres de mi entorno más cercano, y que lo único que diferenciaba a unos cuantos de ellos de otros seres humanos era su mayor capacidad de consciencia y de registro.

Pude contar con los dedos de una sola mano a aquellos que, con humildad, lograban abrazar la magnificencia del cosmos con una claridad asombrosa. Sin embargo, incluso en esos seres excepcionales, descubrí que, en lo más profundo de su ser, residían la misma fragilidad, los mismos anhelos y temores que los hacían iguales a quienes eran considerados simples mortales. A veces, sentían un miedo tan intenso que los paralizaba, revelándose tan humanos, tan vulnerables y, en lo más esencial, tan mamíferos como las personas más inconscientes.

En su momento, la contemplación de esta revelación desencadenó en mi ser un enorme deleite mental, una sensación de plenitud que me envolvió con su embriagadora esencia. No obstante, fue aún más trascendental lo que mis ojos presenciaron en aquel instante: aquellas personas que despertaron en mí una admiración profunda, cautivándome con su autenticidad y sabiduría, siempre permanecieron ocultas en la sombra del anonimato. Eran almas sencillas y humildes, portadoras de una inmensa sapiencia que trascendía cualquier título o reconocimiento.

Sus vidas, verdaderos testimonios vivientes de la verdad, revelaban la grandeza que se escondía en la naturalidad y la franqueza, como si en su interior resguardaran una evidencia inasible, una verdad que se expandía como el universo mismo y que se manifestaba en ellos como un cosquilleo cálido y sereno que ascendía desde el centro de sus estómagos hasta sus gargantas con cada inspiración, un murmullo del pulso cósmico, un recordatorio dulce y constante de que eran parte integral de algo mucho mayor que ellos mismos.

Y aunque reconozco la dureza de estas palabras, esta minoría parecía que formase parte de una especie biológica muy alejada en su evolución de la mayoría: los seres humanos inconscientes, alienados, enajenados y apartados de ellos mismos y de la propia esencia. En las contadas ocasiones en que me relacionaba con estos últimos, evitaba caer en la prepotencia y la arrogancia de quien ya había recorrido los caminos que ellos apenas comenzaban a transitar. En lugar de promover un vínculo genuino y creativo que permitiera una verdadera recirculación de energía, me limitaba a decir lo que creía que querían escuchar. Así, en vez de sermonear o dogmatizar, les ofrecía la tranquilidad y estabilidad que tanto anhelaban:

—Sí, todo va de maravilla. Mi familia está bien, todos están felices. El nuevo trabajo, fantástico, y los compañeros, inmejorables. Mi mujer... hermosa como siempre, y la casa, un sueño hecho realidad. Todo es perfecto —les tranquilizaba con una sonrisa, como si esa breve lista de logros pudiera disimular el vacío que resonaba en mi interior.

Eran maravillosos actores que dialogaban con otros actores de forma superficial e infantil. Dispersos e inconscientes como estaban, no eran más que rígidas máscaras interactuando con otras máscaras muy semejantes entre sí, casi idénticas, mientras se alimentaban de sus supuestas visiones de la vida, de todo salvo propias, genuinas o singulares.

Habitaban almas errantes en busca de consuelo y dirección, y, a pesar de que sus permanentes y postizas sonrisas parecían mostrar algo distinto, las sombras que albergaban en lo más profundo de sus corazones revelaban lúgubres y tenebrosas historias de seres deshechos, vacíos y perdidos.

Les resultaba insoportable enfrentarse a su interior, por lo que huían una y otra vez de su propia esencia. Evadían su angustia vital rodeándose de otros que compartían su inmenso dolor, sin permitir que la profundidad y la transformación penetraran en el vínculo. Era como si un oscuro presentimiento, cargado de secretos silenciados, culpas y remordimientos, acechara siempre en el horizonte, impidiendo cualquier conexión verdadera.

Fomentaban el intercambio de la elocuencia del silencio por una hipersocialización sostenida en relaciones tan superficiales como el reflejo en un charco, que traía consigo un inevitable desgaste emocional, juegos de poder y, al final, el temido vacío existencial.

Reacios a confiar en su guía interior, renunciaban a desplegar su innata maravilla. Cada vez que traicionaban su propia lealtad, disipaban energía vital, agotaban su intuición y se alejaban de esa esencia imperceptible que los conectaba con lo más recóndito de su ser. Sus vidas languidecían en la inercia de lo no vivido, como si sufrieran de un mal crónico que, al igual que un río agotándose, los arrastrara hacia el ocaso.

Todos ellos mostraban una ferviente inclinación hacia el control, evidencia clara de su total desconocimiento de las leyes elementales que rigen la existencia. Aterrorizados por la inmensidad de la vida, buscaban con desesperación aferrarse a cualquier forma de dominio sobre su realidad. Sin ese control, se sentían incapaces de avanzar conforme a las expectativas impuestas por los demás, ansiando certezas en un universo regido por una incertidumbre mágica e inquebrantable.

Se otorgaban la razón sin reservas ante sus conflictos con los demás, reafirmando sus respectivos puntos de vista con numerosas palmaditas reconfortantes, sonrisas forzadas y falsos halagos. Lo suyo era una confabulación de adulación mutua, como la lengua protráctil de ciertos reptiles, que provee lametones y lisonjas a los de dentro mientras urde palabras afiladas para los de afuera, desencadenando una implacable violencia sistemática y unidireccional de los semejantes hacia los diferentes.

Las cosas idénticas solo reproducen más de lo mismo. Con devota pasión, resguardaban la cosmovisión preponderante, asumiendo el papel de custodios del orden establecido. Sin pausa, cultivaban y consolidaban alianzas de manera insensata y pueril, frente a los pocos seres humanos, rebosantes de virtudes, que se atrevían a alejarse de aquellos juegos de niños en los que, como una condena autoinfligida, ellos se habían obligado a vivir, sin descanso, en el ciclo del todo y del uno.

Sin lugar a dudas, aquellos eran pactos sombríos y rastreros frente a esos mismos individuos que criticaban y etiquetaban como raros, serios, monótonos, peculiares, tediosos, inadaptados, atípicos y estrafalarios. Los descalificaban no por ser indignos de su compañía, sino por algo aún más inquietante: por ser libres e independientes. Cualquier ser humano en sintonía con su propia esencia podía percibir la abismal distancia que lo separaba de esas pobres almas en pena, empeñadas en proyectar su frustración, desesperanza y malestar sobre los demás. Estos individuos, en lugar de cultivar su propio jardín, se entregaban por completo al juicio del ajeno. Para ellos, pocas cosas resultaban más insoportables que la incomodidad de un buen ejemplo.

No, no eran personas, sino campanas que producían sonidos huecos. Lo que decían y la verdad eran dos corrientes irreconciliables, como trayectorias paralelas destinadas a mantenerse en una distancia infinita. Cada una seguía su propio curso, sin la más mínima posibilidad de encontrar un punto de encuentro en el horizonte, como dos realidades ajenas destinadas a coexistir en el mismo cosmos sin jamás entrecruzarse.

Sordos por el ruido ensordecedor de sus propias vidas, por desgracia, poco necesitaban para expresar su profunda insatisfacción vital y su aridez espiritual, a las que daban salida en forma de amargos lamentos, enquistados juicios y graves protestas. Con el tiempo, me fue posible comprender la razón por la que actuaban de tal modo, pues en su día fui uno más, quizás el más desconectado de todos ellos, y entendía que no poseían la más mínima capacidad de registrar o tomar consciencia de que, con su forma de actuar, no mejorarían las cosas. Más bien todo lo contrario, pues, aunque diez mentes imbuidas de esperanza podían generar cien mentes afines, diez mentes dominadas por el desaliento generaban, sin duda alguna, cien mil mentes atrapadas en el mismo patrón oscuro de pensamiento.

De esta manera, se revelaban las pautas que impregnan la historia humana, contrastando los matices del ser inconsciente y también del consciente. Los experimentos de Zimbardo, el efecto Lucifer y el experimento de Milgram, como prismas que reflejan la complejidad de la condición humana, arrojaban una luz implacable sobre la fragilidad de nuestra psique y la maleabilidad de nuestras convicciones, encontrándonos cara a cara con la facilidad con la que nos convertíamos en verdugos y víctimas en un entorno controlado. La arbitrariedad de los roles asignados y el poder conferido erosionaban la brújula humana y permitían que las fuerzas oscuras del inconsciente florecieran sin restricciones. De esta forma, la nobleza y la compasión, cualidades que asociamos con lo humano, cedían ante la tentación del poder absoluto y el estímulo de la obediencia ciega a lo igual.

A todas luces, constituían un enorme grupo dominante de seres enajenados, despojados de consciencia y tan vacíos como la «o» de Dios.

Así, durante milenios y a través de incontables generaciones, cultivaban el descontento, las quejas y las acusaciones, siempre dirigidas hacia los ausentes, erigiéndolos en chivos expiatorios de sus propias frustraciones. Necesitaban esa figura externa para eludir la responsabilidad, transformándose así en víctimas perpetuas de su propio infortunio.

No mostraban ninguna disposición a considerar los argumentos de la contraparte, pues su única motivación era librarse de aquel malestar que los consumía y les resultaba insoportable. Todo nacía de su profunda desilusión, de saberse impostores y de no haber logrado ser quienes en verdad eran. ¡Qué maravillosos seres humanos nos hemos perdido por ello! ¡Cuántas cosas nos podían haber enseñado! ¡Cuántas otras almas podrían haber liberado!

Con prontitud y agudeza discerní la encomienda que se me había asignado, comprendiendo las capacidades que un simple mortal, tan defectuoso como yo, podía desplegar. El matiz de energía con el que me hallaba impregnado se reveló ante mi percepción, permitiéndome intuir cómo cada uno de mis encuentros con ellos podría haber dado lugar no a sentimientos de envidia, crítica, escarnio, temor o escepticismo altanero, como acabaría aconteciendo, sino más bien a sentimientos de admiración, respeto, afecto genuino y a un escepticismo auténtico, característico de aquel que posee la humildad necesaria para inquirir y cuestionar. Es menester subrayar que este último escenario habría resultado doloroso para todos ellos, pero, al mismo tiempo, habría provocado una transformación profunda y significativa. Nos encontramos en una época dominada por la cultura de la complacencia, donde pocos se atreven a enfrentar el dolor en lugar de aliviarlo, ya que las reformas resultan lastimosas.

Ante los méritos ajenos, hay dos maneras de comportarse: o bien desarrollar los propios, o bien impedir que alguien más los posea. No hace falta mencionar que la mayoría de mis antiguos conocidos optaron, luego de tales encuentros, por mantener inmutables sus trayectorias vitales, desaprovechando la oportunidad alquímica y ocultando con esmero el malestar subyacente que afectaba a sus propias historias, renunciando así a fomentar su individuación específica y a consagrarse al servicio de los demás, cúspide absoluta del significado de nuestra estancia en el mundo.

La razón primordial de este accionar radica en que el ego, confinado en los límites de su propio universo, se manifiesta como una fuerza ineludible: una estructura arrogante y singular, convencida de su capacidad para colmar todos los anhelos y deseos.

Y es que, al final, atreverse a transgredir los límites y desafiar la estabilidad pasajera es el valiente resultado de aventurarse. Sin embargo, ellos no estaban dispuestos a sumergirse en la incertidumbre, renunciando así a experimentar un auténtico encuentro consigo mismos. No ansiaban lo nuevo, sino una prolongación de lo mismo: algo distinto, pero siempre ceñido a lo conocido. Estaban condicionados a elegir, una y otra vez, la perpetua reiteración.

De este modo, permutaron todo el coraje, toda la gracia, toda la mente clara y el corazón compasivo por ira, descontento, llantos, lamentos, celos, envidias, venganzas, juicios y críticas. Contra la plenitud de la existencia, contra las personas, contra los animales, contra el trabajo, contra el tiempo, contra la política, contra el arte, contra la religión, contra la espiritualidad. Criticaban el libro que se leía, la melodía que se escuchaba, la comida que se consumía o la ropa que se vestía. Por desgracia, ignoraban que sus terribles quejidos y lamentos no se dirigían a esas cosas mundanas, muchas de ellas bellas y hermosas, sino más bien a las proyecciones de su propio interior en el juego de reflejos y pantallas, en la búsqueda de provecho, el deseo, la muerte, y, en última instancia, el poder y el control que ansiaban por encima de todo.

En este sentido, una mujer especial, que un día, de manera inesperada, me amó y a quien siempre recordaré con espléndida gratitud, me hizo entender que solo se podía proyectar cualidades en otra persona si esta disponía del espacio necesario para albergarlas. Por ende, también encontré individuos que me idealizaban por completo, atribuyéndome dones que jamás podría aceptar, pues yo, al igual que cualquier otro, tampoco sabía vivir y apenas lograba sobrevivir a mi manera. Por ende, ninguno de esos halagos ejercía la menor influencia en mí, ya que solo atendía al aplauso de una sola mano. Así, decir sí a todos es decir sí a nada.

Mi corazón se llenaba de una inmensa gratitud por tener la oportunidad de conocer a aquella minoría, a esos seres humanos de tan magnánimo calibre, pues todas las fantasías que atribuían a este pobre y simple ser humano no eran más que el reflejo de una serie de cualidades y virtudes que ellos poseían en potencia, pero que, pese a ello, no se atrevían a reconocer de manera consciente debido al titánico esfuerzo que suponía indagar en cuestiones de tal profundidad, por lo que vivían esas virtudes de forma inconsciente a través de mi ser, mediante el constante juego de las proyecciones, que era una constante en sus vidas.

Gracias a sus idealizaciones, aprendí a discernir que lo que fui o lo que hice en su momento es una sombra desvanecida que no pesa en mi presente. Lo que de verdad importa es lo que me falta, ese vacío esencial que me define más allá de cualquier logro superficial. Somos, en esencia, la suma de nuestras carencias, las habilidades que aún no dominamos y las áreas donde nuestro conocimiento se muestra frágil y desmoronado. Esta autopercepción, nacida de la insatisfacción y el anhelo, nos empuja de manera continua hacia la búsqueda de aquello que aún no somos, que aún no poseemos, y en esa búsqueda hallamos nuestra verdadera identidad.

En muchas otras ocasiones, lo que proyectaban nada tenía que ver con mi momento actual, aunque podía resonar con la energía que emanaba de mí como una reminiscencia arquetípica inconsciente de distintos lugares del pasado o una oposición de emplazamientos del presente.

De hecho, recuerdo que en cierto momento de mi vida me encontraba junto a *ella* recorriendo un gran bosque que había sobrevivido cuarenta millones de años, convirtiéndose en un fósil viviente tan antiguo como mi propia alma, vestigio de la abundancia verde y abierta al mundo de lo que un día fue.

Brotaba el agua del manantial, hasta se creía oír el susurro de la corriente. Yo me sumergía en el sonido de su respiración serena y rítmica, que me acogía permitiéndome habitar el presente en su totalidad. Poseía cabellos negros con un matiz oliváceo. Su mirada clara y alegre descansaba sobre mí, colmada de la información de cien mil bibliotecas, y sus ojos rasgados y profundos atravesaban mi alma por completo, rebosantes de todo el dolor y la belleza del mundo.

Del camino en el que nos encontrábamos venían alborotos y estridentes ruidos de otros grupos de caminantes. No deseábamos ni por un segundo ver interrumpida la alegre risa de agudo timbre del colirrojo. Decidimos entonces sentarnos un rato a esperar a que la pareja más ruidosa, que con obstinación había secuestrado toda la vitalidad del anciano bosque, nos adelantase, y así poder continuar disfrutando entusiasmados de la intensa energía mágica de aquel lugar ancestral.

Durante unas horas continuamos caminando a paso lento, hacia la rojiza luz del sol que envolvía sus agraciados y exóticos rasgos con un manto de brillo eterno y dorado. Pisamos el milenario granito, tan húmedo y erosionado como nuestros propios corazones, que otorgaba algo de estructura al estrecho sendero.

Recolectamos brillantes escaramujos de los sotos ribereños, con los que ella pensaba cocinar una exquisita y rojiza mermelada que contuviese una chispa de la paz y la compasión que el bosque nos entregaba en agradecimiento al inmenso respeto que le profesábamos. Consagramos nuestro encuentro con lo divino, que habitaba este lugar, así como en los animales, las plantas y las rocas, todos ellos partes inseparables de aquella morada sagrada.

Sus pequeños pasos resonaban como los míos, su aroma se complementaba con el mío propio, y su deliciosa alegría se fundía con la mía. Los bejeques de monte, los viñátigos, los algarrobos y los tejos nos hablaban con suavidad y claridad. Embriagados por el asombro, recorrimos los cientos de túneles entrelazados que formaban las vigorosas ramas, cubiertas de musgos que atestiguaban la elevada pureza de aquel paraje divino, alejado de los escenarios distópicos de los núcleos urbanos. Tras un buen rato de caminata, regresamos a un rincón del bosque donde convergían varios senderos, más estrechos y sinuosos, pero igual de hermosos.

Bajo la pasarela, se ocultaba un jardín descuidado, donde árboles longevos y llenos de sabiduría alzaban sus ramas en una maraña sombría. Acebiños, barbusanos, madroños, brezos y naranjos silvestres formaban una densa espesura. El verdor pálido y abierto del lugar contrastaba con los intensos tonos amarillos de los líquenes que, sin reparo, cubrían cada centímetro de las tapias, dibujando formas foliáceas y lobuladas. Aquella visión me transportaba a una galaxia perfecta, perdida en el rincón más misterioso del universo, sumiéndome, por un fugaz instante, en un olvido profundo de mi nombre y mi lugar en este supuesto mundo que creía estar habitando.

De repente, de algún lugar lejano, nos llegaron fatigados alaridos y quejas en idiomas difíciles de distinguir para mí, debido a la total confusión en la que me encontraba sumido en ese momento. Como si un murmullo en la brisa hubiera despertado nuestros sentidos, nos vimos arrancados de nuestro retiro introspectivo. El rumor distante se transformó en un alboroto creciente. Entonces, del horizonte emergió la pareja con la que habíamos comenzado el día. En ese preciso instante, comprendí que estaba a punto de abandonar mi refugio silencioso para embarcarme en un fascinante viaje de descubrimiento interpersonal, abrazando la vitalidad del vínculo que se forjaría en ese nuevo encuentro.

Y así fue. En medio de la calma, un estruendo rompió el silencio cristalino. Mi mochila, cargada como de costumbre con numerosas cosas, como protectores solares, comida y botellas, se desplomó al suelo, estrellándose contra una roca con un estrepitoso impacto que reverberó por el entorno pacífico del bosque. El sonido pareció cobrar vida propia, desmantelando la armonía delicada que se había tejido entre los viejos árboles y el trino suave de los capirotes escondidos entre sus ramas.

En ese instante, mis ojos se encontraron con los de la mujer, la más vociferante del camino, quien me observaba con un destello arrogante de ira y juicio. En su mirada, pude percibir la sombra de su propio ruido, proyectándola hacia mí sin ser consciente de ello, sin que apareciera ningún tipo de registro. Y en ese momento, se hizo evidente que, a pesar de mi naturaleza silenciosa, albergaba dentro de mí el potencial de ser ruidoso, más fogoso, más vital, más entusiasta, capaz de manifestar esa proyección que ella reflejaba.

Mientras la mujer permanecía inalterable en su estruendo, sin capacidad de registrar nada de lo ocurrido, yo experimentaba un gran aprendizaje. La comprensión de que los espejos no solo reflejan nuestra propia imagen, sino también las proyecciones ajenas sobre nosotros, se volvía tan clara como el agua de un arroyo cristalino. Comprendí que esos juegos de reflejos ofrecían una oportunidad para servir a los demás, para entender y superar esas proyecciones y, de este modo, alcanzar una mayor empatía y comprensión por quienes me rodean. Más allá de la diferencia aparente, estábamos unidos por la intricada matriz cósmica de la humanidad, por los lazos invisibles que nos conectan en un tejido único y complejo. La mujer, de comportamiento bullicioso, era un espejo que me invitaba a explorar mi propio potencial de ruido, mientras que yo, en mi serenidad, podía ser un espejo para reflejar y comprender las emociones y vivencias de los demás.

Por el contrario, ella parecía ajena a la proyección que emanaba de su conducta estridente, sin mostrar señales de autoanálisis o reflexión. En vez de cuestionar su propia actitud tumultuosa, la mujer se aferraba a su proyección, desplegándola sobre los demás con una obstinación inquebrantable.

Esta falta de autoconciencia y resistencia al cambio resultaba fascinante, un recordatorio de la complejidad humana y de cómo algunos individuos, a pesar de las numerosas oportunidades para el cambio y el crecimiento, preferían anclarse en patrones rígidos y cristalizados. Era como si la sombra de su ser se hubiera arraigado con tal firmeza que resistía la luz transformadora. Sin duda, ella viviría muchas más de estas experiencias, sin registro alguno ni posibilidad de transmutación, ya que las vibraciones se repiten como nuevas oportunidades de ser integradas. Y, no nos engañemos, la gran mayoría de los seres humanos mueren en el mismo estado larvario en el que nacen, sin alcanzar jamás el florecimiento de su potencial interior.

En esencia, comprender nuestro ser no se trata de refugiarnos en la soledad de nuestros pensamientos imaginarios, sino de adentrarnos en el intrincado juego de las relaciones humanas. Es en la interacción con los demás donde encontramos la herramienta más poderosa para el autoconocimiento. Como hay que comenzar con uno mismo, pero no terminar ahí, al final es imprescindible ponernos al servicio del otro.

Pero lo cierto es que, en realidad, no sabemos lo que somos porque lo que somos lo vamos descubriendo a medida que avanzamos en la vida. A medida que vamos siendo, siempre a posteriori. Es como si la realidad fuese un gran laboratorio, donde experimentamos con nosotros mismos, y vamos descubriendo nuestra verdadera esencia a medida que avanzamos, desentrañando nuestro ser a través de la experiencia del vínculo, la introspección, la reflexión y la meditación. En última instancia, lo que somos es el resultado de un largo camino que hemos recorrido, sin que la mayoría registre que el sendero recorrido, más o menos confortable según los casos, también formaba parte, en lo más profundo, de nuestra esencia.

Esa sencilla experiencia, vivida en el seno del bosque milenario, trazó un puente hacia nuevas sendas de encuentro y exploración. Me percaté de que mi corazón latía con renovada energía ante la perspectiva de una travesía por descubrir, una aventura que prometía llevarme a territorios lejanos y enigmáticos. La India, con su tesoro cultural y espiritual, se revelaba como la morada idónea para sumergirme en un mundo saturado de matices vivos y sabiduría ancestral.

¿Acaso aquel lugar, con su aura mística, se convertiría en el espejo que reflejaría las sombras ocultas de mi ser? ¿Sería en sus templos sagrados y bulliciosas calles donde hallaría respuestas a mis indagaciones? ¿Acaso aquella mujer, con su mirada de juicio, no resultaba más que un reflejo distorsionado de mis propias inseguridades?

Mi decisión de adentrarme en los dominios de la India, un lugar que parecía oponerse a mi espíritu *underground* y mi inclinación por lo alternativo, me reafirmaba en una de las cualidades más básicas de mi estructura: la contradicción. Todo el asunto de la elección por la India resultó ser útil para llegar a la conclusión de que era un hombre muy de mi tiempo, con los padecimientos, las graves equivocaciones y los errores inherentes a la época. Un ser humano tan a la deriva como el que más, un enigma. Sin embargo, así éramos todos, las criaturas de este lugar y este momento.

El *ashram* en el que pensaba alojarme unos días se encontraba ubicado en la ciudad de Tiruvannamalai, en la región meridional del país. La elección de ese enclave fue influenciada, en parte, por la veneración que aquellas tierras otorgaban a los cuatro elementos naturales: aire, fuego, agua y tierra, una afinidad que resonaba en mi interior. Asimismo, mi determinación se fundamentó en la ausencia de cualquier incentivo pecuniario por parte del *ashram*, una cualidad que armonizaba a la perfección con mi perspectiva de la realidad y la espiritualidad, que yo creía poseer, y de la inseparable vocación de servicio a los demás, asociada a ella.

Además, el *satsang* estaba dirigido a aquellas personas que practicaban ciertas enseñanzas de Sri Ramana Maharshi, o que deseaban aprender sobre ellas, lo que despertó en mí una gran expectación e ilusión, dado mi profundo respeto y admiración por el camino vital de este ser humano tan inspirador. No era solo un divulgador que repetía las enseñanzas de un sabio, como tantos otros, sino un verdadero agitador de consciencias, de quien tanto había aprendido.

Durante la planificación de este viaje, que terminó resultando tan transformador, quise conocer hasta el más ínfimo detalle vinculado con el mismo que pudiese ayudarme a materializar mis objetivos. Entre las inquietudes logísticas que acapararon mi atención, emergía con claridad la dicotomía compuesta por la distracción y la concentración. Así, desde mi arrogante estructura, que en aquel momento continuaba sintiendo, en ocasiones, la existencia como algo controlable, traté de elegir la opción óptima y eficiente, y esa era, a mi juicio, la concentración.

Para alcanzar este fin, no se me ocurría mejor ejercicio que viajar a aquel rincón remoto del sur de la India donde la mayoría hablaría un idioma hermoso, aunque ininteligible, que me permitiría concentrarme en mí mismo incluso rodeado del incesante y tumultuoso ruido rosa que, para mis oídos, significaría el hindi. Al no comprender a nadie, tendría la oportunidad de dirigir toda mi atención hacia mi mundo interior, eliminando las distracciones que surgirían del entorno y encapsulándome en un nido, una suerte de aislamiento revelador de mi verdadero ser... o al menos, esa era mi estrategia.

Así, mi periplo me condujo hasta la encantadora ciudad de Tiruvannamalai, tras un itinerario que comenzó en Madrid, con una escala en la cosmopolita Frankfurt, antes de llegar al Aeropuerto Internacional de Chennai. Mientras aguardaba en el aeropuerto, reflexioné sobre cómo mi travesía no solo se desplegaba en un plano geográfico, sino también en uno espiritual. No solo porque el destino fuese la India, sino porque era un viaje.

Ahora bien, conviene aclarar que Tiruvannamalai no encarna el prototipo de la India caracterizada por el majestuoso

Ganges, el emblemático Taj Mahal, la bulliciosa Nueva Delhi o el santuario espiritual de Rishikesh. Tiruvannamalai, en cierta medida, se desliza más allá de la influencia arrolladora de las hordas de turistas que amenazan la singularidad y la esencia de los lugares que visitan, sometiéndolos a una homogeneización desalentadora y una caricaturización desprovista de autenticidad.

Ya desde el vuelo al Aeropuerto Internacional de Chennai, albergaba un deseo irrefrenable de abrir por completo mi alma a mi llegada al *ashram* Sri Ramana Maharshi, de mostrarme en mi totalidad, de fusionarme con el lugar y con los demás buscadores, de vaciarme, de despojarme de artificios, de rendirme sin condiciones. Para ello, muestra de mi desconexión absoluta con mi ser, había necesitado viajar a la India, a más de ocho mil kilómetros de distancia.

En escasos cuarenta y cinco minutos, el ajetreo caótico de la urbe se desvanecía como un efímero suspiro, y en su lugar se erigía el remanso sereno y reflexivo del *ashram*, un refugio incomparable a los pies de la majestuosa montaña Arunachala. La primera vez que divisé la montaña, sentí como si hubiera estado allí antes, a lo largo de innumerables vidas, cada una un reflejo distorsionado de la anterior.

Como ocurre con cualquier otro aspecto de la vida, la ubicación del *ashram* no parecía ser un simple producto del azar caprichoso, sino más bien una manifestación de un propósito más profundo. Dentro de sus muros sagrados reposaba el lugar donde Alagammal, la madre de Sri Ramana Maharshi, halló su descanso eterno, siguiendo los ritos ancestrales que honran a quienes han trascendido por la gracia y la sabiduría.

La imposición religiosa impidió su cremación en la montaña de Arunachala, por lo que su sepelio se realizó a sus pies. Fue allí donde Maharshi, con devoción filial, cuidó de ella durante sus últimos días terrenales y donde, con cada amanecer, acudía con fervor para honrar su memoria en las frecuentes circunvalaciones a la montaña.

Con el paso del tiempo, Sri Ramana Maharshi se sintió cada vez más atraído hacia ese lugar, deseando permanecer en proximidad con el cuerpo. En un momento específico, experimentó un impulso irresistible de arraigarse allí. «Algo me colocó allí y yo obedecí».

Me sentía identificado con aquella frase, y allí me encontraba, pasando por debajo del arco que anunciaba el nombre del *ashram* en honor al gran hombre que vivió en él. Con paso pausado y reverente, crucé la majestuosa puerta y me encontré en el inmenso patio central, cuyo esplendor rivalizaba con el de cualquier animada plaza de un pintoresco poblado. Me refugié por unos instantes bajo la sombra acogedora de los árboles centenarios, sintiendo cómo el aliento, rendido ante la intensidad del ardiente sol, regresaba a mí con suavidad. Consciente de la importancia de cuidar mi cuerpo, me hidraté con la frescura única del agua cristalina, que parecía renovar cada célula.

Ante mis ojos se alzaban, majestuosas, dos torres de estilo dravídico, una visión que evocaba la grandeza de un pasado ancestral. Una de ellas coronaba el Santuario de Matrubhuteswara, erigido sobre la tumba de la madre de Ramana Sri Maharshi, mientras que la otra se erigía sobre la Sala Nueva, donde contemplé durante un largo rato una hermosa estatua de tamaño natural del maestro.

Tras un rato de introspección, me dirigí hacia el Samadhi de Maharshi, un sagrado santuario erigido con devoción sobre la tumba del maestro espiritual. Frente a mí se extendía una gran sala de meditación, impregnada de una atmósfera serena y trascendente. El noble suelo de mármol blanco parecía reflejar la pureza del alma, invitándome a dejar atrás el ruido del mundo exterior y a sumergirme en la profundidad del silencio interior. Con cada paso, sentía cómo mi ser entraba en sintonía con la energía del lugar, como si el espíritu del maestro se revelara a través de cada rincón sagrado.

En el centro de la sala se alzaba, majestuosa, una plataforma elevada conocida como *mantap*, una morada sagrada que acogía la esencia misma del maestro. Allí, la *vimana*, o torre, se erigía con una presencia imponente, como un símbolo de veneración y respeto hacia el gran sabio que una vez habitó aquel santuario. Era como si ascendiera hacia el cielo, conectando la tierra con el reino de lo divino y recordándonos que la sabiduría y la trascendencia están, en verdad, a nuestro alcance en cada minúsculo rincón del universo.

En aquel lugar, me sumergí durante horas en un océano de pensamientos que, más veces de las que quisiera admitir, se manifestaban de forma infantil e irracional. Desde lo más recóndito de mi ser emergía una ola de descontento, como si el caprichoso viento de la incertidumbre me visitara de nuevo, anunciando dificultades en el horizonte. Una sensación de insatisfacción me envolvía, tanto con mi presencia en aquel lugar como conmigo mismo, mientras la raíz de mi inquietud permanecía esquiva e incomprensible.

¿Había tomado la decisión correcta al aventurarme en este sendero de búsqueda espiritual? ¿Acaso encajaba de verdad en este paisaje de benevolencia y serenidad? Sin duda, preferiría haber permanecido enraizado en el suelo de mi hogar sin moverme en lugar de enfrentar la incomodidad que se presagiaba en este entorno, colmado de sonrientes, apacibles y calmados buscadores que exhibían al mundo su espiritualidad a golpe de clic. ¿Qué hacía en realidad allí entre esta supuesta gente bella, alegre y bondadosa? No pertenecía a ellos.

Más allá de la apariencia de despreocupación y serena autosuficiencia que impregnaba sus vidas, se escondía un elemento mucho más profundo y revelador: una rutina incontaminada de sentidos y sentimientos que no trascendía lo cotidiano. En un mundo que oscilaba entre la vorágine de un trabajo febril, las comparaciones insaciables y la constante búsqueda de validación, junto a momentos de pereza, ocio indulgente y distracciones fugaces, estas almas sonreían con una mezcla de ingenuidad y secreta emoción. Era como si sus miradas se dirigieran hacia un paraíso perdido, un origen idealizado de la existencia compartido solo con los más inocentes en los amaneceres luminosos. Con el tiempo, ese paraíso parecía haberse desvanecido, pero aún permanecía arraigado en sus sueños, impregnados de las fragancias del jazmín y el azahar.

El repertorio de gestos desplegado por estos impetuosos buscadores parecía conectarlos con un lugar lejano y anhelado, una tierra prometida hacia la cual se dirigían con fervor. A través de sus acciones y expresiones vislumbraban un mundo más allá de lo mundano, un reino en el que lo invisible y los sentimientos adquirían un protagonismo especial. Se aventuraban hacia el horizonte de lo desconocido, con la certeza de que un propósito superior los aguardaba y de que el viaje hacia la plenitud espiritual era un sendero de enriquecimiento interno y autodescubrimiento.

Abatido y convencido de que, como ellos, también detrás de mi dignidad albergaba la duda y el temor, me dirigí al caer la tarde hacia la hospedería para acomodar mis escasas posesiones en la habitación compartida con otros viajeros, provenientes de diversos rincones del mundo, con quienes conviviría, al menos al principio, tres días en aquel sagrado recinto.

Durante la primera noche me sumergí en sueños donde llamas azuladas, de proporciones titánicas, desencadenaban lenguas monstruosas y voraces que consumían sin piedad la oscuridad, desatando un incendio descomunal que se propagaba implacable por todo el recinto del *ashram*. En medio del infernal espectáculo, mi cuerpo quedaba presa del incendio voraz, consumiéndose en su abrazo ardiente, mientras que, de alguna manera inexplicable, mi corazón permanecía inalterable, como si la esencia más profunda de mi ser resistiera con firmeza la embestida de la destrucción.

Envuelto en la oscuridad de la noche, emergí de aquel sueño sobresaltado, solo para caer de nuevo en las garras del insomnio, que se aferraba a mi ser mientras la madrugada empezaba a insinuarse con una luz tenue y tímida. Y así, en medio de aquellas fantasías inquietantes y con el amanecer apenas despuntando, el sueño terminó por apoderarse de mí, sumiéndome en un letargo que se prolongó hasta bien entrada la tarde.

Al despertar, me hallé inmerso en un laberinto de dudas e inquietudes que parecían envolver cada fibra de mi ser. Todo me parecía desdibujado y carente de sentido. Los cimientos de mis valores más firmes aparecían desestructurados, y las prioridades y principios que durante largo tiempo habían guiado mi vida se trastocaban, cediendo espacio a trivialidades que ahora ocupaban un lugar inesperado en mi mente. Me sentía como si hubiera extraviado el rumbo, olvidando lo más elemental y permitiendo que las nimiedades más fútiles se adueñaran de mis pensamientos.

Lamentaba la sensación de estar transitando por los minutos casi a la fuerza, como si la cadencia del tiempo me arrastrara sin piedad hacia un destino incierto. Sin embargo, en medio de la confusión, una intuición tenue pero firme resonaba en mi interior, advirtiéndome que no debía abandonar el *ashram*, a pesar de la completa falta de motivación que sentía. Era como si una voz interna susurrara que, en medio de esa turbiedad, este lugar sagrado albergara las respuestas que tanto anhelaba, y que la travesía de autoconocimiento y sanación aún no había alcanzado su fin.

Durante la tarde, mis compañeros comenzaron a congregarse poco a poco en la habitación. Observaba cómo la mayoría buscaba consuelo y serenidad en ese espacio, que se transformaba en un refugio efímero frente a las tensiones del mundo exterior.

En contraste, yo me encontraba sumido en un torbellino de emociones, una batalla interna que me sacudía con fuerza. Algo inmenso despertaba en mi interior, algo tan incómodo como imposible de ignorar. La angustia me atrapaba, llevándome a cuestionar si, en mi búsqueda de algo más grande, no estaría sacrificando partes esenciales de mí mismo. ¿Había, sin saberlo, renunciado a una verdad que antes creía incuestionable? Cada paso que daba me parecía un salto hacia lo desconocido, mientras una parte de mí, desesperada, seguía aferrándose al control. ¿Acaso estaba abandonando el camino que tanto esfuerzo me había costado recorrer? ¿O el destino me estaba guiando por senderos invisibles que aún no comprendía?

Nada a mi alrededor lograba captar mi interés. Durante el segundo día de reclusión en mi habitación, comenzaron a visitarme varios maestros, como si desfilara ante mí una colorida procesión de diversos vehículos de consciencia. Cada uno intentó guiarme con sus métodos habituales, pero al principio, todas sus enseñanzas y consejos parecían caer en saco roto.

El primero de estos mentores, un hombre simpático, delgado y menudo, me ofreció su orientación espiritual con una serie de enseñanzas prácticas sobre cómo abrazar la verdad interior. Todo aquello me parecía distante de la espiritualidad que yo llevaba en mi interior.

A pesar de ello, como un escéptico que rehúsa caer en la soberbia de creer que lo sabe todo, opté por asimilar ciertos aspectos de la enseñanza del maestro, buscando alguna verdad oculta en ellos. Me intrigaba explorar su enfoque, aunque mi convicción interna se resistía a aceptarlo por completo.

Otros maestros fomentaban la reflexión, animándome a examinar mi realidad y a buscar respuestas a las preguntas existenciales fundamentales. Este ejercicio se convertía en una herramienta valiosa para la introspección. Sus enseñanzas, elevadas como si fueran alumnos aventajados en la escuela de Lipman, ofrecían luz a otros buscadores, guiándolos hacia una consciencia superior y otorgándoles una visión más clara de su ser interior y del vasto universo que nos rodea, como auténticos viajeros del cosmos.

A medida que me adentraba en las enseñanzas de estos sabios, descubrí que el pensamiento no era más que una extensión de nuestro cuerpo, una expresión delicada de nuestra realidad terrenal. Cada idea, cada análisis, estaba entretejido con la nutrición que recibíamos, con el compás de nuestra respiración y, al fin y al cabo, con la capacidad de nuestra alma para vibrar y sentir. Era como si nuestras mentes fueran instrumentos afinados por las pulsaciones de la vida, revelando que el pensamiento no es un acto aislado, sino una melodía que nace de lo más profundo de nuestro ser y se sintoniza con el universo que habitamos.

Uno de estos maestros se sentó a mi lado, tan próximo que nuestras energías se entrelazaron. En ese instante, sentí cómo su intención era infundirme serenidad y consuelo. A través de ese simple gesto, pretendía recordarme que la enseñanza no se limita a las palabras, sino que también reside en el contacto humano. Como seres de carne y hueso, cósmicos y resonantes, encontramos sabiduría en las conexiones físicas auténticas, que trascienden lo corpóreo.

Ese encuentro me hizo entender que la espiritualidad no es algo desligado de nuestra naturaleza humana, sino que está entretejida con cada uno de nuestros actos y relaciones. La sabiduría no solo se expresa en palabras, sino en el roce cálido de una mano, en la empatía y la conexión genuina entre almas.

A pesar de mis dudas y temores, poco a poco fui comprendiendo que mi estancia en el *ashram* se estaba convirtiendo en una fuente de lecciones invaluables, tanto sobre mi propio ser como sobre la esencia misma del cosmos.

Aquella tarde, cuando creía que el día se desvanecía en el crepúsculo, un hombre alegre y menudo, que más tarde supe era el custodio de la biblioteca, vino a visitarme. Traía consigo los tesoros más preciados del conocimiento oriental, resonando en mis oídos el eco de generaciones de sabios que habían plasmado su sabiduría en aquellos libros. Sabía que su intención era proporcionarme las herramientas necesarias para adentrarme en los caminos del autoconocimiento y hallar la verdad en mi propio ser.

Una hora más tarde, vencido y confuso, descendí hasta el comedor y me senté abatido a la mesa. El aroma de una especiada sopa de verduras y *dahl* de lentejas con salsa *raita* llenaba el ambiente, pero mi mente estaba tan inquieta como un torrente furioso, incapaz de disfrutar de aquel festín de sabores. Al terminar de comer, me quedé allí, abandonado y sin saber qué hacer, mientras mis ojos se perdían en las anaranjadas llamas de las velas que iluminaban la estancia. Poco a poco, sentí cómo me hundía en precipicios de envidia, rabia, maldad e insatisfacción, abismos de los que no deseaba escapar.

Me retiré a descansar, pero la agitación de mis pensamientos y emociones no me permitía encontrar paz. Me sentía quebrado, como si mi ser estuviera fragmentado en mil pedazos sin un propósito que los uniera.

Al tercer día, justo cuando el sol comenzaba a teñir el horizonte con cálidos matices dorados, un hombre de sabiduría incuestionable, Gour Govinda Swami, apareció en la puerta de mi habitación. Su figura proyectaba una calma indescriptible, una serenidad que envolvía el espacio a su alrededor como un manto invisible. Había algo en su andar pausado, en la profundidad de su mirada, que escapaba a las limitaciones del lenguaje:

—Tiembla todo lo que quieras, por favor —dijo con una voz profunda y suave, que parecía emerger de lo más hondo de su ser. Su inglés tenía una cadencia pausada, como si cada palabra estuviera impregnada de una sabiduría antigua. Aquella voz reverberaba en mi interior, ofreciendo un consuelo inesperado, como si, de algún modo, comprendiera lo que mi alma anhelaba escuchar.

Describir su majestuosidad resultaba inútil; su serena elegancia y la increíble agilidad de sus movimientos desafiaban cualquier intento de captarlos con palabras. Sus ojos, profundos como abismos, parecían escudriñar hasta el rincón más recóndito de mi alma, como si comprendieran mi esencia sin necesidad de pronunciar una sola palabra. En aquel momento, no comprendí la magnitud de su rol, pero aquel hombre de apariencia sencilla, con una afabilidad innata y una gentileza exquisita, ocupaba el lugar de guía espiritual en el *ashram*. Con el tiempo, su presencia se desvaneció de mi vida, dejando en mí un anhelo abismal, una gratitud no expresada por la generosidad infinita que me ofreció, brindándome una estancia sin condiciones, por el tiempo que necesitara.

No recuerdo ningún otro rasgo físico de aquel gran hombre, salvo que su mirada irradiaba una maravillosa calma. La imagen que guardo de él es la de una estrella en el atardecer; una luz que se desvanece con delicadeza, como el susurro de una melodía que queda suspendida en el aire, pero que permanece indeleble en mi memoria; el rocío de una mañana de mayo que se posa con delicadeza en los pétalos de una rosa silvestre, lleno de belleza y fragilidad; un aroma que evoca sentimientos profundos, quedando impregnado para siempre en el recuerdo. Era como los ojos piadosos de alguien que nos ama con toda su alma, cargados de bondad y compasión, capaces de transmitirnos una paz y serenidad indescriptibles. Él era un abrazo de despedida de alguien a quien nunca debimos haber dicho adiós, un encuentro efímero que nos deja con una sensación de nostalgia y añoranza, una noble muestra de resignación y serenidad ante el inminente final de una vida.

La deliciosa brisa de su voz acariciaba mis oídos, inundándome de una calma inédita. Cada palabra pronunciada se volvía más envolvente, como un manto protector que abarcaba mi universo por completo mientras colapsaba hasta estremecerme. Tuve la certeza de que no podría soportar mucho tiempo tal intensidad, pero, al mismo tiempo, no quería que se detuviera. Quería que su voz siguiera envolviéndome, y que sus manos siguieran sujetando las mías, como si, de alguna manera, me estuviera sosteniendo en el aire. Acarició mis dedos y supo que no servían para nada, que no habían trabajado ni un solo día, y fue entonces cuando entendió lo que era yo.

—Aún no has despertado a la realidad. Abre por completo la puerta y contempla quién es el que te observa y al que tanto temes —dijo el *sannyasi*, mirándome a los ojos.

Pocos instantes después, me encontraba frente a la entrada del *ashram*, donde por fin comprendí que la respuesta, el camino que tanto había buscado, residía en mi interior. Aún no la había desvelado por completo, pero con cada paso sentía que me aproximaba más a ella. Me detuve un momento, observando con detenimiento el umbral del sendero que se extendía ante mí. Un trayecto árido, desolado, cubierto por una fina capa de polvo que lo hacía parecer más inhóspito. La felicidad se perfilaba como un horizonte distante, casi inalcanzable en aquel paisaje desolado. El camino hacia ella se erguía ante mí, áspero y despiadado, un recorrido implacable, cargado de incertidumbre y envuelto en su propia fealdad.

Desde el *ashram*, la cima de la montaña Arunachala se alzaba en el horizonte, majestuosa y eterna, como un testigo silencioso de las vidas que tocó Maharshi. Los años, implacables, habían transcurrido como brisas fugaces que arrastraban consigo la juventud de aquellos que alguna vez lo siguieron con devoción. Ahora, los rostros que antaño irradiaban vigor estaban marcados por arrugas profundas, las espaldas se inclinaban bajo el peso de los años, y los cabellos, que antes brillaban con la vitalidad de la juventud, habían adquirido el color de la nieve. Sus pasos, aunque aún firmes, se deslizaban con la serenidad de quien comprende que el tiempo jamás se detiene.

Sin embargo, la montaña se mantenía inalterable, un testigo eterno que desafiaba al paso del tiempo y a la fragilidad de la vida humana. Erguida con una imponente quietud, encaraba a las nubes y a los elementos, indiferente a las tormentas que azotaban a los hombres. Cuando los rayos del sol lograban atravesar el velo de nubes, su superficie parecía irradiar una serena comprensión, como si en sus rocas residiera un saber antiguo, inmune al fluir del tiempo y a las inquietudes efímeras que dominan a los mortales.

Contemplar la montaña era sumergirse en un océano de misterio y atemporalidad. No era una colina de gran altura; apenas sobrepasaba los ochocientos metros, y los tonos ocres, pardos y rojizos que cubrían su ladera eran tan comunes como el paisaje mismo de esa región de la India, por lo que tampoco en esto era una montaña que me pudiese llamar la atención al instante.

No obstante, para los shaivitas del sur de la India, Arunachala era mucho más que una simple formación geológica. Constituía el corazón del mundo, el lugar donde el tiempo se detenía y la psique alcanzaba la iluminación suprema. Para ellos, caminar alrededor de la montaña representaba un acto de devoción y una vía para obtener la gracia de Shiva, el destructor del ego. Cada paso en su ladera simbolizaba un avance hacia la liberación del alma, un acercamiento a la comprensión de los misterios del universo y la fusión del todo y del uno. En la majestuosidad de Arunachala, el alma hallaba un refugio donde desvelar los secretos más profundos de la existencia y sumergirse en la vastedad del ser.

De esta manera, la búsqueda espiritual trascendía las fronteras del *ashram*. Los maestros y sabios entendían que, para aquellos imbuidos de una cierta madurez espiritual, la ascensión a esta sagrada cumbre se volvía imperativa para la continuidad de su exploración interior. Sostenían que, en la cima de la montaña, el aire se volvía más puro y el silencio se hacía más hondo. Allí, envueltos por la majestuosa naturaleza, los buscadores podían meditar y contemplar la pequeñez del infinito, intuyendo la presencia de Shiva en cada latido de su corazón.

Decían que el mundo alberga numerosos lugares sagrados, comparables a los chakras, donde la energía del cosmos palpita con intensidad. Son enclaves en los que se concentra una fuerza oculta, y al llegar a ellos, uno puede sentir un resplandor interior. Aquella montaña rojiza era uno de esos sitios. Aunque poseía el poder de mil soles, capaz de consumir el mundo, Shiva eligió manifestarse en la quietud de la piedra, permitiendo que su luz infinita se hiciera accesible a todos los seres. En su humilde forma de montaña, se revelaba a quienes buscaban la verdad, mientras permanecía oculta para aquellos que aún no estaban listos para verla.

Su ascensión implicaba un desafío físico y mental para muchos, un camino que requería perseverancia y disciplina. Pero, para quienes conseguían alcanzar la cima, la recompensa era invaluable: una visión clara del propósito de la vida, una comprensión profunda de la esencia del universo y la realización de la divinidad interior.

Dicho y hecho, me sumergí en la experiencia de caminar alrededor del monte sagrado. Desde el inicio, opté por hacerlo descalzo, dejando que la colina quedara a mi derecha mientras circunvalaba la montaña en los catorce kilómetros de recorrido del sendero. Los peregrinos locales lo llamaban *giri valam*, por ser una práctica meditativa que los redirigía hacia su centro espiritual más elevado.

Para mí, sin embargo, al menos durante las primeras ascensiones, la caminata alrededor de la montaña no era más que una forma como cualquier otra de disfrutar de la naturaleza, de mantenerme activo, de formar parte de la comunidad del *ashram* y de poder integrar en su totalidad, o más bien desde la razón, todo lo que, en teoría, estaba asimilando.

Confieso que, durante las primeras siete semanas, fui incapaz de percibir aquello que se nos explicaba con palabras tan poéticas en el *ashram* sobre la circunvalación meditativa de la colina, a la que otros maestros se referían como *pradakshina* y a la que atribuían un carácter espiritual de un espléndido valor, casi rozando lo mágico. Para los más sabios, esta senda era un umbral iniciático.

No obstante, esas reflexiones no me absorbían durante días completos como referían los maestros. No lograba realizar prolongadas meditaciones durante la subida a la colina. Con total franqueza, tampoco experimenté en ningún instante los efectos grandiosos que Sri Ramana Maharshi atribuía a la ascensión de la montaña, tales como la completa redención de los pecados, el cumplimiento de todos los deseos, la liberación de futuros nacimientos y la liberación final.

Y es que, en contraste con tan radiantes y hermosos logros que, sin duda, la gran mayoría de los espléndidos seres humanos que tuve la oportunidad de conocer en el *ashram* compartían con regocijo en sus innumerables publicaciones en redes sociales, para mí todo el asunto de ascender a la rojiza montaña resultaba enojoso y molesto. Me causaban gran preocupación tanto los intensos rayos solares que abrasaban mi maltrecha espalda, provocándome grandes ampollas que me aterrorizaban por mi gran predisposición a padecer cáncer de piel, como el calor asociado al inagotable y azafranado sol del sur de la India, que me resultaba inhumano.

Todos hablaban sobre el bosque. No se parecía a ningún otro; era un lugar pintoresco, con una apariencia única, exótica y sombría. En lugar de hojas, las ramas estaban cubiertas por finas telarañas que brillaban bajo el sol, creando un efecto fantasmagórico. Las guirnaldas de seda, tejidas por innumerables arañas, envolvían los árboles, imbuyendo al bosque con una atmósfera entre enfermiza y encantada. Durante las lecturas grupales de la tarde, los maestros del *ashram* nos habían instruido sobre los beneficios de respirar el cálido aire del bosque de la montaña. Decían que estaba repleto de cientos de compuestos volátiles terpenoides, liberados por las hierbas medicinales que crecían silvestres en ese lugar, dotando al oxígeno de propiedades curativas para el cuerpo, la mente y el alma.

Debido a la enorme sequedad del ambiente, las temperaturas extremas y las ingentes nubes de polvo que levantaban las decenas de peregrinos, en mi caso específico, el aire de la montaña no resultó tan beneficioso ni purificador como nos habían prometido. Más bien al contrario, durante la ascensión, cada respiración me quemaba el pecho y, al llegar la noche, mis pulmones estaban irritados y mis esputos eran tan oscuros como la turba, similares a los de un minero sufriendo melanoptisis.

Por otra parte, me había preparado durante mucho tiempo para enfrentarme a depredadores y serpientes venenosas, aceptando los peligros que, en teoría, me acechaban, despidiéndome de los míos como un bravo explorador, como si existiera la posibilidad de no regresar jamás. Por el contrario, lo más peligroso que encontré en mis largas caminatas por el sendero fueron los insectos que compartían mi comida y los virus y superbacterias resistentes a los antibióticos presentes en el agua del lugar.

Por la noche, en cuanto entraba a la habitación compartida con otros buscadores de todas las nacionalidades posibles, caía rendido en la cama, agotado por la novedad y exhausto por la intensidad con la que, sin ser aún consciente de ello, mi inconsciente observaba, escuchaba, admiraba e integraba todo cuanto acontecía, mientras en mi razón todo se cristalizaba de forma delicada y apenas perceptible.

Me hubiese gustado conocer cuán fundadas eran mis quejas y lamentos. ¿Por qué no me permitía disfrutar de esta experiencia y alcanzar todos los objetivos que me había propuesto durante los meses en los que planifiqué el viaje con tanta meticulosidad? Yo, que siempre me había considerado un compañero de aventuras ideal, acogiendo a cualquier desconocido como el mejor amigo posible, tomando las cosas como venían, de forma pausada, y sin que nada me pillase desprevenido, aceptando cualquier imprevisto más como una bendición de la aventura que como un castigo divino.

Mis análisis, críticas, juicios y sollozos no eran más que una burda tentativa de introducir una pequeña dosis de orden y certeza en mi vida, como una tímida defensa contra el terror que me paralizaba por estar vivo y la falta total de control o certidumbre. No obstante, todas estas actitudes humanas, denigradas por los supuestos sabios e iluminados, tenían el potencial de ser luminosas. ¿Por qué no deberían ser escuchadas con alegría y regocijo incluso la más ácida crítica o la más lastimera queja? ¿Por qué no habríamos de responder con tristeza y seriedad en lugar de una compasiva sonrisa y alegría? ¿Por qué limitar la plenitud de lo humano solo a sus aspectos más bellos y virtuosos, en lugar de abrazar la totalidad de las posibilidades? ¿Por qué alimentar nuestro deseo de división?

Me concedí el permiso de no poder. Permití hallar en mí mismo un encuentro, una introspección profunda donde me descubrí como un enigma, como un misterio por desvelar. Con el trascurrir de los meses, la opresiva presencia del sol parecía menos asfixiante, al igual que el polvo del sendero, que me resultaba más liviano y desdeñable. Tomé consciencia de que cada lecho de río seco, donde hacía ya mucho tiempo no fluía una gota de agua, aún retenía en sus profundidades un vestigio de humedad, perceptible por la fresca brisa que emanaba de sus entrañas. Además, para mi sorpresa, el aire cada día se impregnaba más de los deliciosos aromas prometidos, cuyos beneficios ayurvédicos comenzaba a experimentar.

Mientras avanzaba, sentía que la montaña, con la sabiduría de una vieja guardiana, revelaba y ocultaba sus secretos, como en un juego delicado. Parecía querer decirme que todo en este mundo es pasajero, y que solo al abrazar el misterio de lo invisible, es posible empezar a ver lo que importa de verdad.

Los días eran cortos, y también lo eran las noches; sin embargo, para mi alma, ese tiempo se expandía como una eternidad nacida en los crisoles de lo mundano. Ya fuera recolectando piedras y rocas del camino o entreteniéndome con las incontables travesuras de los jóvenes macacos, que se esforzaban por apoderarse de las pocas frutas que guardaba en mis bolsillos: rambutanes, tamarindos o mangos.

En el umbral de cada alba, en un silencio casi sagrado, entre las prominencias pétreas que se erguían majestuosas ante mí como guardianas del enigma de toda la existencia, numerosas familias de monos se aposentaban serenas, saboreando los rayos solares del amanecer, como si estuvieran entregadas a un profundo ensimismamiento en consonancia con su radiante presencia. Pero, bien entrado el día, el bosque se colmaba de la algarabía de los monos, con sus juegos y chillidos resonando en cada rincón.

Contemplando esta ceremonia cotidiana, llegué a la conclusión de que, al igual que me ocurría a mí, aquellos monos rendían homenaje a su centro director, a sus valores más básicos, encontrando en el sol la génesis de todo vigor y vitalidad. Se asemejaban a un Stonehenge encarnado, un vestigio vivo de la grandeza ancestral de civilizaciones extinguidas, como el imponente Abu Simbel.

La veneración que estos seres otorgaban al sol, el divino ente que rescata al mundo de sus sombras e inunda todo con su radiante resplandor, dejó en mí una sabiduría que se ancló en lo más hondo, como las raíces de un baobab milenario abrazando la tierra fértil. En lo más íntimo de cada ser viviente habita, desde sus albores, un anhelo inextinguible de luz, un deseo de iluminación que trasciende las barreras del tiempo y la cultura. Así, a medida que se desenvuelve el devenir temporal en la búsqueda inconsciente de individualidad, ese anhelo de luz se entrelaza con las sombras.

En cada una de mis visitas, me sentía colmado de vida; era uno de ellos. Peleábamos y maldecíamos como iguales, entre risas y chillidos, trampas y trucos. Ellos saltaban de rama en rama, como mi mente había saltado a lo largo de mi vida, llevándome con la urgencia de una tormenta desatada de un pensamiento a otro. Ellos eran yo, y yo era ellos. Y cuanto más los amaba, más me rondaba en la cabeza la difícil travesía a la que muchos de estos inexpertos monos estaban destinados.

Según había leído, más de la mitad de los que jugaban con el gozo fresco de una brisa matutina conmigo en esos instantes de conexión y plenitud morirían por diversas enfermedades infecciosas, infanticidios o ataques de depredadores en los próximos meses, convirtiéndose, para mí, en los verdaderos maestros del aquí y del ahora, mentores de la paciencia y los más sabios guías de mi propio viaje iniciático. Cada instante que disfruté de la compañía de aquellos monos fue significativo para mi ser.

No necesitaba palabras ni pensamientos; solo la compañía de aquellos monos y sus gritos incesantes, que en mis oídos resonaban como una melodía tan armoniosa como la vida misma. Esa música se desvanecía al alejarme, dejando en mí un silencio elocuente, en marcado contraste con el bullicio de aquellos simios.

Una radiante sonrisa y una espléndida alegría invadían mi corazón al percatarme de que los supervivientes tendrían la posibilidad de disfrutar de una vida que podría extenderse más allá de los treinta años, y que continuarían jugando en ese hermoso y sagrado lugar, perfeccionando sus inteligentes argucias y artimañas, con las que honraban, de forma sagrada, la unidad de la vida, mucho tiempo después de mi propio fallecimiento.

En numerosas ocasiones, me cruzaba con ellos en el *Indra Lingam*, mi santuario preferido, donde acudían para robar comida de otros buscadores despistados, dejándolos contrariados por la situación. No obstante, observar a estos primates jugar, saltar y morder era un testimonio de la simplicidad y la alegría que se puede encontrar en lo terrenal. Admiraba su potencia vital y quedaba maravillado por su agilidad y destreza en los árboles. Cuando los rayos del sol se filtraban a través de las hojas y las ramas, iluminando el santuario, parecía que los monos estuvieran envueltos en un aura dorada de deidad, que me colmaba de paz y serenidad.

Más allá del propio *Indra Lingam*, en el sendero que circunvala la montaña, se encontraban otros santuarios. A medida que avanzaba, sentía cómo mi propia energía se alineaba con la de los santuarios a mi alrededor y cómo mi corazón se expandía, abriéndose a la belleza y la divinidad de la creación. Era un recordatorio constante de que la realidad estaba colmada de maravillas y que, si tenemos el coraje de buscarlas, podemos desentrañar la verdad y la sabiduría que subyacen en todo lo que nos rodea.

Persistía en mi peregrinaje, anhelando descifrar más de los tesoros sagrados que la montaña resguardaba. Estaban diseminados aquí y allá, hasta llegar a ocho esplendorosos santuarios, cada uno asociado a uno de los doce signos lunares. Conforme los sabios del *ashram* señalaron, las ubicaciones precisas se establecieron en un momento astronómico específico, de gran energía y repercusión en aquella época, de tal manera que la composición final era una imagen especular del cielo de aquel día.

Los maestros sostenían que, desde tiempos inmemoriales, los antiguos eruditos habían percibido la interrelación entre los ciclos de vida humanos y las posiciones planetarias, como una manifestación de la no dualidad inherente a la existencia. Cada uno de los lingams simbolizaba uno de estos planetas, todos orbitando y vinculados con la Tierra, cuyo núcleo rojizo latía al unísono con el sagrado Arunachala.

Conforme me aproximaba a cada uno de estos enclaves, podía sentir la energía cósmica que emanaba de los santuarios. La atmósfera se encontraba impregnada de un aire ligero y fogoso, como si la mismísima divinidad estuviera saturando aquel lugar. La experiencia de estar cerca de los *Ashta Lingam* reavivó en mí la noción de que todo es un ciclo continuo, que los elementos del universo están entrelazados de forma intrincada y que, en última instancia, todos somos parte de una misma realidad divina. La belleza y trascendencia de estos santuarios me sedujeron de tal manera que, por largos ratos, como una sombra persistente, permanecía allí, inmerso en un tiempo sin fin, experimentando el vértigo de la vastedad del cosmos y la profundidad insondable de la existencia misma y de la pérdida.

Mi mirada persistía reposaba en la semioscuridad, aunque bajo un matiz lumínico diferente, una luz que convocaba en mí un cóctel de emociones indefinibles. ¿Sería este un catalizador para mi espíritu inquieto o, en contraposición, una artimaña que enmarañaría aún más mis pensamientos? Había sido testigo de algo que trascendía las fronteras de mis más audaces ensoñaciones, un hallazgo que jamás hubiera imaginado topar en los confines de mi alma.

¿Acaso no lo estaba esperando en lo más recóndito de mi ser? ¿No lo percibía en los susurros etéreos del viento y en los fugaces destellos de las estrellas? Un anhelo y un temor se entrelazaban en un abrazo desgarrador, como si el destino mismo jugara con mis deseos y mis miedos.

¿Sería esta revelación un regalo o un castigo? ¿Un bálsamo para mi alma sedienta de conocimiento o un veneno que me arrastraría a la locura más profunda? Mi razón se debatía entre la fascinación y el terror, atrapada en una telaraña de emociones contradictorias.

No solo se alzaban santuarios a lo largo de la senda de Arunachala, sino también cuevas. Desde la cúspide de la montaña sagrada hasta su base, estas grutas se esparcían en todas direcciones, como diminutos secretos enclavados en la roca. Y yo, en mi calidad de buscador de la verdad, experimentaba una atracción irresistible hacia sus umbrales.

Cada cueva era especial y cada gruta ostentaba su singularidad, con su historia y energía particulares. Unas eran modestas y acogedoras, apenas suficientes para que una persona se sentara y meditara en la penumbra. Otras, en cambio, se desplegaban amplias y generosas, con techos altos y paredes esculpidas con detalles de notable complejidad. Algunas se descubrían con facilidad, mientras que otras requerían una exploración meticulosa y cuidadosa. Aunque divergentes en tamaño, forma y vibración energética, todas compartían una sensación de elocuencia y serenidad que actuaba sobre mí como un imán irresistible.

Uno de esos días, mientras ascendía en su búsqueda por las empinadas laderas, el aire se volvía más fino y fresco, como si cada paso me acercara no solo a la cima física de la montaña, sino también a una claridad mental que, como el horizonte en la lejanía, se había escapado durante toda mi existencia. El sendero serpenteante, bordeado de flores silvestres y salpicado de rocas ancestrales, se me antojaba un reflejo de mi propio camino vital: lleno de giros inesperados y obstáculos imprevistos.

En un recodo del camino, me encontré con una construcción humilde de piedras apiladas y desgastadas, apenas visible entre la vegetación. Decidí detenerme y descansar un momento; mis rodillas, desgastadas por años de caminar por terrenos duros, pulsaban con un dolor sordo que me recordaba la fragilidad de mi cuerpo. Me senté en una roca cercana y cerré los ojos, dejándome envolver por el silencio profundo y eterno que solo aquella montaña sagrada podía ofrecer. Fue entonces cuando escuché un sollozo, un susurro casi imperceptible que parecía emanar de las mismas piedras del santuario.

Abrí los ojos y, frente a mí, vi a un anciano vestido con ropas sencillas. Sus ojos, intensos y serenos, parecían contener la sabiduría de siglos. Se presentó como el guardián de la montaña, alguien que había dedicado su vida al ensimismamiento y al cuidado de aquel sagrado lugar. Compartí mi sencilla comida con él. Al cabo de un rato, sin emitir sonido alguno, me indicó con un gesto suave y solemne que lo siguiera; un simple movimiento de su mano, pero en su ejecución había algo casi hipnótico, como si hubiese practicado aquel ademán durante años. La curva de sus dedos era una invitación ineludible, y en la lenta, deliberada inclinación de su muñeca se percibía un poder que trascendía lo conocido.

Me condujo a una cueva oculta tras un macizo de rocas graníticas, un lugar escondido del mundo, como si el propio paisaje conspirara para guardarlo en secreto. Al cruzar el umbral, el aire cambió de textura; se volvió pesado, denso, como si estuviera saturado de las historias y secretos de todos aquellos vehículos de consciencia que habían vivido mis mismas tramas arquetípicas y que, a lo largo del tiempo, habían buscado refugio allí.

Al fondo, una hoguera apenas sobrevivía, sus llamas débiles proyectaban sombras vacilantes en las paredes de piedra. Las llamas no solo ardían, sino que parecían contorsionarse con vida propia, trazando en el aire figuras caprichosas que narraban historias ancestrales. Evocaban epopeyas que se remontaban a los primeros protozoos y los orígenes de la vida misma, como si el fuego revelara los secretos más antiguos de la existencia, retazos de memoria que conectaban con algo primitivo, una sabiduría enterrada en las profundidades de la cueva y, quizás, en lo más hondo de mi alma.

—Este lugar —dijo él en un inglés vacilante, su voz temblando con una reverencia apenas contenida y un marcado acento indio que arrastraba las palabras— es un reflejo de la consciencia. Aquí, la luz y la sombra se entrelazan, desnudando lo que permanece oculto en el corazón humano.

Permaneció en silencio por unos momentos, el peso de sus palabras cargando el aire, antes de continuar con un tono más suave, pero firme y decidido:

—Es en ese delicado equilibrio donde revelamos nuestras verdades más profundas.

Mientras hablaba, el fuego proyectó en la pared una figura que me inquietó como raíces invisibles que se hunden en lo más insondable de la tierra de mi ser. Era una sombra cambiante, una imagen torcida y familiar en su deformidad: los miedos que llevaba dentro, los dolores y pulsiones más íntimos, danzando ante mí en una coreografía perturbadora. La sombra parecía tener vida propia, adoptando gestos que oscilaban entre el sufrimiento y el deseo, siempre en tensión, siempre cambiando. Lo más perturbador era su respiración, sincronizada con la mía, como si fuera una extensión tangible de mi ser. A medida que se movía, rostros distorsionados emergían y se desvanecían, como si fueran los fantasmas de mi pasado, contorsionados en expresiones de anhelo y agonía. Era una visión extraña, como si estuviera viendo un reflejo de mí mismo que no quería reconocer, una imagen difusa pero tan real que desgarraba el espíritu de mi carne envejecida.

De repente, la cueva se transformó ante mis ojos y, por un breve instante, me encontré en un lugar oscuro y opresivo, un reflejo de los ínferos, del averno, de mi infierno personal. Sentí el mismo peso aplastante en el pecho, la misma desesperación que me ahogaba por dentro, pero también una extraña sensación de reconocimiento, como si aquel oscuro escenario fuese una parte intrínseca de mi ser que había sido traída a la superficie para ser confrontada y entendida.

El anciano observó mi reacción con una serenidad que desafiaba el entendimiento, como alguien que había presenciado esa misma escena a lo largo de innumerables existencias. Mostrándome una sonrisa tierna y compasiva, susurró:

—A veces, para hallar la luz, uno debe enfrentar sus propios infiernos. La montaña te muestra lo que necesitas ver, no lo que deseas. Cada contorsión, cada forma inquietante que percibes en el fluir del fuego, es una pieza de tu propio ser clamando por ser reconocida.

La visión desapareció tan rápido como había llegado, y me encontré de nuevo en la cueva, con el suave crepitar del fuego y la presencia tranquilizadora del anciano. No entendí del todo lo que había ocurrido, pero una sensación de revelación incipiente se asentó en mi consciencia. Arunachala me había mostrado un reflejo de mi interior, una premonición de la épica batalla que aún tenía que enfrentar.

Agradecí al anciano por su compañía y salí de la cueva, llevando conmigo la certeza de que la montaña me estaba preparando para un viaje aún más íntimo y revelador. En el camino de vuelta al *ashram*, no podía dejar de pensar en la sombra que había visto y cómo, en su forma y movimiento, se asemejaba a un abismo oscuro cuyas profundidades apenas empezaba a vislumbrar.

Volví a aquella cueva varias veces durante mi estancia en la India, atraído por una fuerza invisible que me empujaba a confrontar mis miedos más profundos. Cada visita era un descenso a los báratros de mi propia psique. Fue en una de esas visitas cuando el tiempo se desvaneció por completo;

lo que en el mundo exterior fueron minutos, en la cueva se transformaron en eones, sufriendo mis infiernos personales. Las paredes de piedra, que en un principio parecían sólidas, se convertían en portales hacia dimensiones de angustia y culpa. En aquellos momentos, sentí el peso de cada decisión y cada error como si fueran cadenas forjadas por mis propias manos, arrastrándome a las profundidades de un dolor tan antiguo y vasto como la existencia misma. Deseaba abrir los ojos, pero el temor me retenía; me aterraba enfrentar la primera visión de lo que me rodeaba. No era el miedo a ver algo espantoso, sino el pavor de encontrarme con un vacío absoluto, sin nada que contemplar.

Y de esta manera, tras aquella visita que abarcó eras, todo cambió. La cueva, que una vez fue un abismo de oscuridad y de pena, comenzó a transformarse en un refugio de serenidad. Las paredes que antes eran portales de sufrimiento se volvieron fuentes de compasión y perdón. El aire se impregnó de una frescura pura y revitalizante, y la cueva se transformó en un santuario de nutrición espiritual materna, un refugio donde el alma podía encontrar consuelo y renacer.

Lo que fue una prisión de sombras se transformó en un santuario de luz, donde cada visita me colmaba de una paz indescriptible y un entendimiento más elevado de la dualidad de mi existencia. Llevaba escrito en el rostro que acababa de descubrir un secreto trascendental.

Después de aquella transmutación, el aire en su interior se sentía de nuevo fresco y cargado de misterio, impregnado con un aroma terroso que evocaba al visitante su estrecha relación con la naturaleza circundante. A la salida, las paredes de roca lucían como pórticos transpersonales tallados, adornados con una sinfonía de coloridos mandalas de musgos, líquenes y hongos que parecían narrar antiguas historias de la creación del universo. Esa alfombra viva invitaba a sentarse y contemplar la espléndida belleza y vitalidad del entorno.

En sincronía con mi esencia, aquella gruta transmutada se reveló como mi preferida. Se hallaba apartada del sendero principal, en un paraje poco frecuentado por otros exploradores. Este enclave, a mi percepción, se erguía como un espacio sagrado. Allí, podía palpar la divinidad intrínseca de mi propio ser de una forma más arraigada y poderosa. Durante las noches de luna llena, la energía emanada por esta, imbuida de esplendorosa pureza y resplandor, se filtraba a través de una ínfima hendidura en la roca, iluminando la cueva con un aura sonora mágica y enigmática. Su eco reverberaba con intensidad, ascendiendo hacia la bóveda celestial donde Dios resplandecía en su centro.

Enclaustrado en la entrada, cedía a la renuncia del control, permitiendo mi integración en aquella luz. La luna plena acariciaba mi piel y mi alma, su resplandor abrasador me envolvía. Era como un elixir, como un bálsamo para mi espíritu fatigado, que me ayudaba a desprenderme de toda carga emocional acumulada, guiándome hacia la verdad que habitaba en mi interior. En la paz de la gruta, podía discernir el latir de mi propio corazón y captar las presencias que me circundaban.

Absorto en mi meditación, fui testigo de una profunda consonancia entre mi psique y el inmenso cosmos que vibraba en mi ser. En ese instante de comunión, me sumergí en una experiencia que trascendía las palabras y desafiaba la comprensión racional, la cual se disipó por completo, cediendo terreno a la emoción y a la intuición. Ante la inmensidad de la existencia, comprendí la imposibilidad de hallar una explicación tan pura y nítida como el cielo reflejado en la superficie impasible de un lago antiguo sobre el significado de esta fusión entre la psique y el cosmos. Sentía que estaba viviendo algo único, como si recibiera una bendición directa del universo.

Me experimentaba uno con todo lo viviente en un feliz olvido de mí mismo. *Conocí al eterno, y en el eterno descansé, sin regocijarme en el placer ni afligirme en el dolor.*[2] Ahora las estrellas me parecían seres humanos; los planetas, animales; y la luna, un metafísico bosque de árboles ancestrales. Quizás las palabras adecuadas nunca sean encontradas para elucidarlo

[2] Extraído de *Bhagavad-gita.*

en su totalidad. No obstante, eso no reduce la importancia de reconocer que, al vivir, estamos participando en un proceso de gran magnitud, una grandiosa secuencia de repeticiones infinitas en el que aquello que contempla, aprende, siempre a posteriori, a reconocerse en lo contemplado.

A pesar de la ubicación aislada de la cueva respecto al camino principal, comprendía que siempre podría regresar a ese lugar para encontrar serenidad y equilibrio. Así, de manera cotidiana, me entregaba a largas introspecciones en la hermosa gruta del sendero, donde aceptaba que aún me quedaban más suspiros y lágrimas por descubrir en aquel ciego y mudo sentir y hurgar.

Y tras todo ello se ocultaba la melodía de mi vida, mis escritos y composiciones, mi familia y mis contados amigos, aquellos a quienes he admirado y con quienes evolucioné y aprendí. Nuestros tiempos de amor, que ya pasaron, pero que continuarían hasta mi muerte vibrando alto en mi corazón, como la primera noche en la que te encontré. En ese paraje, que despertaba en mí algo atávico, el transcurrir del tiempo perdía toda medida; no podía saber si pasaban horas, años o siglos.

La senda que llevaba a mi gruta no se encontraba concurrida, lo que le otorgaba una atmósfera de misticismo y un aura de sagrada soledad. De vez en cuando, algunos buscadores curiosos se atrevían a internarse, y aunque nunca intercambiábamos palabras, podía percibir en sus miradas una mezcla de asombro, respeto y un tipo de devoción silenciosa que, lejos de halagarme, despertaba en mí incomodidad, como si hubiesen puesto sobre mí expectativas que jamás había pedido llevar.

A pesar de todo, siempre les recibía con una sonrisa, permitiéndoles explorar cada rincón bajo la poderosa y ardiente luz lunar, que confería al lugar una belleza de naturaleza sobrenatural. La energía elevada que impregnaba el ambiente emanaba un poder mágico y reparador, beneficiando a los visitantes tanto como a mí. A menudo compartíamos horas de meditación en un respetuoso silencio. Aquella cueva constituía mi santuario íntimo, desde donde agradecía a la luna la magnificencia de su curativa luz.

Parecían ver en mí una especie de gurú o maestro, proyectando en mi ser virtudes que sin duda yo no albergaba, pero que quizás ellos acogían como una semilla esperando germinar. Sin embargo, yo no era más que un nómada sin ningún tipo de arraigo, ni a la tierra que debería reconfortarme con la solidez de su pesada gravedad, ni a la fijeza que tanto ansiaba. Era un amante del cambio, de lo discontinuo, de la transmutación y la transgresión. El canto de mi ser siempre fue lúgubre y temible. Propicié la deslealtad, resquebré la inocencia y alimenté fastuosas fantasías con épica pesadumbre. Malgasté la mitad de mi trayectoria tratando de imitar idealizadas virtudes talladas en mi alma desde que el espacio era tiempo y el tiempo era espacio.

Dado que mi incuestionable inestabilidad, la certeza de mi existencia como algo incompleto, y, por encima de todo, mi ansia de verdad, exigían un campo de acción más amplio y profundo, me lancé con la enorme fogosidad de mi juventud prepersonal, propiciada por mi candidez e inconsciencia, a experimentar lo que la vida me traía tal como se me presentaba. En incontables ocasiones, resistiéndome con mayúsculo esfuerzo, y en otras pocas, arrastrado por la corriente como un junco que se abandona a la muerte en el Guadalquivir, tras haber elevado a la magnitud de lo infinito su amor por el carrizo, devolviendo de nuevo la pureza al agua del río, hasta entonces rebosante de deplorables emanaciones humanas y mal karma acumulado generación tras generación.

Así, pese a que muchos me percibían de esa manera, jamás me consideré ni un maestro, ni un visionario, ni un agitador de consciencias, como muchos de algunos esplendidos seres humanos sin duda fueron. Todos ellos esbeltos, de agraciados rasgos, de infinitas extremidades y dentaduras marmóreas, que portaban el aroma inequívoco de un origen burgués ligado a cada uno de sus dadivosos usos.

Cierto que quería ser uno de ellos, pero, al mismo tiempo, un ciudadano humilde y sencillo, guiado por la brisa más sincera de la prudencia, el justo servicio a los demás y un objetivo juicio, si acaso eso me fuese posible.

Deseaba ser un viajero corriente y un señor del hemisferio derecho, pero al mismo tiempo, disfrutar de sus eventos familiares rebosantes de estructura, todos y cada uno de los fines de semana del año. Jubilosos acontecimientos repletos de sonrisas eternas, imperturbables y casi mágicas; gestos y conversaciones superficiales y despreocupadas; la incomodidad nerviosa y las falsas palabras modestas y compasivas ante los que transitan la otra ribera de la vida, no tan luminosa como la de ellos; alimentos orgánicos seleccionados en coquetas y céntricas *boutiques* regentadas por otras almas resplandecientes; vacaciones perfectas con hijos y abuelos, colmados de una sonrisa que no se apagaba, esperando el embarque al vuelo con la calma de una tarde infinita entre juegos y bromas intergeneracionales; camisas azules sin una arruga en el horizonte y cabellos brillantes, sanos y frondosos, ondeando como hierba al viento.

Es evidente que pertenecía a un linaje oscuro e inferior. Aquel nunca sería mi lugar. Tardé mucho tiempo en interiorizar que no se puede ser y tener las dos cosas a la vez. Que soy un ser humano inadaptado, quebrado y voluble, y no alguien estructurado o un defensor del sistema. Más yonki de cuchara a fuego lento en Valdemingómez que empresario cincuentón en terapia de reemplazo hormonal en El Viso; más último clasificado de la carrera de la rata que exitoso hombre de negocios de paraguas sin abrir; más prostituta nigeriana del Marconi que comisaria de la exposición de Alex Katz del Museo Nacional Thyssen–Bornemisza.

Observé la desesperación escondida, sin que su respirar venenoso me contagiase, y necesité una base muy firme de estabilidad, que ahora me ofrecía la elocuencia de la cueva, pero que me fue negada con la pesadez de lo inalcanzable durante mi juventud, para poder interiorizar todo esto y comprender quién era yo de un modo saludable y ecológico desde el punto de vista emocional. Aunque pueda sonar confuso, en ese momento, cuando rozaba los cuarenta y dos años, me di cuenta de que toda esa estructura necesaria para lanzarme, con respeto, pero sin miedo, al abismo de lo desconocido, siempre había estado en mí. Era una forma arquetípica sólida y latente, preexistente a mi propia realidad, aguardando ser reconocida. Ahora, por fin, me veía a mí mismo aceptando con consciencia esa sabiduría, inscrita en los ciclos de repeticiones y en los patrones existenciales que otros habían recorrido mucho antes que yo.

La eterna contradicción que me atravesaba: cavilaciones apacibles y ecuánimes, pensamientos sombríos y transformadores. Había en ellos plenitud, pero siempre me serían negados sus momentos sosegados y superficiales. Instantes tranquilos, sin más. Durante mi existencia, nunca tuve acceso a ellos.

Y en la integración de todo esto, que yo reconocía como cierto, emergían sueños, recuerdos, ideas y pensamientos desde los confines más recónditos de mi pasado, evocándome el sufrimiento autoimpuesto por aquella insaciable urgencia de logro, estabilidad y orden. Este constante sentido de continuidad también conllevaba realidades tangibles y subjetivas del presente, así como certezas ineludibles de lo que acontecería en los años venideros.

Cada uno de esos instantes se manifestaba como estrellas que brillan a la vez en un solo cielo, sin distinciones temporales, como si la existencia se hubiera materializado en un simple aliento y todos los eventos se pudiesen desplegar en unión ininterrumpida. Mi propósito vital parecía radicar en la comprensión de niveles de realidad anteriores al mundo de las formas, integrando, por un lado, que nuestra vida es algo que estuvo antes de nosotros y continuará después, y, por otro, que es algo que no nos pertenece como seres humanos individuales, extendiéndose mucho más allá de nosotros, restringiendo cualquier reminiscencia del propio ego individual.

Todos estos pensamientos siempre aparecían en los momentos más inesperados y menos sacros de mi estancia en la cueva y en la amada montaña, que guardaba en su silencio el paso de incontables eras. Tuvo que morir en mí una forma de orden, una caída de mi propio sistema interno. La sensación de no tener referencia, de carecer de una red vincular o cierta seguridad, me generó la fantasía de locura, un miedo constante en mí. Las ilusiones iban desde tirarme por la ventana hasta hacer daño a mí mismo o a alguien. La resistencia a lo nuevo magnificaba todas estas inseguridades. Cuanto más me aferraba a lo fijo, a mi cristalización inconsciente, más grandilocuentes y terribles eran estos temores.

Y quizás allí, en medio de la incertidumbre, surgió una cualidad única y valiosa: la compasión. A través de ella, podía aspirar a atisbar con delicadeza lo que ocurría en el mundo. Solo con esa cualidad me era posible continuar indagando, sometido solo a esa presión, a su enorme influjo. Solo aceptándola comenzaría a generarse esa cualidad. Actos de compasión, nacidos desde mi esencia, fueron los que me permitieron acumular el valor de la compasión. Albergándola en lo más profundo de mi pecho, en mi calcificado corazón que me podría haber conducido a la muerte algunos años después. Y de ella surgía la comprensión, que nada tenía que ver con el pensamiento o la razón, sino con el entendimiento del salto al reverso. Al final, solo el pensamiento vivido tiene valor.

Al mismo tiempo, la armonía más ecuánime y el caos más desgarrador; la plenitud de la vida y el dulce final, todo mezclado en un torbellino blanco y negro indescriptible, redundando en mi cabeza.

Una nada estimulante.

Todo esto me resultaba incognoscible y, como tal, no podría ser explicado. Resultaba inefable, renuente a las delimitaciones de la filosofía, exigiendo una vivencia imperativa. Dos vectores en apariencia disímiles convergían en un solo instante: mi pasión humana junto con la pasión de la vida, amalgamándose en un acto único de fusión.

A lo largo de mi periplo, la satisfacción y el sentido parecían emerger de la acción más que del reposo, creyendo que la forja del conocimiento y el arte conferían culminación a todo esfuerzo humano. En este sentido, consideré que los seres humanos nos individuamos en la medida en que actuamos y creamos; pero quien actúa con determinación no contempla, no conecta. Ahora intuía que, sin el reposo y la contemplación de pura entrega, el ser humano sucumbía a la pérdida de su propia individuación.

A medida que los días transcurrían me sumergía cada vez más en la realidad del *ashram*. Descubrí que cada acción, cada palabra e incluso gesto poseía su propio significado. Entre los numerosos protocolos que observé allí me cautivó de manera especial el *gassho*, una práctica que ya había adoptado mucho antes y que aquí denominaban *namaskar* o *anjali mudra*. Esta rutina diaria consistía en unir las manos en posición de oración, recordándonos que todos los contrastes convergen en la misma esencia. La mano derecha y la izquierda se fundían en un abrazo afectuoso, reflejando la unión entre lo divino y lo humano, lo masculino y lo femenino, lo visible y lo invisible.

Al cerrar mis ojos en el *anjali mudra*, experimentaba la intensidad de esta fusión como una corriente de energía que atravesaba mi ser y me conectaba con algo trascendental. Era como si mis manos se convirtieran en espléndidas antenas, capturando señales imperceptibles del cosmos y transmitiéndolas a mi ser. A medida que persistía en la práctica, empecé a discernir mi propia presencia y su omnipresencia en todas partes: en los matices del *ashram* y en cada aspecto de mi vida. Cada instante se erigía en una ocasión para fusionarme, para hallar la consonancia entre contrapartes y descubrir la unidad que subyace en todo, como un portal hacia una dimensión más profunda de la realidad, donde parecía que permanecería por una eternidad inmensurable.

Y junto a todos estos pensamientos e infinitos ensimismamientos, las hojas del calendario caían incesantes, mientras mi pasión por la montaña crecía como el fuego avivado por cada amanecer. A la par, incorporaba de manera gradual otras rutinas y procedimientos, moldeando mi conducta a imagen de los numerosos *sannyasis* que habían cruzado el umbral del *ashram*.

En consecuencia, abandoné la senda habitual, aquella que serpenteaba entre coloridos templos, *tirthams* y santuarios, para aventurarme por un camino menos transitado, más escarpado y desafiante, pero con una promesa de virtud que el otro nunca podría ofrecerme. A ninguna parte iba, ni tampoco sabía a dónde ir.

El sendero menos confortable, de tierra rojiza, piedra y polvo, serpenteaba a través de la vegetación que crecía a los pies de la montaña. Cuanto más reptaba y languidecía el camino, al alejarse del *ashram*, más parecía mi esencia centrarse y alinearse con lo que es, entre momentos de un endémico vacío mental y multitud de recuerdos de los años que había borrado, de otras vidas que, en ese momento, se desvanecían por completo, como hechos que no alcanzaba a reconocer si algún día habían existido de verdad. Sin duda, estaba suicidando a mi memoria a cada paso del camino.

Ya no tenía recuerdo del pasado, y enfrentaba mis miedos con una valentía desconocida hasta entonces. Me sentía como una veleta abandonada a la voluntad del viento, pero en lugar de luchar contra su fuerza, dejaba que me guiara. El viento, convertido en un susurro cómplice, recorría los rincones más ocultos de mi ser, acariciando cada cicatriz, cada pliegue de mi corazón, hasta que, sin resistencia, me dejaba llevar por sus corrientes hacia una libertad inesperada. Era como si el aire mismo supiera los secretos que yo aún desconocía, trazando un camino hacia la redención que nunca creí posible.

En aquellos momentos, vivir en la montaña era mi máxima expresión de libertad. Me sumía en mis pensamientos, dejando que las ideas se desplegaran con claridad en mi interior. ¿Qué serían la razón y la mesura sin el vértigo de la embriaguez? La cordura y la moderación se desvanecerían en una realidad plana, desprovista de intensidad. La embriaguez, aunque breve, nos liberaba de las ataduras invisibles que nos habíamos impuesto, haciéndonos sentir vivos de un modo que la razón no alcanzaba a comprender.

Y luego estaba el placer de los sentidos, tan efímero como intenso, como un destello fugaz en la inmensidad del cielo nocturno. ¿Qué sería el placer sin la sombra de la muerte que lo sigue de cerca? Es la fugacidad de la vida la que nos hace apreciar cada momento, cada sensación, cada toque. Cuando todo se acaba, la muerte otorga significado a todo lo que experimentamos, elevando cada instante a una eternidad robada.

Lo más fascinante era la eterna enemistad mortal de los sexos. ¿Qué sería el amor sin ella? No sería más que un sentimiento superficial, carente de profundidad. Es el choque de los opuestos lo que crea la chispa del amor, lo que nos permite explorar nuestras partes más profundas y ocultas. Aunque esta presunta enemistad podría parecer negativa, es en realidad el combustible que alimenta el fuego de la pasión, el pulso vibrante del deseo que nos impulsa hacia el otro.

¿No sería la vida más tranquila si en ella ocurriera poco o nada, y el mundo más dichoso si careciera de historia, sumido en una calma perpetua? Estamos condenados a elegir entre los tormentos de una existencia heroica y las trivialidades de una vida común, esa que no deja huella ni rastro en el relato de los tiempos.

Reflexionaba sobre estas cuestiones, permitiendo que su profundidad calara en mi interior. Después de todo, ¿no era el nacimiento un delicado equilibrio entre el amanecer y el ocaso, la unión y la separación? Mi esencia se enriquecía y florecía con la división y la oposición en el mar de la unidad que deambulaba despreocupada por el mismo centro de mi plexo solar.

La montaña me reveló que mi condición era la de un huérfano solitario, pero que pervive en todos los rincones. Mi ser se desplegaba sin fronteras, como un latido resonante en cada rincón del universo. Una paradoja viviente: joven y anciano, recién nacido, agonizante y ya muerto al mismo tiempo. Mis pasos se deslizaban por la montaña mientras mi esencia se ocultaba en las profundidades del ser humano. Aunque compartíamos la mortalidad, mi existencia se desentendía del flujo del tiempo, desafiando las cadenas de este.

En cada ensoñación y en cada reposo meditativo, activaba mi mirada fijándola a mi entrecejo curtido por el sol, en *bhrumadhya drishti*, y a través de él enfocaba mi atención hacia mi ser. Se me presentaban inmensos campos repletos de coloridas flores que prosperaban y se retraían en un constante flujo natural, de manera que en la continuidad del ciclo me era imposible distinguir entre ambos estados. En ese momento, las hermosas y exóticas plantas que habitaban el sagrado lugar se convertían en nutricias maestras, tal como lo habían sido los macacos en el pasado, mostrándome con deleite la intrascendencia de la vida, revolviendo mis entrañas y transmutando mi alma en un suspirante derretirse.

Observando la belleza embriagadora de la realidad en su esplendor natural, rememoré las cosas que me hacían feliz:

—¡Te amo con todo mi corazón! —grité al silencio del amanecer con los ojos inundados en lágrimas, y mi voz resonó, solemne y ecuánime, por toda la elocuente montaña, mientras adquiría una renovada vitalidad.

Las lágrimas recorrían mi bronceado y curtido rostro, evocando una explosión de un aroma hasta ahora inaudito e indescriptible en mi cavidad nasal. Algo en mi interior se abría, permitiendo que la fragancia penetrara y se expandiera por todo mi ser. El proceso era una travesía lenta, pero de resonancia poderosa.

Una suave y sedosa caricia parecía rozar el interior de mi nariz, generando un cosquilleo placentero. Era un deleite dulce y reconfortante que avivaba el calor en mi corazón.

A continuación, el aroma iba intensificándose de manera gradual, llenando todo mi ser con su delicado y profundo *bouquet*. Una mezcla única de olores emergía: la frescura de la tierra tras la lluvia, la efervescencia floral silvestre, el alcaloide amargor de la adormidera y la dulzura del sol sobre los campos de cereal recién segados.

Sin embargo, en esa fragancia, se escondía algo más, una dimensión que trascendía los simples aromas. Era como si me conectara con una emoción enraizada en mi interior, un nudo que parecía formarse en mi garganta. Cuando las lágrimas comenzaban a emerger en mis ojos, la fragancia adquiría una intensidad aún mayor, y en su esencia percibía la tristeza y la añoranza impregnadas en la montaña Arunachala. Era como si toda la simbología y esencia de la montaña se condensaran en ese aroma penetrante, una invitación a explorar mi propia experiencia de pérdida.

En medio de un desconsolado llanto, recordé cómo hace ya algunos años, mi amado amigo me confesó que yo había sido una suerte de maestro en su viaje iniciático para llegar a vivir su singularidad y ser una persona más completa. Ya en ese momento y dadas mis dificultades innatas para ser un ser adaptado, un individuo funcional en la sociedad, no pude aceptar esas palabras. Ahora, admirando este sendero iniciático, las delicadas flores y las elocuentes rocas y minerales de este lugar de belleza incalculable, reafirmé mi perspectiva y pude aceptar que, a diferencia de todas esas criaturas mágicas, un ser humano nunca alcanzaría ese grado de pureza en la conexión con su ser esencial y con la propia vida como para poder ser considerado un maestro iniciático de otro.

En este sendero menos confortable me deleitaba cada día más, avanzando a un ritmo pausado, como el fluir de un río antiguo. Las cuatro horas de mis primeras circunvalaciones a la colina de fuego se transformaron en doce, y en algunas ocasiones llegué a invertir hasta veinticuatro horas para completar el recorrido. ¡Qué maravilla que hubiese pasado tan poco tiempo aquí! Cada paso que recorría era tan sosegado que encerraba en sí mismo mil existencias, y durante el trayecto completo, mi ser experimentaba innumerables muertes, renacimientos y transformaciones. Aquel que iniciaba el recorrido al amanecer no guardaba semejanza alguna con el que retornaba al *ashram* bien entrada la madrugada.

En múltiples ocasiones, pasaba la noche como un viejo anacoreta, sin realizar ningún acto reseñable a los ojos de juiciosos y alienados. Me recostaba en algún árbol, de un modo descortés e irrespetuoso, sin realizar ni siquiera el pendenciero amago de buscar su permiso. En otras ocasiones, hallaba asiento cerca del sendero, en un rincón fresco y mullido, y contemplaba ensimismado, con ojos ardientes y fogosos, las portentosas constelaciones del cielo que me abrazaban, y durante un efímero instante me reconocía a mí mismo y, por ende, al mismísimo Dios que me habitaba por completo. Por lo general, cuando un ser humano se ensimisma, no es que contemple absorto sus experiencias privadas, sino que, al ensimismarse, se abre a lo manifiesto y real, exponiéndose a la totalidad del ser.

Aquellos instantes de conexión absoluta con la esencia más pura de la realidad se veían quebrados por la inevitable presión de un constante y agotador diálogo interno que, en ciertos períodos, llegaba a subyugarme por completo. La gran mayoría de las veces, la salida de la experiencia mística venía de la mano de las distintas rutas neuronales afianzadas en mí y sus correspondientes mágicas sinapsis y neurotransmisores que, a mi juicio, se tomaban excesivas confianzas al arrancarme de ese mágico tiempo y lugar. Esta experiencia, desprovista de un experimentador individual, albergaba múltiples relaciones con otros aspectos de la vida, menos trascendentes, pero no menos notorios. De esta forma, se nutría el intrincado juego de conexiones innato a mi ser, perpetuando sin escapatoria las mencionadas rutas neuronales, las cuales cerraban el ciclo una vez más.

En una ocasión, mi mente abandonó su ensimismamiento y me condujo al año 1971, cuando Ed Mitchell, en su viaje de vuelta a nuestro planeta, flotando como si el peso de la gravedad hubiera desaparecido en el interior de la nave, observaba extasiado el campo de estrellas, el Sol, la Luna y la Tierra. Aunque separados por el tiempo y el espacio, tanto él en el cielo como yo en la Tierra compartimos una experiencia saturada de un profundo sentimiento de eternidad, de conexión y plenitud. A partir de esa vivencia, Ed Mitchell llegó a la epifanía de que los átomos que constituían el universo habían sido forjados en los crisoles de las estrellas primordiales. Fue testigo de la integración inefable de los seres humanos, así como de otras especies y sistemas, como parte inextricable de un todo inconmensurable, incognoscible e integrado.

A todas luces, él disfrutó, como Santa Teresa de Jesús de una experiencia mística que ella definía como «desposorio y matrimonio espiritual». Para la monja fundadora de la Orden de Carmelitas Descalzos, la experiencia mística llegó del cielo a la Tierra. Siempre que hay una experiencia así, se produce una expansión de la consciencia y una pérdida del ego. Esta misma experiencia se ha repetido en innumerables ocasiones entre otros astronautas y se ha denominado el efecto visión general.

Cuando un ser humano es enviado al espacio, se sospecha que la forma en que el cerebro filtra la información se altera, lo que permite la incorporación de nueva información desde una perspectiva nunca antes imaginada. Este efecto está relacionado con el cambio en la complejidad del procesamiento de la información, propiciado por estados de consciencia alterada, que también pueden ocurrir mediante el uso de enteógenos o durante los sueños.

En ocasiones particulares, durante mi ascensión a la montaña, también experimenté aquel efecto de visión general, y el grandilocuente silencio que se albergaba con elocuencia en mi plexo solar acogía con una calidez serena a cada roca, mineral y ser vivo del sendero. Mientras tanto, percibía cómo aquel silencio se desplegaba desde el núcleo de mi pecho y desde mi famélico estómago, irradiando una energía constante, amorosa y luminosa en todas las direcciones, en forma de ondas sanadoras.

En muchas otras instancias, entonaba bellas canciones sagradas y diversos mantras que había tenido la fortuna de aprender de los *sannyasis*. Entonces, de repente, escuchaba mi propia voz. Estaba cantando con una fuerza y un entusiasmo que nunca antes había conocido, elevando alabanzas y elogios a Dios. Mi canto resonaba en la vertiginosa corriente, como el de un profeta y predicador en medio de millones de criaturas.

Al recitar el *Gayatri Mantra*, mi voz emitía ondas de la más elevada frecuencia hacia todo el universo, resonando de forma sacra en la montaña desde su base hasta su cumbre. Las exóticas y ruidosas aves que habitaban el mágico lugar parecían quedar suspendidas e inmóviles ante las elevadas vibraciones energéticas emanadas de mi boca, surgidas del corazón de la montaña que me cobijaba. La sonriente infinitud del universo observaba con regocijo el espectáculo, mientras de mis cansados ojos brotaban incontenibles y silenciosas lágrimas, permitiendo a la rojiza tierra envolverme en un ciclo sin fin, una vez más.

Era una música potente, con todas las disonancias de la naturaleza. Y mi ser le era fiel, pues la naturaleza misma no es solo armónica, sino también contradictoria y desordenada en su esencia. Durante un largo rato, cantaba con entusiasmo y con fuerza, hasta que sentía que debía cesar de puro exceso vital y de plenitud. Era demasiado todo lo que musitaba y susurraba desde el *ashram* hasta la montaña sagrada, desde el polvoriento camino hasta las rocas metamórficas donde descansaba, desde los riachuelos hasta la espesura de malezas y ramajes espinosos.

Durante mucho tiempo había anhelado la conexión con lo terrenal, lo material, lo tangible, lo mamífero. Ahora, todo aquello me había enraizado a la tierra que palpitaba en mi interior y vibraba con la intensidad de los ritmos cósmicos en mis más remotas profundidades. Todo resonaba y respiraba, y se simplificaba en un discreto latido que llevaba implícita, codificada en sus ondas P, Q, R, S, T y U, la enorme complejidad del incognoscible cosmos en sí mismo.

Con el inicio de cada nuevo día y el despertar de cada amanecer, incorporaba con devoción nuevos rituales preparativos a mi ascensión. Lo que antes hubiese juzgado como burdos asuntos superficiales o, en el peor de los casos, supersticiones, ahora se integraban en mi ser de forma orgánica y sin esfuerzo alguno por mi parte, convirtiéndome en un mero observador de todo cuanto acontecía.

Después de sumergirme en las aguas purificadoras, me vestía con túnicas blancas inmaculadas y aplicaba la sagrada ceniza *vibhutti* en mi frente, recordando la fugacidad de la realidad terrenal. Con generosidad, pero sin aferrarme a nada material, entregaba limosnas a quienes me lo solicitaban en el camino. Mis emociones se encontraban en equilibrio, exentas de temor, ira, irritación o tristeza, mientras avanzaba descalzo. Mis brazos se mantenían en reposo a ambos lados de mi cuerpo, y mis pisadas eran suaves y sigilosas, como si estuviese paseando por el firmamento.

Me postraba hacia la sagrada montaña desde cada una de las ocho direcciones cardinales, reconociendo la presencia divina en todo lo que me rodeaba. Después, rendía homenaje al Señor de cada dirección, así como a los dioses incorpóreos y los sabios *siddhas* que giraban a mi alrededor, manteniéndome en un estado de sencillez con la mente tranquila y el corazón rebosante de compasión.

En momentos selectos, la consciencia se deslizaba de forma natural hacia el silencio, dejando que mis pensamientos fluyeran sin restricciones hacia la Colina de Fuego, morada de la divinidad. Otras veces, entonaba himnos de devota alabanza, experimentando cómo el sonido y la melodía me conducían hacia una comunión más íntima con lo trascendental.

En un inicio, la experiencia de vestir ropa blanca y aplicarme *vibhutti* me sorprendió, pero, como mencioné, aprendía a apreciar el significado detrás de cada gesto. Mediante esta práctica, lograba un enlace con la energía cósmica que permea el universo, elevando mi propia frecuencia vibratoria. En el transcurso del ritual experimentaba una suerte de renacimiento continuo, un reflejo del perpetuo ciclo del *uno y del todo*. Cada paso, cada inclinación, catalizaba una transformación integral de mi ser, amalgamando mi físico con mi alma.

Los buscadores que me seguían lo hacían en silencio y con una reverencia casi mística, maravillados por la paz y la armonía que parecía emanar de mi rostro en aquellas circunstancias. Me sentía como si fuese una gota en el océano de la existencia y, a la vez, parte integral de todo lo que es. Las olas bramaban enormes y vertiginosas, acompañando mi camino. Parecía haberme convertido en una reina, una madre, una verdadera hija del universo, capaz de comunicarme con el espíritu de la montaña y de toda la creación al unísono.

Al principio me sentí agradecido por tener compañía en este viaje interior, pero, con el tiempo, comencé a notar un patrón preocupante. Mientras mi búsqueda se centraba en mi propia revolución interior, algunos de mis seguidores parecían más interesados en proyectar su propio poder y su necesidad de control sobre mí, y mi estructura en aquel momento poseía infinito espacio para ello. Cada paso que daba, cada palabra que pronunciaba era juzgada y evaluada en busca de algún error, alguna incoherencia o algún momento de debilidad que pudieran aprovechar. En su fuero interno, deseaban con todas sus fuerzas pasar del amor al odio. Guardaos de aquellos que os idealicen, pues serán los primeros en blandir el mazo del juicio ante vuestra primera equivocación. Por ello, es fundamental conocer quién es uno mismo.

Intenté ignorar sus proyecciones y centrarme en mi práctica, dejando que las palabras y acciones de los demás fluyeran como el agua en el Cheyyeru. Sin embargo, cuanto más profundo avanzaba en mi propio camino, más crecía la presión. A menudo me preguntaba si debía renunciar a la búsqueda, abandonar el *ashram* y huir a algún lugar donde pudiera estar en soledad. Pero algo en mi interior se negaba a ceder.

Tomé consciencia de que este proceso de proyección y juicio no era sobre mí en absoluto, sino sobre ellos mismos. Proyectaban en mí sus propias expectativas, miedos y deseos, y yo no era más que un simple espejo que reflejaba de vuelta su propia imagen. Comprendí que, durante mi existencia, sería crucial saber quién era y desde dónde actuaba, pues solo así podría trascender las opiniones ajenas y las proyecciones que los demás depositarían sobre mí.

Me di cuenta de que, aunque no podía controlar las intenciones de los demás, podía elegir cómo respondía ante ellas. Por lo tanto, tomé la decisión de seguir adelante con amor y compasión, sin importar lo que viniera, aceptando que cada desafío era una oportunidad para crecer y transformarme.

Continuemos con nuestra historia. Poco a poco, fueron cayendo el verano y el otoño. Sin grandes esfuerzos, pasaron los meses y las estaciones huían a la carrera. Mi alma envejecía de forma abrupta y, a partir de los restos erosionados de mi antiguo corazón, se esculpían decenas de deliciosas y *cándidas esculturas en lustroso marfil de Bonarrota,*[3] mármol de Macael y piedra franca de Villamayor.

Rodeado de bienestar, advertí que el tiempo transcurría sin haber compartido un tránsito íntimo en compañía, más estrecho que el brindado por los efímeros buscadores y unos cuantos seguidores que solo contaban con una estancia de tres días en el *ashram*. Sin buscarlo, vino a mí un compañero que se me aproximó de forma natural, casi inadvertida, y al que no solté hasta finalizar mi viaje.

Se trataba de un vivaracho taimado. Su nombre era Christoph, un apuesto buscador alemán, algo delgado y de miembros musculosos, siempre de buen humor y enérgico.

---

[3] Texto extraído del poema *Como si fuera cándida escultura* (Lope de Vega, 1634).

Su sonrisa encantadora y sus cabellos rubios y ensortijados le otorgaban una sensualidad husmeadora, lo que me satisfacía.

Era el primogénito de un acomodado y respetado médico en su ciudad natal, la hanseática Rostock, al este de Alemania, y llevaba, al igual que yo, una larga temporada viajando, y en su caso, pintando lienzos aquí y allá, hasta llegar al *ashram* de Tiruvannamalai, donde ayudaba a restaurar ciertas obras pictóricas. Para él pintar era más que un pasatiempo; era una forma de expresar sus emociones más profundas.

En ese rincón del mundo, plasmó sus creaciones más inocentes, audaces reinterpretaciones del universo visible. Eran piezas inusuales, llenas de luz y vitalidad, pero también serenas y plácidas como sueños, con árboles curvados y casas entrelazadas con plantas. Estas cándidas obras cautivaron a los entendidos del *ashram*. Su paleta en aquel entonces se limitaba a unos pocos tonos vibrantes: turquesa, ámbar, magenta, ocre, celeste, índigo, siena tostada y malva.

Este Christoph no había cumplido aún los treinta y tres años y disfrutaba de una salud impecable. Era un hombre de una gran inteligencia y curiosidad, con una mente inquisitiva y un espíritu aventurero que lo había llevado lejos de su hogar en busca de un propósito más profundo. Con todo, su ánimo resonaba con acordes melancólicos, consecuencia de un corazón roto que teñía sus días de una tristeza profunda y omnipresente:

—Llevo una vida tan retraída que las únicas personas a las que veo son los campesinos, con los que tengo trato porque los pinto[4] —me dijo Christoph, casi a modo de presentación.

Él vivía inmerso en un torbellino constante, como si el mundo se empeñara en arrastrarlo hacia las profundidades de un océano tormentoso. Su realidad era una maraña de caos y sombras, donde la calma parecía un sueño lejano, siempre fuera de su alcance. Sin embargo, de una manera que me asombraba y desconcertaba a partes iguales, era capaz de traer serenidad a mi mundo.

---

[4] En homenaje a Vincent Van Gogh que con su arte quiso consolar a los demás, él, que tanto consuelo hubiese necesitado.

Cuando hablaba, su voz resonaba con una tranquilidad imposible, como el rumor de un arroyo escondido en el corazón de un bosque oscuro. No huía de los temas que otros esquivaban con torpes cambios de conversación o silencios incómodos; no. Christoph encaraba la oscuridad, la enfermedad y la inevitable llegada del fin como quien contempla un paisaje desde la ventana, sin temor, sin prisa. Lo hacía con una agilidad sorprendente, casi como si esos conceptos, tan pesados y densos para los demás, fueran livianos en su lengua.

Me sorprendía, sin duda. ¿Cómo podía alguien que no conocía la paz, ser la fuente de la mía? Él, que había caminado por los senderos más sombríos y enfrentado las sombras más densas, había descubierto que el caos no era un enemigo, sino un maestro. Y en ese aprendizaje, se había vuelto inmune al miedo, capaz de transmutar el dolor en paz. Su serenidad era el reflejo de una aceptación profunda, una comprensión de que la vida, con todas sus tempestades, tenía un ritmo propio, y que resistirla era inútil.

En su presencia, todo lo que solía angustiarme —los miedos que arrastraba, las sombras que me acechaban en la noche— perdía fuerza. Resultaba como si la negrura se desvaneciera ante su serenidad, como si, al hablar de esos horrores, les robara el poder que tenían sobre mí. Él, encadenado a su propio caos y desorden, se convertía, sin saberlo, en mi ancla en medio de la tormenta.

Mientras caminábamos juntos por los senderos polvorientos del *ashram*, compartiendo nuestras experiencias y aprendiendo el uno del otro, sentí una extraña conexión con aquel joven viajero. Era como si nuestros caminos se hubieran cruzado por una razón mayor, como si estuviéramos destinados a encontrarnos y a compartir el tiempo y el espacio. A pesar de provenir de mundos muy diferentes, encontramos un terreno común en nuestra búsqueda compartida de la verdad y la consciencia.

Dicho y hecho: desde el primer instante en que lo vi, establecí con esta bella alma un apasionado fervor y admiración, un transformador vínculo que resultaba tan íntimo e intenso como libre y desapegado. Debo indicar que ser libre no significa vagar sin destino, ni siquiera estar libre de compromisos.

Él parecía profesarme la misma admiración y el mismo amor, tan puro como el origen del cosmos. Su mera presencia me envolvía en su espíritu, como la Piedra Negra de Pesinunte envolvía a los romanos, y sentía su poderosa energía nutricia y mamífera desprendiendo una dulce calidez, aunque para el resto del mundo pudiéramos parecer fríos y extraños.

Christoph me miraba de un modo que me causaba vértigo y que atravesaba por completo mi corazón. De repente, tomé plena consciencia de que así debía mirarle uno al mismísimo Dios: ni con severidad ni con rigidez, ni con superioridad ni con prepotencia, sino compasivo, pausado, sonriente y ecuánime, con ojos rebosantes de inocencia y humildad, calmados y colmados de un amor tan infinito que no cabría ni en un millón de palabras —tan torpes como estas—.

La sabiduría que emanaba de Christoph resultaba patente para todo aquel que se encontraba bajo el influjo de su mirada, ya que esta desvelaba el espíritu y conmovía la carne; o para cualquiera que atestiguara los frutos que él cosechaba en su propia realidad. No era una persona que pudiésemos definir como libresca. Muy al contrario, apenas había leído cinco o seis libros durante toda su vida, una cantidad que, a lo sumo, equivalía a lo que yo devoraba con obsesión en unas pocas semanas. No lo consideraba un intelectual ni un ser humano cualificado según los estándares sociales. No era un hombre de ese tipo de cultura; tampoco había sido deformado por ella. En la comparación constante que me perseguiría durante muchos momentos, lo veía como aquello a lo que me gustaría parecerme, como un ideal al que nunca podría acercarme.

Los días en los que permanecíamos en el *ashram* con el único fin de integrar las experiencias de unidad de los días anteriores, sentíamos una inclinación muy grande hacia lo mundano, y me reconfortaba la gran sencillez y deliciosa ternura de Christoph. En esos períodos de reposo e interiorización, él solía buscarme con una majestuosidad y pureza que desplegaba con la misma naturalidad que el simple acto de respirar. Yo esperaba bajo la sombra de la teca, cerca de la biblioteca, preparándome para el deleite que me provocaba el cautivador aroma de su dorado cabello. Nuestros abrazos y besos acontecían con la misma intensidad con la que se admiran las propias almas reflejadas en el espejo de los ojos del otro. Después, las conversaciones dispersas, pausadas y socarronas destilaban la misma intrascendencia que caracteriza a dos amigos antiguos que, sin necesidad de palabras, se comprenden en plenitud.

La mayor parte del tiempo, sin embargo, disfrutábamos de la compañía del otro en un silencio sacro y elocuente. Me maravillaba observarle sin tapujos, como si me contemplara mí mismo con el desapego del que porta un cántaro. Sus ojos almendrados y profundos me maravillaban, al igual que su amorosa mirada hacia otros buscadores, siempre ligera y pícara, exenta de cualquier sombra de malicia.

Admiraba su delicada compasión hacia ellos, en una perpetua comparación los unos con los otros, siempre ambiciosos y deseosos de poder, siempre insatisfechos e intranquilos, mientras alimentaban innumerables excusas, creyendo ser las víctimas de un tiempo demasiado oscuro y sucio para ellos.

Una de esas tardes de absoluta paz y disfrute, fuimos sacudidos de golpe de tan deliciosa ensoñación, donde hubiéramos permanecido durante cien mil existencias, tranquilos y sosegados, sin movernos ni un ápice bajo aquella luna, roja como la sangre, roja como una rosa.

Sin advertencia alguna, el *ashram* se vio envuelto en el compás rítmico de una carroza fúnebre, acompañada por una comitiva jubilosa y sonriente que esparcía con gracia flores maravillosas por doquier. La estruendosa sinfonía de cohetes y el aroma embriagador de incienso, sándalo y bergamota inundaban el aire, envolviéndonos y embriagando nuestra alma.

Sentimos una conexión peculiar con un hombre de mediana edad, cuyos ojos destilaban inteligencia. Su figura pequeña y desgarbada contrastaba con su cabello negro brillante, recogido en un elevado peinado. Se encontraba al final del cortejo, desempeñando el papel del guardián mágico de la procesión, cuya encomiable tarea era resguardarla de cualquier influencia nociva que pudiese sentir interés por ella. Con resuelta determinación, utilizaba sus manos con vigor, como una tormenta que barre los ecos del pasado, para borrar cualquier vestigio del paso del séquito sobre la abrasadora y arenosa tierra. Del mismo modo, en aquel lugar y momento, nosotros estábamos experimentando la eliminación de todo rastro de las cargas pesadas de la vergüenza, la comparación, el miedo y la culpa, que ya habíamos soportado durante demasiado tiempo en nuestro camino.

La meditación acudía desde la montaña, y en compañía de Christoph, se convertía en un acto rebosante de una insondable admiración hacia el universo, erigiéndose como una celebración de la vida a través de mi débil e insignificante ser. Sin embargo, a la par, acarreaba una sensación de pérdida y una profunda aceptación de mi eterna derrota como individuo aislado y perdido en la dualidad. Sentía que me estaba desangrando, y el dolor me hacía más acuático, permeable, poroso y vulnerable. Reconocía mi limitada capacidad de adaptación dentro de mi estructura vital, fracturada en relación con el espacio y el tiempo en los que me encontraba, de manera efímera y, a la vez, infinita.

Christoph también era un nadie. Quien es alguien no encuentra acceso al caminar, porque el alguien habita el camino y así no lo puede recorrer. Solo quien habita en el vacío, en el despojo de sí mismo, podría de verdad emprender el sendero menos confortable. El caminante auténtico existe cuando renuncia a su propio ser, cuando transita sin llevar consigo su nombre ni su identidad. El caminante es quien se olvida de sí mismo, quien no anhela nada, quien no se aferra a nada y no deja rastro alguno a su paso.

Como había ocurrido a lo largo de toda mi trayectoria, sin pretenderlo, continuaba atrayendo la atención de todos a mi alrededor. Yo, que me observaba como alguien invisible e intrascendente, en contraste con la muchedumbre ebria de redes sociales, que alimentaban sus egos con una absurda dualidad.

Me encontraba durante aquellos meses en un estado de extrema delgadez, famélico, con ojos cavados en profundas cuencas y la piel curtida por el rojizo sol, vistiendo unos cuantos harapos mal dispuestos. Comprendía las miradas compasivas y los esfuerzos desesperados de aquellos que intentaban socorrerme, ofreciéndome alimento, vestimenta e incluso algunas monedas.

Me hallaba inmerso en un estado de inacción, dedicando largas horas a la contemplación de la existencia. La sociedad, en su perspectiva, percibe la inactividad como un problema a resolver con urgencia. No obstante, la quietud se presenta como un resplandor sublime en la experiencia humana, distante de carecer de sentido. Pues sin el silencio, la música se diluye en meros ruidos efímeros.

La multitarea desmedida que prevalece en nuestra época es un comportamiento inherente a los animales, alejado de la esencia invisible y transpersonal del ser. Al igual que los borregos que pastan en el campo, realizamos múltiples acciones, pero nuestra atención está dispersa entre preocupaciones terrenales y mundanas. Mientras el borrego se alimenta, también permanece vigilante ante los peligros que puedan acechar desde la tierra o el cielo, prestando atención a las señales del perro pastor y a los sonidos de alarma que lo rodean. No os engañéis, no hay nada menos humano que el *multitasking*.

La inactividad es la vanguardia del futuro próximo. La consciencia, en su esencia, lleva en sí misma la quietud, abarcando tanto la inacción como la contemplación, como una semilla que contiene todas las posibilidades. Quien se encuentra en un estado de inactividad no se aferra a su propio ser; trasciende su nombre, convirtiéndose en un nadie desprovisto de propósito y dirección, entregándose a lo que acontece.

Este estado ejercía un efecto apacible, una renuncia a mi propio ser, donde cada acción se suspendía en un fluir sin sujeto, sin necesidad de pronunciar el «yo». La actividad, en su esencia, se nutre de la inactividad; solo de allí surge la creatividad y lo nuevo, mientras que la actividad y la superficialidad del *multitasking* representan lo obsoleto, anticuado y caduco, sostenido por la gran mayoría.

Cuando volvía a mi ser de aquel trance, observaba a otros buscadores: sus ojos, ora cerrados, ora entreabiertos; sus singulares cejas, las frentes delicadas y serenas, la piel curtida y quebradiza, los carnosos labios y la infinitud de sus gestos. Ellos, confundidos, sentían cómo mis ojos podían llegar muy profundo a través de los suyos, penetrando el alma, indagando, cuestionando y, por fin, diluyendo hasta el infinito de las formas cualquier reminiscencia de la ficticia división que existía entre nosotros.

Algunos, sensibles y capaces de abrazar lo tierno y frágil, no mostraban ninguna resistencia y, con una grandeza que me emocionaba y era causa de mis ojos húmedos de aflicción, se rendían por completo y se dejaban ir, colocando el corazón en una bandeja de formas geométricas inexplicables e incognoscibles, cediéndomelo de forma sacra, con la mayor de las delicadezas. Mostrándome por completo el cuerpo, la sangre y la carne, el alma y la infinitud de Dios que los atravesaría por completo durante toda su existencia, desde el ataúd hasta el útero materno.

En cambio, la gran mayoría de ellos quedaba atónita y avergonzada, enzarzándose conmigo en una feroz contienda, como si ello fuera posible, anhelando que yo participara en sus pueriles juegos de poder. De este modo, toda la salvaje y contenida vehemencia que sostenían en sus cuerpos tensos, rígidos y helados, toda la constreñida violencia que padecían y que les atormentaba cada segundo de sus vidas, prorrumpía hacia mí con enorme vehemencia y odio, con la intensidad de cien mil tormentas de verano.

Por el contrario, me sentía atraído con la fuerza de un imán hacia otras esferas de la vida, representadas por lo invisible, que resonaban con una energía muy opuesta. Me abrumaba y fascinaba el funcionamiento de todo lo inconsciente que vivía palpitante en el ser humano. Sentía un ferviente impulso de mirar dentro de mí, y apreciaba cómo, en comparación con lo que en ese recóndito lugar se hallaba, la infinitud del majestuoso universo, que también albergaba aquellos juegos de poder, me parecía cognoscible.

Como Gödel, había experimentado una sensación de inmortalidad prolongada a lo largo de mi existencia, una especie de peso interminable. En aquellos momentos exquisitos, esa sensación, esa carga abrumadora que había corroído mis huesos, bloqueado mis riñones, endurecido mis arterias y aniquilado mis glándulas suprarrenales, se disipaba de mi ser mediante burlonas y ridículas despedidas con cajas destempladas.

En el transcurso de mi peregrinaje por este estrecho sendero, que a su vez simbolizaba el camino de mi propia existencia, me fue posible comprender que mi vida había sido, y sería hasta el dulce fin, sinónimo de disolución. En épocas pasadas, mi ser esencial se disolvía, tal como sucedía con el resto de los seres humanos, en la vida inconsciente y alienada de la gran mayoría. Seguir el sendero menos cómodo me resultaba inaccesible, ya que no era consciente de su realidad. Creía conocer mi identidad y lo que anhelaba.

Ahora, contemplaba con un estupor desolador cómo cada una de las antiguas estructuras internas que con tanto empeño había erigido se tambaleaba y colapsaba en un silencio sepulcral. Observaba cómo caían una a una, sintiendo el intenso pavor que me provocaba percibir que no había realidad en ninguna de ellas. Donde esperaba hallar cierta masa, cierta densidad, cierta energía, solo encontraba, en esos momentos lentos, el vacío cuántico, la energía del punto cero. Lo que originaba la nada, compuesta solo de cinco átomos de hidrógeno por metro cúbico. Sentía que podía morir en ese instante, de repente.

Con el lento paso de los días, el sendero de márgenes inciertos y límites borrosos difuminó por completo mi sentido de identidad. Observaba a los demás con la misma atención y desapego con que me observaba a mí mismo. Provenían de tierras distantes, sin ser conscientes de que se encontraban inmersos en una constelación, que estaban atados como estrellas a su órbita. Eran fractales de relaciones que se repetían, como si la vida insistiera en que no podían eludir su propia naturaleza al replicar, sin cesar, los patrones de conexión presentes en sus sistemas, sin importar cuán lejos intentaran huir o cuán exótico y misterioso fuera el entorno que escogieran.

Aunque escondamos ajos en una bolsa, el aroma persistirá, desafiando cualquier intento de disimulo. Nuestros rasgos más innatos, profundos y auténticos siempre encuentran la manera de salir a la luz, sin importar cuánto intentemos cubrirlos con velos de apariencia. Y así, mientras los observaba, me cuestionaba si también yo me hallaba atrapado en mis propios patrones y si existiría una forma de liberarme de ellos.

Resultaba fascinante observar los hilos invisibles de las relaciones humanas que tejían su entramado en aquel lugar como una compleja matriz. Las historias personales, los anhelos, los deseos más inmensos y las cicatrices del alma se entrelazaban en un intrincado tapiz n-dimensional de interconexiones, formando una composición geométrica única y compleja de encuentros y desencuentros, similar al patrón esencial trazado en los lugares de origen de los buscadores.

Me maravillaba intuir cómo las personas, a menudo sin percatarnos, repetíamos los mismos patrones de nuestras relaciones pasadas: los mismos dramas, los mismos conflictos, las mismas dinámicas familiares, que se reproducían una y otra vez en ese nuevo entorno. Era como si lleváramos con nosotros aquel olor a ajo, un equipaje invisible, cargado de las experiencias y las emociones del pasado, y lo desplegáramos una vez más en cada nuevo escenario.

Sin embargo, cobré plena conciencia de que esta repetición no era casualidad, sino que constituía el resultado de una profunda conexión entre lo que llevamos en nuestro interior y las dinámicas que atraíamos a nuestras vidas. Estas dinámicas eran tan parte de nosotros como los profundos ojos de Christoph, que me acompañaban junto a la elocuencia de su silencio.

—Sin duda, mi querido amigo, la verdadera transformación no radica en huir de nuestros sistemas y de nuestras historias, sino en enfrentarlas con valentía, registrarlas y tomar consciencia de ellas. Es en ese proceso de autoconocimiento y sanación de las heridas del pasado que encontramos la llave para liberarnos de los patrones repetitivos que nos atan —le dije a Christoph.

—Es cierto —dijo él—, solo cuando reconocemos nuestras propias sombras y heridas, y las abordamos con compasión y amor, podemos sanarlas y construir relaciones más auténticas y plenas en el presente. Es como si tuviéramos que reconciliarnos con nuestro pasado para poder vivir en el presente.

—Es un sendero difícil, pero creo que es el único camino verdadero hacia la transformación —observé yo—. Tomar consciencia de nuestras historias, enfrentarlas y sanarlas requiere coraje y valentía, pero estoy dispuesto a embarcarme en ese viaje. ¡Que aquí me sea bienvenido todo lo que está en devenir, lo que anda errante, lo que va buscando, lo que es fugaz! *De ahora en adelante la hospitalidad será mi única amistad.*[5]

Contemplar a los demás en ese lugar me sumió en una profunda reflexión sobre mi propio camino. ¿Cuántas veces

---

[5] Texto extraído de *Fragmentos póstumos* (1885-1889), de Friedrich Nietzsche.

No transitaba el tiempo lineal, sino que habitaba solo el presente. Estaba disuelto, no había más fronteras ordinarias del yo. Apenas podía decir nada, vivía una epifanía que se encontraba mucho más allá de mi desbocada imaginación. Y de esta forma, tomé consciencia de que no albergaba deseo alguno de trascender, pues ya no quedaba nadie en mí que pudiese albergar tan elevado deseo.

Durante mi último desayuno en el *ashram*, observé agradecido a Christoph, a los monjes y *sadhus*, así como a los demás moradores del lugar, con una mirada renovada. Sus semblantes serenos y sus ojos, colmados de una profunda sabiduría inconsciente, revelaban un anhelo común, un despertar de la conciencia que resonaba en cada uno de ellos. Parecía como si la energía del universo hubiera permeado las paredes del *ashram*, infundiendo en cada alma un ineludible impulso hacia la exploración de nuevos horizontes.

Eran tiempos insólitos; la atmósfera estaba impregnada de una energía inédita, que contrastaba con la antigua calma. En cada rincón se respiraba una sensación peculiar, una presencia inefable que lo envolvía todo, transformando la cotidianidad en algo que escapaba de lo común y se impregnaba de un nuevo significado.

Resultaba evidente que había llegado al punto de inflexión en mi vida, donde la llamada de lo desconocido se volvía imperativa. Los confines del *ashram*, que una vez habían sido un refugio de paz y crecimiento interior, constituían ahora un nido que debía ser abandonado para dar paso a la renovación y a la transmutación personal en el vínculo con otros. Sentía el tirón inevitable de mi destino; la consumación estaba cerca, pero la impaciencia me volvía loco al comprender que no podía acelerar su llegada.

Con cada bocado de comida, mis sentidos se agudizaban, captando los destellos de determinación en los gestos serenos de aquellos que compartían el desayuno. Un monje, vestido con una túnica de un vibrante tono azafrán, portaba una expresión de serenidad que se fusionaba con una chispa de inquietud en sus ojos. Otro, con las manos apoyadas en el corazón, parecía inspirar con suavidad, listo para enfrentar los desafíos que el mundo exterior le presentara. Entre sorbos de té caliente y mordiscos de pan fresco, nos nutríamos no solo de alimentos físicos, sino también del espíritu comunitario y la certeza de que compartíamos una búsqueda colectiva.

Fue en ese momento, en la comunión silenciosa de los comensales, cuando comprendí que no era solo yo quien sentía la llamada de la ruptura. En este amanecer de trascendencia, cada individuo había encontrado el coraje para liberarse de las burbujas autoimpuestas, aquellas con las que nos habíamos protegido y aislado durante tanto tiempo. Era hora de emprender un viaje hacia la libertad, hacia la apertura de nuestras mentes y corazones a la vastedad de la experiencia humana, pero también mamífera.

Como aves rapaces que anhelaban expandir sus alas y explorar nuevos horizontes, nosotros también comprendimos que la morada acogedora que nos había nutrido y protegido durante tanto tiempo se estaba convirtiendo en un nido de confort que limitaba nuestra visión y nuestro crecimiento. Durante milenios, la humanidad había habitado estas burbujas, ya fueran familiares, religiosas, políticas, ideológicas, tribales o espirituales, enraizados en sistemas de creencias que, aunque habían proporcionado un sentido de identidad, también habían dejado un enorme vacío al no poder capturar lo invisible. Nos habíamos aferrado a estas burbujas como si fuesen escudos protectores, alimentando un sentimiento de separación y diferenciación entre nosotros.

Ahora era el tiempo de la ruptura de nidos.

Era el momento de emprender los preparativos para mi retorno a casa, y una certeza inquietante se apoderó de mi ser: este sería el último manuscrito que se crearía a través de mí. Justo en ese instante, como si un destello de sabiduría hubiera descendido del firmamento, mi mente se inundó de una claridad que nunca antes había experimentado.

Las palabras se escapaban de mis dedos con una fluidez sobrenatural, como si la musa de la literatura hubiera decidido visitarme en mi momento más crítico. Cada frase, cada palabra, estaba imbuida de un dolor y una intensidad que hasta entonces me habían sido ajenas. Con la certeza de que esta historia debía quedar al servicio de los demás, continué escribiendo con pasión y determinación. Fue entonces cuando comprendí que llevaría por título *El confortable sendero*.

A lo largo de mi trayectoria me entregué a la creación de extensas epopeyas y revolucionarios ensayos, a la confección de pinturas de una belleza extravagante, a escribir poemas que acariciaban el alma y a dar vida a melodías que hacían vibrar el corazón. No obstante, la gran mayoría de estas obras carecían de palabras, colores y notas musicales adecuadas para manifestarse en la realidad física. Aun así, su existencia en otros planos invisibles se reveló innegable.

Han vibrado en la dimensión intelectual, han sido experimentadas en la dimensión corporal, han deleitado en la dimensión sensorial, han nacido en la dimensión onírica, han resplandecido en la dimensión energética, han trascendido en la dimensión colectiva, han emergido en la dimensión inconsciente, han sido ascendidas en la dimensión metafísica y fueron cristalizadas en la dimensión cósmica.

A medida que plasmo estas últimas palabras en el papel, la certeza se hace patente: una melancolía perpetua se apoderará de mi alma. Permaneceré como una hoja que flota por siempre en el viento de la nostalgia, al considerar que este relato marca el cierre de un capítulo en mi vida, similar al final de un gran amor que perdurará en mi ser por siempre. Es la conclusión de una historia que me ha acompañado durante demasiado tiempo, de un universo creado por mi mente y mi pluma, de personajes que han cobrado vida propia y que nunca más volverán a hablarme en mi soledad de escritor.

Sin embargo, esta tristeza no es un lamento, sino una celebración de la fugacidad de la vida y de la belleza que reside en la transitoriedad de todas las cosas. Aceptar que nunca más podré revivir aquellos tiempos en la montaña de Arunachala: mi primera noche en el *ashram*, el primer contacto con los monos, la primera vez que me percaté de que existía una energía especial detrás de cada árbol, en cada insignificante arbusto, en cada criatura y en cada piedra del camino que la circunvalaba; los incontables atardeceres, abrazado a mi amado Christoph, mientras nos disolvíamos en las esferas de lo invisible y de lo mágico.

¿Cuántos cientos de años habían pasado desde entonces? ¡Ah, mi querido amigo! Por volver a verlo, por conversar con él un solo día, por abrazarlo, por oír su voz reposada, ecuánime, idealista y elocuente, daría de buena gana cualquier cosa que me rodeaba.

Ya antes de recorrer mi camino allí, mi inclinación y apetencia por el suicidio habían aminorado un tanto, pero ahora habían desaparecido por completo. La muerte ya no significaba nada para mí, al menos no mucho más que cualquier otra actividad diaria como pasear, alimentarme o dialogar con mis amigos.

No existían ya momentos de desesperación que antes hubiese cristalizado en forma de un enorme padecimiento corporal que quebraría por completo mi chakra raíz, o *Muladhara chakra*, disolviendo mis huesos, dañando sin remedio mis riñones y creando maliciosos adenomas en mis maltrechas glándulas suprarrenales, mientras segregaban ingentes cantidades de repugnante cromogranina A y deleznable aldosterona.

Quedaron atrás los quejidos, los gemidos, las piedras y los huesos, con matices psíquicos… Todas las contrariedades y aflicciones que atravesé a lo largo de mi existencia me parecían cada vez de menor relevancia desde mi regreso al hogar, adquiriendo la apariencia de recuerdos bochornosos de otros tiempos, de otras vidas que guardaban escasa relación con quien soy en la actualidad.

Ahora, en mi casa, sentado en la antigua silla frente a mi mesa de acacia y mármol blanco, empleando el mismo ordenador para mi labor literaria, esta u otra ciudad, el amo y el esclavo, la visibilidad o la marginación, el temor y el coraje, la enfermedad y la salud, el pavor a la desestructuración y la ausencia total de control...

Todas aquellas experiencias me parecían tan lejanas y extrañas como un ancestral sueño o una ilusión envuelta en la bruma de la memoria. Las sensaciones y experiencias que antes me parecían vívidas y tangibles, ahora se desvanecían como un susurro lejano en el vasto vacío del tiempo. Era como si hubiera experimentado mil vidas en una sola existencia, cada una con su propio universo, sus emociones particulares y sus propias verdades.

De cualquier modo, todas aquellas vidas parecían ahora tan distantes como la recóndita luz de una estrella muerta, tan inalcanzables como un objeto en la lejanía del espacio. Pero, incluso en esta extrañeza, encontraba una belleza, una poesía que me susurraba al oído y me hablaba de la infinita riqueza de la vida y la insondable pérdida del ser humano.

En aquel sendero menos confortable, mi alma emprendió un viaje sublime hacia los abismos más profundos de mi inconsciente, donde confronté el poder, la destrucción, la muerte y la inevitable transformación. Pero, sobre todo, me enfrenté a la vida, revelada en toda su plenitud desde la perspectiva de la muerte. En ese periplo me vi a mí mismo como el Jonás arrojado al mar y devorado por la ballena, atrapado en el vientre oscuro del caos. Y, al mismo tiempo, fui también el Jonás que resurgió de las entrañas del cetáceo, renacido, transformado y dotado de una nueva mirada, un ser remodelado por el peso de esa travesía.

La enredadera de mi propia existencia se enlazó con la esencia misma de la India, entrelazando mi historia con la de los siglos pasados y las hermosas almas que la habitaron. A pesar de ello, siempre supe que regresaría. Siempre regresaba al hogar; todas las veces regresaba. Terminaba siempre de la misma forma.

Ahora, me sentía renacido como una persona congruente con la realidad, que podía contagiar vida a los demás, que podía irradiar la pureza de la vida y ponerla al servicio de otros seres humanos.

Sentía brotar en lo más hondo de mi ser las mismas virtudes que había admirado en los grandes hombres y mujeres de la historia. Me reconocía, como ellos, en la figura de un sanador que había caminado por los abismos más oscuros de la realidad. Cada extremo, cada vértice del sufrimiento y el gozo había sido recorrido por mi cuerpo, que conocía de cerca el abrazo de la muerte. Y en ese abrazo, descubrí un secreto insospechado: la vida, en su fuerza oculta, se manifestaba incluso en la disolución final. Me hallaba frente a la irrefutable verdad de que la existencia, lejos de perecer, renacía una y otra vez; que la vida, aún despojada, se alzaba desde las ruinas más profundas, y que en cada muerte florecía una nueva creación, misteriosa e inevitable.

La vida siempre triunfaba y la muerte era una prueba de ello. Y, aunque innumerables veces me había sentido como un viajero solitario en un mundo desconocido, ahora comprendía que mi búsqueda había sido compartida por muchos y que mis escritos habían resonado en el corazón de quienes los habían recibido con el mismo amor y pasión con los que habían sido creados a través de mi ser.

Veía cómo atraía hacia mí y cómo yo mismo era atraído hacia personas que estaban colmadas de vida. Quería ser vida y tocar lo viviente que se estaba creando. Sentí cuán vivo estaba todo: las plantas, la tierra y las estrellas.

¡Resultaba extraño hasta qué punto lo que uno ha vivido puede volverse tan lejano y escurrirse! El aire volvía a ser templado y apacible. Los jazmines y el azahar perfumaban la suave brisa, que se deslizaba entre los árboles, acariciando las hojas y jugueteando con las flores. Penetraba por la ventana y me traía los ecos de los juegos infantiles y del delicioso canturreo de los gorriones, que elevaban sus gráciles cantos al cielo y, con ello, al mismísimo universo, mientras las estrellas se postraban y regocijaban con la simpleza de sus melodías. Mi corazón latía con virulencia, palpitante y rebosante de vida, mientras mis ojos se llenaban de tibias lágrimas saladas que surcaban mis mejillas barbirrubias y yo lloraba y reía al unísono con una brava intensidad.

En determinados momentos de mi existencia sentí estar cayendo en la más densa oscuridad, al borde de la locura que tanto había temido durante mi vida, perdido y quebrado sin remedio. La pena se asentó en mi corazón. Pero ahora, sentía cómo la corriente vital fluía perenne por mis venas; ahora sabía que no enloquecía. A la síntesis no se llegaba por salto cuántico, sino a través de un recorrido de experiencias por los patrones más básicos que se iban complejizando e integrando con el tiempo.

Ahora, yo era esencia sagrada, fuerza creadora, flujo del devenir y vida en movimiento, capaz de comenzar todo de nuevo, con la vibración y la vivencia de la compasión.

No tomé ninguna decisión, no hice ninguna promesa.

Todo retornaba y retornaba, como siempre lo había hecho durante mi existencia. Todo volvía a mí y, sin embargo, después de recorrer durante varios años el sendero menos confortable, todas aquellas antiguas cosas eran nuevas para mí.

III. MI PROPIA MUERTE

Un bel morir tutta la vita onora.
Francesco Petrarca

No hay en esta narración la menor alegoría. Me invadió una tristeza profunda y un ferviente deseo de morir en esa hora mágica. Lágrimas, como un torrente liberado tras años de sequía, comenzaron a brotar sin control. ¡Hacía tanto tiempo que no lloraba!

Por más que suene macabro, no conservo un recuerdo nítido del método exacto que consideré. A pesar de la firmeza con la que había iniciado, me asaltó una incertidumbre desoladora. ¿Debería colgarme del techo, lanzarme desde la azotea, o tragarme completa la farmacopea? Quizás encerrarme en el baño, con el agua templada a treinta y siete grados, y dejar que la sangre se escapara con suavidad por mis venas cortadas, en una despedida tranquila. Incluso me pasó por la cabeza robar la escopeta de mi padre, aquella que usaba para cazar venados, y volarme la sien de un solo disparo. O tal vez, arrojarme a las vías del tren y morir como un perro.[6]

Tampoco poseo una nítida referencia temporal de cuándo aconteció; solo recuerdo que, por alguna razón, aquel día la lluvia desafinaba, como si algo en el mundo estuviera fuera de lugar. Con total seguridad, la noticia de mi muerte estremeció por completo a mis padres y a mi hermano, a mis contadísimos amigos y a las dos únicas mujeres que, durante mi vida, me amaron sin esperar nada a cambio.

Algunos de ellos, conscientes hasta lo más profundo de su ser de mi natural inclinación por desmantelar cualquier

---

[6] Inspirado en «*Como un perro*» (2004), de Miguel Bocamuerta.

barrera temática, habían sido testigos en repetidas ocasiones de mis largas disquisiciones sobre la muerte y el suicidio. Para ellos, este último era poco más que una sombra marchita, un rastro de un pasado que creían extinguido, desvanecido como un murmullo olvidado en el viento.

Sin embargo, ocurrió tal y como siempre supe que ocurriría: cuando contemplas durante largo tiempo a la sombra, la sombra también mira muy dentro de ti. Mi existencia, que hasta ese momento creía tan estructurada, tan ordenada, tan predecible, tan propicia para dogmatizar con precisión y enseñar a los demás con sencillez, con mi ejemplo de vida, avanzó sin posibilidad de detenerse a la velocidad de la luz hacia el mayor de los desastres.

Lo más irónico es que aquella implacable apisonadora que estaba aniquilando el más ínfimo de mis anhelos vitales no poseía un origen exógeno, sino endógeno. Surgió de mi interior, de mi plexo solar, no como resultado de una enfermedad crónica ni como consecuencia de una pérdida irreparable que mi alma no pudo soportar. Tampoco por una cuestión económica, ni por la furia de un desastre natural que me hubiera forzado a buscar de manera deliberada mi propio final, como una erupción volcánica que me sorprendería subiendo al Tajogaite, o por las garras de un ser omnipotente que me asaltaría de improviso en Fuentes Carrionas. No, su origen fue de raíz interna, desarrollándose del germen de esta tendencia innata a la autodestrucción de la que muchos me creían curado, pero que se desencadenó en mí como una explosión incontrolable.

Me abultaba más lo recorrido que lo que aún estaba frente a mí por recorrer. La vida me dolía, sí, pero era un dolor tan intenso que, de alguna retorcida manera, me complacía. Mi vida, como la de tantos otros, no era más que la historia de un fracaso encadenado con el siguiente. Y aun repudiando tales saberes, me vi obligado a ejercer una maestría de la arquitectura del olvido a vueltas con el lorazepam.

Insisto en la reiteración de que no recuerdo ni el detonante último ni el acto en sí mismo, pero al final cuelgas igual en el aire a diez centímetros que a dos metros del suelo, de la misma manera que puedes dejarte caer tanto desde un edificio de cuatro pisos como de cuarenta. Solo hacen falta la cuerda y el nudo apropiado o el momento preciso en el que nadie se encuentre observando.

Os puedo garantizar que es en aquellos instantes precisos cuando nuestras acciones fluyen con tal suavidad y libertad que nos seduce la idea de que todo puede transmutar, en contraste con los momentos comunes de la interfase de la vida, donde la rigidez y la inmutabilidad parecen predominar, y la libertad y la facilidad se desvanecen. Incluso nuestra propia respiración parece controlada por fuerzas enigmáticas y un destino inexorable. No, durante ese último lapso, se respira sin tropiezos mientras se navega en un estado crepuscular que, tarde o temprano, se convertirá en el final.

El salto fue una experiencia de acogida. Fue como caer sobre un lecho mullido y reconfortante, donde la seguridad se entrelazaba con la certeza del paracaídas que me sostenía, sin prisa, en ese descenso único. Lo que viví en ese momento se desplegó ante mis ojos como un cuadro extraordinario, similar a un retablo gótico que relata la trayectoria de un santo en estampas simultáneas, tal como el majestuoso retablo de alabastro policromado en el antiguo monasterio de Rascafría, que narra con delicadeza la historia de una vida de devoción.

Lo que presencié no tenía la menor conexión con aquello que, en nuestra sociedad alienada, solemos valorar como fundamental. No había rastro de éxitos profesionales ni de fortuna material, ni siquiera de las posesiones o los triunfos que tanto ansía la gente. En su lugar, se desplegaron ante mis ojos recuerdos imperecederos y memorias preciadas. Las percepciones de mis sentidos se agolpaban en una sucesión de imágenes variadas y vívidas. Vi a mi padre, en medio de la noche, cuidándome con ternura cuando mi brazo se adormecía por el peso de mi cuerpo y me levantaba llorando. Vi a mi madre, regalándome un beso de buenas noches, lleno de amor y cariño. Me vi riendo a carcajadas ante una nueva ironía de Eduardo, que transformaba lo obvio en lo oculto y lo evidente en lo incierto. Visualicé momentos de felicidad compartida con mis amigos, a mi abuela cocinándome la cena; me vi escuchando con atención a alguien, a una persona que me levantaba del suelo, a mi hermano disfrutando de su familia. Por última vez, me sumergí en la sonrisa cósmica del ser divino que marcó mi piel y habitó mi alma durante toda mi existencia.

Fueron gestos de una humanidad exquisita, pequeños y cotidianos, que a menudo pasan desapercibidos ante la mirada superficial, pero que, en realidad, forjan la esencia de una vida hilvanando su trama. Son esos detalles los que de verdad importan, los que conmueven y dan sentido. Para algunos, pueden parecer livianos, pero son estas cosas las que atan nuestras almas en la eternidad.

Dadas mis tendencias obsesivas y neuróticas, estoy convencido de que, tras las primeras repeticiones de aquella fantasía de desaparecer, mi realidad cambió de golpe, inundándose mi mente de pensamientos suicidas y anhelos de rendición. De este modo, todo mi ser, sin titubeos y casi de forma automática, abrazó aquel destino ineludible. Sin lamentos, dramas ni victimismo, como lo hubiese hecho con cualquier otro.

Es posible que me embargara un deseo feroz, casi indomable, de escapar de este mundo sin demora, una intensa ansia de disolución, una maravillosa epifanía. Sentirme lejos de esta realidad, lejos de este lugar, muy lejos de este tiempo, ya que tal vez dejaron de poseer significado alguno para mí, y hacerlo rápido, en un solo instante y con el menor dolor y sufrimiento posible.

Imagino cómo esa idea fue creciendo poco a poco en mí, de forma constante, como una hiedra que busca grietas en las piedras, desgarrando las raíces de toda la tierra que hasta aquel momento tanto me había mantenido al suelo, anclándome a la realidad, a lo tangible y a la vida corpórea.

De esta manera, sin ser notada y de forma discreta, lo que un día solo fue una lánguida idea superficial, casi invisible y sin ninguna relevancia, o una mera chispa de curiosidad, llegó a convertirse en una especie de posibilidad cautivadora, de reflexión, de ensimismamiento, de inclinación insaciable y, al final, en una devoción inquebrantable: mi única religión posible.

Quizás ocurrió porque tengo sangre suicida proveniente de mis padres, ambos originarios de la zona conocida, de un modo un tanto siniestro, como el triángulo de los suicidas en el sur de España. O, por el contrario, puede que no tenga nada que ver con estos genes COMT iluminados de forma irónica, desprovistos del lógico deseo egoico de perpetuarse y exista cierto influjo relacionado con misteriosos compuestos bioquímicos presentes en el agua; con la inusual altitud de la comarca de la subbética que marcaría de forma epigenética mis genes; con las parduzcas tierras enjauladas en un sepulcral mar de olivos, silencioso y expectante; con la existencia de ciertos minerales en el subsuelo, sin duda maléficos, como la pirita y el cinabrio; con el endémico aislamiento de estos últimos pueblos reales del sur de España; *con el pálido calor que arde en ira;*[7] con el hastío rutinario y la falta de oportunidades profesionales o con la casualidad.

Sí, la simple casualidad, aceptando con humildad que el azar también tiene cabida en la plenitud del universo y no todo cuanto nos sucede son causalidades y sincronicidades. Por mucho que pueda pesar a los defensores de la espiritualidad *New Age,* los seres más temerosos de entre todos nosotros, y los más evidentes buscadores de certezas, como un modo de cristalización de su propio ego, que ansía por encima de todo, como mecanismo de defensa, la irrisoria

---

[7] Texto extraído del poema *Con pálido calor, ardiendo en ira* (Lope de Vega, 1634).

perpetuación y la trascendencia: un plan divino, específico y único.

Esto, en cambio, no nos ocurre a quienes poseemos una naturaleza transpersonal más poderosa: los enloquecidos —porque pocos nacemos locos—, los tranquilos pero nerviosos, los bipolares, los melancólicos y depresivos, los heraldos de la angustia y los eternos navegantes de los océanos emocionales más turbulentos. Todos nosotros poseemos una sensibilidad única que nos distingue, un desapego compuesto de infinitos fractales de la esencia misma de Dios. Somos como la sal de la tierra, luchando sin cesar con nuestros propios «perros negros», tal como Churchill llamaba a esos demonios internos que representaban sus propias depresiones.

En este escenario, la desaparición de los manicomios, lejos de representar un avance social, se erige como un perturbador emblema de nuestra época, sugiriendo que la locura ha dejado de ser una excepción confinada para convertirse en el pulso oculto de la cotidianidad. La sociopatía y la psicopatía, antes consideradas anomalías, ahora emergen como cualidades sorprendentes por su capacidad de adaptación, modelando los intricados laberintos del poder y el control con una exactitud tan fría como aterradora.

Y así, la revelación, el momento de la verdad, llegó a mí sin previo aviso, como una fuerza imprevisible que se abrió paso en mi ser sin pedir permiso ni conceder tregua. Fue un instante en el que el tiempo pareció detenerse, en el que el universo entero se contrajo en un punto minúsculo de luz que penetró en lo más hondo de mi alma. En ese instante supe que había cruzado un umbral, que había entrado en una dimensión de la que no podía regresar. No fue un momento, ya no habría momentos; nunca los había habido. ¿Acaso existe algo más aterrador que sentirse abandonado en un territorio desconocido, sin saber qué hacer ni a dónde ir?

La muerte siempre es amarga, ya que lleva el regusto del nacimiento y encierra la incertidumbre de una nueva renovación. Se presenta envuelta en una esencia misericordiosa, cargada de significado con una belleza melancólica y espiritual. Pero, como toda moneda, la muerte tiene un reverso cruel: una faceta implacable y desnuda que despoja su manto de cualquier vestigio de gracia, sentido o piedad, revelando una realidad fría y desoladora.

Quizás algunos de vosotros deseéis que, cuando esta revelación dual se presente ante vosotros, lo haga con suavidad, con un gesto más indulgente, menos devastador. Es un anhelo que comparto con fervor. No obstante, la verdad no se revela en la comodidad ni en la calma; la auténtica claridad surge solo desde la desesperanza más profunda, y el verdadero conocimiento se alcanza tras desprenderse de todo aquello que uno creía cierto. Por lo tanto, aunque el camino se torne arduo y la incertidumbre os envuelva con su manto opresivo, no temáis cuando la verdad se muestre ante vosotros. Enfrentadla con valentía, abrazadla con la firmeza de quien comprende su inevitabilidad, y seguid adelante con determinación. Porque la vida que niega a la muerte, se niega a sí misma. Al final, no es la muerte la que nos roba la vida, sino el miedo a vivir en plenitud bajo su sombra.

Puedo vislumbrar a mi madre consolando a mi amada: «No llores, hija mía. En la vida, todo lo que amamos debemos abandonarlo, y al final, incluso la vida misma. Llorar es un ejercicio en vano. Desde lo alto, él nos guiará, y su esencia vivirá por siempre en nosotras. Así que, por favor, no llores, hija mía».

Es posible que muchos afirmaran que desde hacía varios meses me había vuelto loco. Incluso un crítico literario, carente de intuición, intentó explicar la falta de dinamismo en mis últimos escritos atribuyéndolo a esta supuesta locura. No obstante, más reveladora que esas habladurías superficiales es la historia de mi existencia, rica en anécdotas, y mi inclinación hacia la autodestrucción.

Lo único que me es posible decir es que yo supe morir porque entrené con esfuerzo constante durante toda mi vida para ello. La única forma de aprender a morir es muriendo. Sí, es cierto, sé que puede sonar macabro, pero la realidad es que el ser humano muere de forma continua hasta el momento de su desaparición final. Los que me conocisteis más a fondo advertisteis mi enorme interés por este tema de conversación; ya habíamos hablado antes de mi falta de tabúes.

El temor a la muerte solo se vence enfrentándolo, conociendo qué nos espera en ese último umbral, familiarizándonos con el hálito delicioso de la parca en la coronilla. Esto es, muriéndonos. Si es posible, sin llegar a morir, claro.

En este sentido, durante mi camino perdí por completo el miedo a la muerte. No fue fácil, pero fue necesario. Aprendí que la muerte era solo una parte de la existencia, que había que disfrutar como un acto sagrado, y que cada uno de nosotros, por ahora, tiene un tiempo limitado en este mundo.

Es necesario revertir la separación entre la vida y la muerte. La vida solo es viviente en intercambio con la muerte porque el rechazo de la muerte o su negación destruye todo lo viviente. Los antiguos entendían cómo honrar a la muerte, adornando sus sarcófagos con símbolos de vida y fecundidad, incluso con imágenes atrevidas. La muerte debe ser venerada, como el origen de toda existencia y la fuente eterna de renovación cíclica. Repito: solo la vida que asume la muerte es vida auténtica.

He muerto muchas veces, es cierto. En cada cambio de etapa, en cada ciclo que se cierra, en cada transformación silenciosa, en cada fracaso y también en cada victoria que, aunque brillante, marca su propio final. No hay razón alguna para temer lo que, por ahora, es inevitable.

Sin embargo, no siempre fue así. En mi juventud, la muerte me aterrorizaba, y a lo largo del tiempo he observado, siempre a posteriori, que esta misma angustia se ha repetido en numerosas estructuras similares a la mía, como si la propia existencia estuviera teñida de una obsesión neurótica por la reiteración, como un motivo recurrente tejido en el telar divino del cosmos o un susurro melódico de Dios tañendo su arpa de arpegios repetitivos.

Me angustiaba la idea de que mi existencia llegara a su fin. Vi a seres humanos morir en muchas circunstancias, algunas pacíficas y otras terribles. Y así, con cada muerte que enfrenté, entrené para la mía propia. Aprendí a aceptar mi propia mortalidad y a prepararme para lo que vendría después. Lo cierto es que, durante nuestra existencia, si se abraza una verdadera consciencia, no se trata tanto de aprender a vivir, como muchos afirman, sino de aprender a morir.

Recuerdo ahora, desde este lugar al que me dirijo, cómo durante mi infancia el retumbar nocturno del vómito de mi madre me sacudía con brusquedad de mis sueños, recordándome sin piedad la vulnerabilidad de la condición humana y la efímera naturaleza de nuestro ser.

Era un sonido desgarrador que se convirtió en el telón de fondo de mi vida, una siniestra sinfonía que todavía hoy reverbera en las cuerdas vibrantes de mi corazón, fracturado y hermoso. Ella personificaba el baile de los marginados, el de todos aquellos seres que sonríen en la pesadumbre. Parecía como si su cuerpo estuviese luchando por expulsar algo que no le pertenecía, algo que ella sabía que nunca podría vencer.

La muerte se insinuaba en cada náusea, en cada arcada que estremecía su cuerpo, en cada lágrima que caía, lenta y solitaria, en el sombrío silencio de aquel suburbio olvidado. Su sufrimiento físico parecía ser apenas el reflejo de una verdad más honda, una sabiduría velada que solo el dolor corporal podía desenterrar, como si a través de esa tortura se vislumbrara un conocimiento prohibido, reservado para quienes han tocado fondo.

Al principio, no entendía lo que sucedía. Solo sabía que algo estaba mal y que mi madre sufría. Hoy sé que ese sonido, similar a las ondas provocadas por la colisión de dos estrellas de neutrones lejanas, funcionó como un catalizador enzimático para mi despertar interior, marcando el comienzo de un vínculo íntimo con la muerte que, con el devenir de los años, se transformaría en un dispositivo de autocontrol férreo y omnipresente en mi camino.

Lo percibía en mi piel, en mi respiración, en mi propia esencia. El miedo a morir me invadía cada noche, me paralizaba, me hacía sentir insignificante y vulnerable ante la inmensidad del universo del que me sentía separado y cuya magnificencia me atemorizaba. Observaba con temor la silenciosa mirada del fin que se reflejaba en el espejo de mis propias sombras.

Como si no fuese suficiente la angustia y el miedo que sentía al escuchar a mi madre vomitar cada noche, también estaba su profesión. Mi madre era enfermera y, aunque a su manera intentaba protegernos, debido a su estructura innata, más nuclear y protagonista, más estrella central de su propio sistema solar que minúsculo planeta errante perdido en el infinito universo, no podía evitar compartir con nosotros todos los pormenores de las enfermedades y muertes de sus pacientes.

Imágenes macabras y detalles grotescos se incrustaban en nuestras mentes como garras invisibles. Con cada relato minucioso de un paciente en su agonía, sentía cómo la muerte se aferraba con más fuerza a mi pecho, como si quisiera arrastrarme hacia su abismo oscuro y helado.

Recuerdo grabado a fuego en mi cabeza una ocasión que permanecerá imborrable en mi memoria. Mi madre compartió una pavorosa experiencia: la de un joven que había padecido un infarto masivo. Nos detalló el momento exacto en que su corazón dejó de latir, cómo su pálida y cándida mirada se desvaneció y su cuerpo quedó atrapado en la quietud de las sombras. Cada palabra que salía de su boca resonaba en mi cabeza como un retumbar sombrío y lúgubre que me conducía un poco más a la locura de la infinita angustia.

La oscuridad y la muerte parecían encontrar su morada en mi hogar, como un huésped siniestro que se negaba a partir. La muerte se había convertido en una compañera silenciosa, que tomaba asiento a diario en la mesa de nuestra casa y nos contemplaba con mirada penetrante. No era solo el miedo a la muerte lo que me asaltaba por las noches; era el miedo a que la muerte me arrebatara a alguien sin piedad, sin concesiones ni consideraciones. Era el miedo a sentirme impotente e incapaz de controlar su avance implacable.

Y es que, insisto, no aprendemos a vivir; aprendemos a morir. Durante mi juventud, no hubo un solo día en el que no pensara en la muerte, considerándola como parte esencial de mi ser, como un *memento mori* constante. Con todo, con el paso de los años, aquel pensamiento dejó de angustiarme y, contra todo pronóstico, comenzó a infundirme una sensación de vitalidad más intensa que nunca.

Si existiese un camino hacia lo mejor, exigiría, sin duda, mirar lo peor cara a cara. De esta manera, descubrí que negar la muerte significaba también negar la vida. Así, en los momentos de mayor alegría, cuando la vitalidad parecía desbordar cada rincón de mi ser, cuando la sangre corría con una fuerza arrolladora, calcificando mi arteria carótida, disolviendo mis huesos y alterando mis nefronas, era justo entonces cuando la realidad de mi propio fin se revelaba con más claridad.

Percibí, de este modo, que aquellos caminos que llevaban a los oscuros arquetipos de la esencia humana se encontraban relacionados con la máxima vitalidad, con la intensidad de vivir, con la pura vida. A pesar de ello, la mayoría de los seres humanos temían esta energía tan potente que portaban y se sumergían en innumerables apantallamientos y transacciones sin frutos para escapar de la verdad inevitable.

Por el contrario, aquellos que habían experimentado e interiorizado la devastación, la muerte, el poder y la transformación eran seres que habían recorrido caminos que muchos temían explorar y, aun así, habían emergido vivos para contar su historia. Habían sido testigos del contacto de la forma con la no forma, abriéndose para ellos una gran ventana de oportunidad en donde despertar a una nueva consciencia. Esto implica que una exposición temprana y repetida a la muerte cultiva un estado del alma más delicado y sensible a la brutalidad, a las banalidades y, seamos francos, al cinismo de la realidad cotidiana.

A todas luces, eran personas que contagiaban vida y la irradiaban de forma pura y cristalina, como una luz que emanaba de su ser. ¿Cómo era posible que alguien que había habitado en la esencia de la devastación humana, que había sentido el gélido abrazo de la muerte y presenciado la cruel- dad del poder arbitrario, pudiera irradiar tanta vitalidad?

Habían encontrado una fuente de energía inextinguible, una que no menguaba ni se desvanecía ante la adversidad, sino que, por el contrario, se fortalecía con cada desafío que afrontaban. Eran seres que abrazaron la compleja sencillez de la vida en su plenitud, acogiendo sus ciclos, fases y misterios y, en consecuencia, aprendieron a fluir con ella en lugar de oponer resistencia o tratar de ejercer control.

Sí, eran almas indestructibles en lo más profundo de su ser, pues habían hallado en su interior la fortaleza para sobreponerse a los obstáculos más formidables, y seguían avanzando con determinación y confianza en su camino. Esa vitalidad que irradiaban era contagiosa, un bálsamo para aquellos que habían perdido la fe en la vida, para quienes se sentían atrapados en la oscuridad y la desesperanza.

Todos nosotros, en algún momento de nuestras vidas, enfrentamos situaciones que nos condujeron a un estado de muerte en vida. Pudo ser la pérdida de un ser querido, la no consecución de un hondo anhelo, una decepción arrolladora, una terrible patología o la desintegración de un preciado sueño. En aquellos momentos, nos sumergimos en las profundidades del dolor y la desesperación, lo que nos brindó la oportunidad de morir y renacer, de encontrar una nueva perspectiva y de descubrir la latente fuerza interior. De forma paradójica, si se aprovecha, cuanto peor, mejor. Por desgracia, solo una minoría se aventura en su propio abismo y es capaz de registrarlo, pudiendo organizarse en distintos niveles cuantitativos.

He muerto miles de veces y he procurado ser consciente de esas muertes, y algunas incluso las he provocado con una intención clara. He sucumbido en cada falacia, en cada desilusión y cada vez que he utilizado el pesado martillo de la desesperación, del arrepentimiento y de la infame culpa. Y es que así es la vida… Un suspiro, un soplo del viento en los juncos del Guadalquivir. Liberarse del miedo a la muerte equivale a descender a los abismos más profundos y emerger, tomado de la mano de Eurídice. Quien vislumbra su rostro cadavérico aprende a conocerse a sí mismo.

En primer lugar, todas las células que componen nuestros cuerpos el día que nacemos yacerán muertas durante nuestra vida. De forma programada o no, atacadas o devoradas por otras de nuestras células, u obligadas a suicidarse en un impulso salvaje y perverso de sacrificarse a sí mismas. Los responsables, en este caso, serán milenarios y precisos procesos fisiológicos de apoptosis, autofagia y necrosis, que anteceden por mucho tiempo a la aparición de nuestra especie en la faz de la Tierra.

Nuestro cuerpo fisiológico está constituido por en torno a treinta y ocho billones de células que se renuevan en su totalidad cada septenio, siguiendo el curso inevitable de la naturaleza y abrazando la poesía que subyace en cada ciclo. Miles de millones de muertes durante nuestra existencia en un complejo universo interno, sin cobijar estas unidades de vida ni un ápice de drama; desapegadas de sí mismas; minúsculas e insignificantes cada una de ellas, aunque gráciles, pues no albergan ningún sentimiento de separación con el resto de lo que es, reconociéndose a sí mismas como parte integral de la totalidad que conforma el organismo.

Desde el mismísimo inicio de nuestra existencia, cuando éramos apenas un solitario feto en el vasto cosmos del útero materno, ya se desplegaba el prodigio de la muerte celular. Miles de células palpitantes se transformaban, transmutaban y se multiplicaban, solo para luego desvanecerse en el olvido.

Células más conscientes, buscando refugio de la senectud del futuro muerto, escapaban de nuestro ser y se dispersaban con fervor y rendición mientras fluían hacia la fuente primigenia, fusionándose con el propio organismo materno, dando vida a complejos microquimerismos fetales en los rincones más recónditos de los riñones, el cerebro y el corazón.

Estas células, trascendiendo su propia individualidad y contradiciendo a las narcisistas células propuestas en la teoría de la libido de Freud, no se contentaban con deambular sin rumbo por dichos órganos hasta su desaparición inminente. Anhelaban formar parte de un propósito más elevado, deseaban integrarse en el complejo y armonioso tejido cardíaco de la madre. Se convertían en células de un corazón que late, rejuvenecido por la inocencia de estas intrusas unidades celulares, las más puras y cándidas.

Es decir, desde los primeros compases de nuestra trayectoria, la muerte celular se erige como una manifestación trascendental en la que cada célula se transforma y se desvanece como en un sueño, recordándonos sin cesar la transitoriedad de la vida. La auténtica naturaleza de la realidad tangible despliega su infinita profundidad a través de un tejido intrincado de conexiones y relaciones que, en su esencia, trascienden por completo los límites de nuestra comprensión humana.

Por otro lado, los pensamientos y los sueños, aunque poseedores de una belleza singular y un alcance propio, habitan en confines definidos y carecen de un contenido infinito. En esa finitud también se nos revela un matiz paradójico: ambos pueden percibirse como una forma de muerte en vida al alejarnos de las fronteras del mundo físico y llevarnos a los dominios de lo intangible.

Las experiencias de muerte onírica, como los viajes astrales, la parálisis del sueño, las apneas o aquellos destellos de lucidez que surgen en medio de la noche, son verdaderos portales hacia territorios desconocidos de la conciencia. En las apneas, por ejemplo, nos adentramos en una suspensión fugaz de la vida, una suerte de abismo que nos empuja a repensar los confines de la realidad y a aventurarnos en los incomprensibles misterios del inconsciente. Al recuperar el aliento, emergemos renovados, con una percepción más aguda de la fragilidad y la vitalidad que coexisten en nuestro ser.

Sin embargo, el peligro acecha en esa repetida sumersión. Los estudios científicos revelan que las apneas, en especial si se tornan crónicas, aumentan de manera considerable el riesgo de una muerte prematura. Cada interrupción del aliento priva al cuerpo del oxígeno vital, sometiendo al sistema cardiovascular a un estrés insidioso. En este ciclo de pequeñas muertes cotidianas se gesta una erosión silenciosa que deja una huella profunda y oscura en nuestro ser.

Este proceso, caracterizado por una muerte simbólica, nos abre las puertas a un renacer en el que florecemos como seres más auténticos, íntegros y en armonía con nuestra verdadera esencia. No nos aferramos a pretensiones de superioridad moral ni nos dejamos seducir por promesas vacías de una supuesta evolución espiritual. A diferencia de ciertas corrientes contemporáneas que, bajo el disfraz del

New Age, intentan imponer sus dogmas confusos y a menudo delirantes, este camino interior nos invita a liberarnos de artificios, abrazando una transformación genuina y profunda.

Por otra parte, al igual que muchos de vosotros, me he visto obligado a enfrentar la muerte de manera directa, a través de asuntos menos etéreos, delicados y metafóricos que los sueños. He sorteado enfermedades, deplorables patologías y oscuros síndromes y trastornos que, en épocas pasadas e incluso en algunas regiones del mundo actual, habrían sentenciado mi vida a una duración mucho más breve de la que, al final, he podido disfrutar.

Cada síntoma, cada intervención médica y cada instante de incertidumbre se convirtieron en elementos fundamentales de un proceso arduo y complejo hasta lo más profundo, aunque de una riqueza que sobrepasa lo imaginable. Fueron pruebas de resistencia y una búsqueda constante de la verdad. En este contexto, la salud y la enfermedad siempre han ocupado un lugar central en mi existencia, sin caer en la obsesión ni en la hipocondría, sino desde un enfoque transpersonal, si se me permite esta apreciación. Estos aspectos vitales trascienden lo individual y se conectan con la esencia misma de la experiencia humana.

Desde joven, fantaseaba con el noble propósito de curar a los enfermos y mitigar su padecimiento. Me imaginaba como un héroe moderno, ataviado con una impecable bata blanca y un estetoscopio que pendía con gracia de mi cuello. Conocía la biología y la medicina como pocos, y poseía una habilidad natural para entender los entrecruzados mecanismos del cuerpo humano y relacionarlos de manera unificada e integrada, guiado por una exacerbada intuición.

Recuerdo, siendo apenas un niño, diagnosticándome ciertas afecciones como las paperas o la varicela en sus etapas iniciales, días antes de que los médicos corroboraran mi intuición, y ello en una época en la que internet aún no existía. La percepción precoz de estas dolencias, sin acceso a fuentes digitales de información, me confirmaba la profunda conexión que mantenía con mi propio cuerpo mamífero y con el enigma que envuelve a la salud y la enfermedad.

No obstante, por encima de todo, anhelaba ser alguien, usar mi propia máscara y representar un papel que causara una fuerte impresión en los demás. Portaba con orgullo la arrogancia y el narcisismo del hombre egocéntrico, competente y dotado, pero carecía de la verdadera vocación y el propósito. Me faltaba el deseo incontrolable e irrefrenable de servir a los demás. La ambición era mi combustible, un fuego que consumía mi alma y me impulsaba a perseguir una visión ilusoria de la grandeza y el éxito. La soberbia y el orgullo eran las armaduras que me revestían en mi búsqueda, constituyendo, sin duda, un escudo contra la humildad y la autenticidad. Aspiraba a ser admirado por todos. Sin embargo, no buscaba solo el respeto de los demás; deseaba con fervor el poder, ansiaba situarme en una posición de superioridad respecto a la gran mayoría, a quienes observaría con desdén inquisidor desde mi elevado pedestal.

Para fortuna de las generaciones venideras de pacientes, en mi juventud nunca fui presa de una devoción apasionada por la realización de aquel sueño, ni tampoco albergaba una convicción firme de que mi destino estuviera ligado de forma inevitable a la medicina. A pesar de ello, durante un extenso periodo de tiempo me pregunté por qué la vida no había aprovechado mis cualidades y mi estructura innata para encauzarme hacia ese campo.

Los años cayeron deprisa, y el mundo se había transformado en apariencia. Los vientos perfumados acariciaban con delicadeza las plantaciones de especias, mientras que los rojizos rayos del sol besaban con ternura los suelos fértiles. La tierra misma parecía contar su historia, tejida con la belleza efímera de las flores y la majestuosidad de las estaciones. Cada etapa del año otorgaba su permiso a ciertas actividades, brindaba la posibilidad de alcanzar ciertos resultados y restringía otros.

En ese marco natural, el invierno cedía su reinado, y las delicadas rosas chinas se desvanecían sin poder resistirse al ciclo eterno, para renacer con el próximo ciclo. A la par, los capullos de los jazmines de Mogra desplegaban su esplendor, anunciando con certeza que su momento había llegado. Cada estación despertaba diferentes semillas, pero el aspecto que adoptaba la rojiza tierra dependía de aquellas que habían aguardado con paciencia en su seno. El hálito acuoso de las lluvias primaverales poseía el poder de impulsar el crecimiento tanto de los mangos totapuri y banganapalli, así como de la hierba de neem y la cúrcuma, cada uno revelando su esencia única en respuesta a los estímulos del entorno, con un vigor casi poético.

El crecimiento de una planta, desde la insignificante semilla, contenedora de todos los mapas estructurales innatos, hasta las hojas y las flores, para luego volver a la semilla, simboliza un ancestral patrón de repeticiones embebidas en el corazón mismo de la profunda neurosis de la existencia. Así como el sol ascendía y se ocultaba en el horizonte, la luna crecía y menguaba, y las estrellas desplegaban su manto nocturno, los ciclos de la vida se entrelazaban en un constante recordatorio de la infinitud de la efímera belleza y la renovación perpetua.

Y mientras todo esto acontecía en otros tiempos futuros, aún permanecía yo sumergido en aquellas fantasías de mi juventud, como una fragancia melancólica y taciturna que persistía en evocarme aquellos años. El pasado me envolvía como un sueño, tal como ocurría con mi porvenir. Triste y silencioso, regresé al presente desde otros lugares donde me reconocía liderando un equipo médico, y tomé consciencia de mi enfermedad, despidiendo a quienes mostraban interés por mi estado de salud. Solo un rato más tarde, me encontraba sentado cara a cara con el miedo en la consulta de endocrinología de un afamado hospital madrileño.

Todos sus instintos vitales, su intensa pulsión de muerte y caos, se concentraron en mi ser con una ira maléfica y, a la vez, bienhechora, mientras clavaba su mirada en la mía con sus profundos ojos grises desorbitados, inyectados en sangre y fuera de sí. En contraste, los míos, de un marrón vulgar y simple, como de una casta inferior, atemorizados y rendidos, pero aún receptivos y sensibles, captaron el instante exacto en que ella alcanzó el éxtasis al anunciarme el terrible mal que portaba en mi interior, utilizando palabras injuriosas ante las cuales ya me sentía incapaz de replicar.

En medio de la desolación que me envolvía como un manto mortuorio, hallé un extraño consuelo, una paradoja que desafiaba toda lógica. Ahí, cara a cara con la misma muerte, cobré plena consciencia de que jamás antes había experimentado una sensación tan profunda de vitalidad. Agradecido por cada respiración que llenaba mis pulmones, por cada latido que pulsaba en mis venas, me sumergí aún más en la profundidad de la agonía. ¿Cómo podía sentir gratitud en mitad de la desesperación? ¿Cómo lograba encontrar un resquicio de esperanza en un paisaje tan desolado y acusador?

Las capas más profundas de la doctora albergaban también a una implacable jueza, a un verdugo inflexible, a un padre severo o a una feroz guerrera. Estos aspectos, sumados a su enorme sapiencia y los grandes dones de los que ella se sabía portadora, le conferían la capacidad para juzgar la vida ajena, determinando quién merecía el castigo que imponía con ecuanimidad, y quién lograría la redención de la pena que ella misma había dictaminado. Este proceso tomaba forma también a través de sus grandilocuentes prescripciones e indicaciones, y de sus portentosas pruebas clínicas y tratamientos de todo menos holísticos.

—¿Merece acaso este extraño individuo que tengo frente a mí, de rostro impasible y gélido, impregnado de una vaga melancolía, que solicite una costosísima prueba

PET-Colina con el propósito de alcanzar una precisa dilucidación de su patología? —parecía musitar la doctora de manera imperceptible.

Por mi parte, ya había observado antes ese sadismo hacia los pacientes en mi viejo amigo, la persona más libre y sabia de todas cuantas conocí. También lo experimenté en mi propia práctica profesional como psicólogo. En todos los casos, esta crueldad perversa siempre se encontraba cubierta con la plañidera máscara del cuidado y de la ayuda, con las más reconfortantes palabras y tiernos gestos, con el amor al necesitado en el patrón inconsciente del salvador y el salvado, que está codificado en nuestro ser de forma arquetípica mucho antes de nuestro nacimiento, con el aura de deidad que muchos creíamos poseer. Sin embargo, durante un efímero instante, la mirada albergaba otra información muy distinta, pero igual de humana.

Su profunda cólera hacia mí surgía del hecho de que, en un fugaz momento, mi presencia logró penetrar en las sombras más recónditas de su inconsciente. Allí, ella se veía a sí misma como la acusada de un acto vergonzoso, una transgresión que se distanciaba por completo de los valores que defendía con fervor, los cuales sostenían la fachada de su admirable exterior. Por ello, su intento de proteger su conciencia se desbordaba en una furia desmedida contra mí, como si al erradicar la semilla de la culpa que se había revelado en su interior, pudiera apagar el germen del delito oculto que anidaba en ella.

Por supuesto, existían grandes diferencias entre nosotros tres. Mi amigo y yo éramos conscientes de que albergábamos una oscura y despiadada pulsión que atravesaba nuestra naturaleza animal. Lo aceptábamos sin reservas. En cambio, la doctora era incapaz de reconocer su propia perversidad y su anhelo de muerte. En aquel fatídico momento, proyectaba estas sombras en mi persona, atribuyéndose a sí misma solo las cualidades más luminosas que la mayoría parecía otorgarle.

No quiero malinterpretarme; no pretendo victimizarme de ningún modo. Mi estructura resonaba por completo con el vínculo que se establecía en aquel momento entre nosotros. Mi ser también formaba parte de aquellas circunstancias y de ese tipo de vínculos. Sentía la ligera fluidez con la que esa energía destructiva se proyectaba hacia mi estructura, emanada por ella, y que, dada mi creciente sensibilidad, era capaz de captar y casi visualizar como si fuera algo tan tangible como el suelo mismo que me sostenía, mientras mi mundo se deshacía en fragmentos bajo mi mirada impotente.

Me mantuve sereno y calmado, recirculando con mi actitud, con mi respiración y mi silencio, sosegado, sagrado y elocuente, la energía que ahora se encontraba concentrada solo en mí. Era crucial que ese anhelo de muerte no cristalizara solo en mi ser, pues era algo que ambos compartíamos. Observé cómo, de repente, algo cambió en su mirada, que ahora se volvió tasadora y juiciosa. Oleadas de vergüenza, intensas y súbitas, teñían su rostro de un rubor incómodo, como si padeciera el incómodo flushing facial del hipertiroidismo del que ella misma era experta, mientras ansiaba con desesperación que no pudiera escudriñar su interior, sintiendo una inquietante necesidad de estar sola, de desaparecer y ocultarse de mí para siempre.

Más allá de comprender la profundidad de lo que estaba ocurriendo en ese instante, aquello le recordó un episodio de su juventud, cuando otro individuo, tan extraño y desequilibrado como el que ahora tenía frente a ella, la había observado con la misma expresión. Según sus percepciones, esa mirada estaba colmada de odio, envidia, celos y crueldad. En ninguno de los dos casos se produjo la alquimia en ella. No hubo transformación, ni salto cuántico, ni un despertar de la consciencia hacia versiones más elevadas, evolucionadas o desarrolladas, como sugiere con torpeza la vacía y delirante espiritualidad *New Age*. No, nada de eso ocurrió. Lo que no se dio fue esa apertura hacia una versión más consciente, genuina y auténtica de su ser.

Así, solo una minoría de personas son lo bastante sabias y humildes para integrar este tipo de vínculos; en cambio, la gran mayoría muere en el mismo estado larvario prepersonal en el que nacen.

En todo caso, si ella proyectaba en mí su sadismo y su anhelo de muerte, era porque, en mi interior, había espacio de sobra para recibirlo. Despojado de cualquier victimismo y ajeno al infantilismo que embriaga a tantos, comprendía que este sendero, aun cuando no me resultara cómodo, también formaba parte integral de mi ser, de mis circunstancias, mis vivencias y cada situación que se generaba. Como todos sabéis, John Fitzgerald Kennedy quiso saludar y eligió un descapotable...

Ya no era posible condenar ni repudiar lo que, en esencia, constituía mi ser y forjaba mi destino. La única alternativa era amarlo en su totalidad, de manera radical. De mis orgullosos y cansados ojos brotaron gruesas lágrimas en cada uno de mis encuentros con otros seres humanos que, en las condiciones más adversas, afectados por las más inhumanas patologías y síndromes, también habían comprendido esta verdad irrefutable: lo que nos sucede no es algo externo a nuestra naturaleza, sino que, por el contrario, es una parte intrínseca de quienes somos. Me reconfortaba reconocer que aquellos admirables seres humanos, conscientes y sensibles, estaban envueltos por halos de la más elevada divinidad, conmoviendo mi alma y agitando mi corazón.

De todo lo favorable en mi vida saqué provecho, pero aún mayor fue el que obtuve de los ciclos más aciagos, que fueron largos y numerosos. Nunca me he sentido tan en paz conmigo mismo como en las épocas más enfermas y dolorosas de mi existencia. De esta forma, durante el curso de mi enfermedad, la respuesta fue brotando con la misma calma y claridad que un amanecer en Grünerløkka, resolviendo al fin la pregunta que me había acosado desde la adolescencia: ¿por qué, con los dones naturales que parecía poseer, como la intuición y el conocimiento, no me convertí en médico?

¿Por qué la vida desperdiciaba sus propios recursos de forma tan ridícula?

La respuesta llegó una noche de febrero, en un día de introspección y contemplación serena, de detenerme, de no hacer nada, de un profundo ensimismamiento, en ese enriquecimiento del inconsciente que siempre precede a una etapa de materialización de lo que se ha cocinado en la razón. Una jornada que, para la mayoría, sería despreciable, vacía y aburrida, pero que para mi alma representó una acumulación de sabiduría que abarcaba milenios. Comprendí que la sociedad no necesitaba más médicos insensibles, arrogantes, vanidosos y dogmáticos, carentes de cualquier vocación de servicio.

Me encontraba hundido. Las lágrimas caían de mis ojos como un río que desborda sus orillas, sin freno alguno ni control, pareciendo querer expresar todo el dolor y la tristeza del mundo que mi corazón había atesorado como una joya oscura en su interior. Esas lágrimas pesadas y caudalosas eran las únicas palabras que mi alma podía pronunciar en ese instante.

Acepté, con un intenso pesar, que habría sido el más grandilocuente y soberbio de todos, convirtiéndome en un auténtico peligro para aquellos que, en sus momentos más vulnerables, necesitaban el cariño, la comprensión, la sensibilidad y la verdadera vocación de servicio de un buen médico, con conciencia tranquila y un corazón compasivo.

Esta comprensión reconfortó mi alma de una forma majestuosa, desatando oleadas de un fuego que ardía en mi pecho, irradiándose como un suave cosquilleo por todo mi cuerpo. Aquella noche, dormí con una tranquilidad que hacía años no conocía, y nunca más apreté la mandíbula, liberada al fin de las décadas de bruxismo que tanto la habían maltratado.

A la mañana siguiente, los cálidos rayos de sol invernal se filtraban por mi ventana y se reflejaban en el mármol blanco de mi escritorio de acacia, bañando mi estudio en una luz tranquila. Con la reconfortante compañía de una pareja de urracas que revoloteaban entre las *Aloe vera* plantadas por mi querida abuela, plasmé estos párrafos: un resumen de una vida. Fue entonces cuando percibí que las plantas habían recuperado todo su vigor, vitalidad y brillo, como en los días de antaño.

Ya bien entrada la tarde, pude intuir que, en otro plano, era un médico de gran sapiencia, pero vacío de empatía y sensibilidad. Afrontaba las enfermedades de mis pacientes como si fueran problemas matemáticos, perdido en la complejidad de mi trabajo y obsesionado con destacar entre mis colegas. En esa versión de mí, nunca logré comprender la angustia ni el sufrimiento de aquellos a quienes debía, en teoría, ayudar.

Me vi como un hombre gris y frío, como una tarde de invierno en un recóndito bosque de Gävle. Me percibí calculador, ajeno a lo inefable, insensible a las emociones y a la delicadeza inherente a la naturaleza humana, tratando a mis pacientes sin compasión hacia sus dolores.

Me enorgullecía mi habilidad para curar trastornos y enfermedades, pero descuidaba por completo el arte de sanar el alma, de acompañar con humildad al que sufre y de ofrecer un apoyo sincero. Mi visión no iba más allá de mis logros personales y de mi propia grandeza en el mundo de la medicina. Esa realidad transcurrió alimentada por ansias de poder y deseos de grandeza, sin elevarme hacia horizontes más altos.

Morí como había nacido, sin la capacidad de ver con la perspicacia del enfermo, sin adentrarme en la profundidad única de cada paciente ni en la mía propia. Jamás alcancé una comprensión más profunda de la enfermedad y, en última instancia, de la existencia.

Y es que la terapia del paciente comienza con la indagación del propio médico o psicoterapeuta. Solo cuando descubre cómo tratarse a sí mismo estará en condiciones de ofrecer verdadera ayuda a un paciente. Es un arte que se nutre de la conexión humana, del vínculo genuino que se establece entre terapeuta y paciente. Se debe acompañar y curar, pero sin renunciar a uno mismo ni al aprendizaje personal que surge en cada encuentro con otros seres humanos en sus momentos de mayor fragilidad.

Para que esta conexión sea fértil, el médico o terapeuta debe dejarse atravesar por ella. Debe abrir su corazón y sus puertas internas, permitiendo que su ser se impregne de la experiencia del otro, como el agua que penetra la tierra, nutriendo y absorbiendo las lecciones que enriquecen en cada encuentro. Este proceso es una ventana hacia la vasta humanidad cósmica, un camino que conduce a la autoconciencia y a una conexión más profunda con lo trascendente. Este encuentro, cuando se aborda con humildad, sinceridad y un amor que late en lo más hondo, se convierte en una fuente inagotable de sabiduría y crecimiento, tanto para el paciente como para el médico o terapeuta que se entrega al flujo de esta experiencia transformadora.

Comprendí que todo lo que una persona expresa y comparte carece de autenticidad si no ha sido forjado en la fragua de la vida vivida, del dolor, del sufrimiento. Es imprescindible que, por ejemplo, un psicoterapeuta que esculpe almas haya explorado y profundizado en la suya, transmutándola hacia la eternidad, encarnando en su interior la destrucción, la muerte, el poder y, sobre todo, la vida en su plenitud. Solo entonces podrá irradiar vida pura hacia los demás, llenando de sentido y luz a quienes lo rodean.

Los médicos más destacados, aquellos que combinan la fuerza mental y el intelecto con la sensibilidad y la intuición, han debido atravesar, en su propia piel o en la de sus seres más queridos, el insondable dolor de la enfermedad, la aniquilación y el inexorable fin. Sin este trasfondo vital, alguien puede ser un médico brillante en cuanto a destrezas técnicas, un cirujano cuyas manos dominan el arte de la laparoscopia, o una endocrina con un conocimiento vasto como el horizonte. Sin embargo, la verdadera excelencia en esta noble profesión exige una vocación de servicio absoluta, algo inalcanzable sin el desarrollo continuo de la sensibilidad y la intuición, atributos que solo pueden florecer en el terreno del sufrimiento y el dolor propios.

Estudiad las biografías de los grandes hombres y mujeres de la historia, y encontraréis por vosotros mismos la veracidad de esta afirmación. Observad con atención a vuestro alrededor, fijándoos en las personas que os rodean, y llegaréis a la misma conclusión. Un examen profundo de las trayectorias de aquellos que han dejado un legado imperecedero revela que la grandeza y la excelencia en cualquier campo están tejidas con hilos de adversidad y desesperanza, transformados luego en servicio a la comunidad.

Si un eminente médico busca un audaz salto hacia un entendimiento más trascendental de la realidad, es imperativo que se adentre con coraje en la experiencia de su propia muerte, enfrentando de lleno la impotencia y la frustración que brotan de la desesperanza que acompaña a la enfermedad. Aunque pueda acarrear la destrucción física, también tiene el poder de ser un catalizador de una profunda reconstrucción interna. Deberá abrazar el dolor y el miedo, permitiendo que crezcan dentro de él hasta que lo consuman por completo, y observar, con una curiosidad desapegada e intelectual, si su espíritu aún persiste en descubrir hacia dónde lo llevará esta situación y cuánto más podrá soportar su cuerpo mientras se desmorona, como la lenta erosión kárstica de una montaña, cuyos vacíos y cavidades se forman a lo largo del tiempo.

Quien ha pasado por esta prueba sabe que, cuando el dolor alcanza su punto más alto, los límites se desvanecen, y un sentimiento lastimoso impregna cada rincón del corazón. El médico se verá inmerso en descifrar lo que le ocurre, consciente de ser un número más en una larga lista, mientras busca, con desesperación, las claves que se le escapan como agua que se filtra a través de la piedra caliza. A medida que algunas áreas de su corteza cerebral comiencen a ceder, verá cómo su razón vacila. No obstante, de esa erosión surge una nueva sensibilidad intuitiva renovada, una fuerza que brota desde lo más abismal de la sima de su alma, desafiando su raciocinio y sus sentidos.

En ese punto, estaría dispuesto a sacrificar su propia vida en servicio a los demás, si eso significara cumplir su propósito esencial. Pero incluso en la revelación de su verdadera vocación, sentirá con dolorosa nitidez el limitado valor de tal descubrimiento. Desde su amplificada sensibilidad transpersonal, intuirá, con una claridad que quema, la insignificancia de todo lo que antes consideraba valioso, incluida su propia salud.

Es posible que sienta una parálisis interior o se rebele contra esa majestuosa llamada, abrumado por la intensidad de esta nueva sensibilidad. Quizás sienta una insatisfacción perpetua, convencido de su incapacidad para alcanzar la realización que parece exigírsele. O, en su inseguridad, podría buscar refugio en instituciones, proyectos, teorías o caminos académicos que aparentan perfección o completitud, construyendo así una barrera ante la vorágine de su transformación interior.

Frente a las implacables demandas de su destino, algunos aprenderán a concentrar su energía, desarrollando una voluntad capaz de lograr hazañas notables. Esta voluntad se cristalizará como la antítesis de la sensibilidad recién adquirida, llevándolos a escalar posiciones prominentes en la sociedad o a ejercer una autoridad imponente sobre multitudes. Quizás levanten estructuras monumentales, ya sean materiales, sociales o teóricas, o se lancen en la búsqueda de un renombre científico o académico. En ellos, el impulso innato de conquistar la cima de la montaña se transformará en una ambición feroz, un deseo de mantener la posición alcanzada, dejando a su paso un legado de logros que desafían el olvido.

Sea cual sea el camino elegido, las experiencias, los errores, los tormentos y los dolores son los más exquisitos catalizadores del cambio y la renovación. Con su llegada, algunos se polarizarán hacia el victimismo, cercados a la queja iracunda y el rencor, mientras que una admirable minoría, más humilde y menos egocéntrica, crecerá en sabiduría y sensibilidad, poniendo al completo servicio de los demás lo aprendido. Estos seres habrán comprendido que solo a través de esa generosa recirculación emocional se puede evitar el peligroso estancamiento que amenaza su propio ser. No obstante, entre estos extremos puros, se despliega una vasta gama de matices intermedios, donde la mayoría de las almas transitan, fluctuando entre la luz y la sombra.

Desearía poder postular que reside en la capacidad individual la decisión de aproximarse a uno u otro extremo, pero intuyo que esa elección está moldeada por la profunda influencia de incontables factores y circunstancias en nuestras vidas. Estos factores abarcan desde la manera en que hemos desplegado nuestra propia individualidad hasta el legado de nuestros ancestros, desde nuestro entorno inmediato y más amplio en un momento dado hasta la naturaleza de los vínculos que tejemos o el momento vital en el que nos encontramos, solo por nombrar algunos. Al final, la plenitud de la existencia exige la manifestación de todas las posibilidades inherentes, y ninguna es más bella que otra.

A mí me correspondió soportar migrañas que desbordaban los límites de mi resistencia, y aunque intenté sacarles provecho, no alcancé las alturas estratosféricas a las que llegaron otros, quienes, a través de este padecimiento y la exaltación de su agudizada creatividad, se elevaron más allá de lo que yo podría siquiera imaginar. Sin embargo, también enfrenté esta aflicción. En lo corporal, me faltaba una integridad y riqueza esencial; era demasiado frágil, demasiado hechizado y transpersonal.

Durante muchos días, mi delicada constitución me obligaba a retirarme con frecuencia a la soledad, donde, a pesar del sufrimiento, hallaba una forma peculiar de inspiración. En esos momentos de aislamiento, mi razón se liberaba de las ataduras mundanas y se sumergía en reflexiones profundas. Era entonces cuando, impulsado por el dolor, creaba obras que, aunque nacidas en la adversidad, adquirían una trascendencia que resonaba con la humanidad entera, como relatos arquetípicos narrados a lo largo de las edades.

En este contexto, salvando una distancia sideral, detectamos los rastros de cefaleas y migrañas que atraviesan las páginas de obras magistrales. Desde Cervantes, en su inmortal *Don Quijote*, hasta Shakespeare, en *Romeo y Julieta*, donde la nodriza, aquejada por la migraña, expresaba su tormento con la imagen dolorosa de que su cabeza «latía con tal fuerza que parecía que iba a estallar en veinte pedazos».

El arte ha capturado con maestría el profundo impacto que las migrañas ejercen sobre la vida de los artistas. Vincent van Gogh, en sus cartas a su hermano Theo, describe síntomas que evocan con fuerza las experiencias de quienes sufren migrañas. En su célebre obra impresionista *Impresión, sol naciente*, Claude Monet ofrece una representación del amanecer que sugiere un halo de aura migrañosa, revelando cómo la tormenta interna del dolor puede proyectarse en la luz del arte. Los pintores neoimpresionistas franceses Georges-Pierre Seurat y Paul Signac, también afectados por migrañas, desarrollaron la técnica del puntillismo, que, mediante la disposición de pequeños puntos de color, imita la experiencia visual de las auras de las cefaleas y sus distorsiones.

Salvador Dalí, en su icónica obra *Cabeza rafaelesca estallando*, plasmó con intensidad la migraña que lo atormentaba. Por otro lado, mi querida Georgia O'Keeffe, cuya obra me evoca recuerdos imborrables de tiempos ancestrales que nunca debí dejar escapar, describió cómo las migrañas alteraban su visión. Algunas de sus representaciones artísticas, como *Acolchado azul* y *Resplandor del día*, han sido interpretadas como reflejos de las experiencias visuales vinculadas a las migrañas con aura. De hecho, definió *Special No. 9* como un «dibujo de una cefalea» y explicó que «fue una jaqueca muy intensa en el momento en que me encontraba ocupada dibujando cada noche, sentada en el suelo frente a la puerta del armario. Bueno, tenía la jaqueca, ¿por qué no hacer algo con ella?».

Las migrañas han dejado su huella en los vastos dominios de la música, la filosofía, la ciencia y la literatura. Grandes figuras como Kant, Poe, Chopin, Darwin, Marx, Wagner, Tolstói, Nietzsche, Freud, Woolf o Rachmaninov, por mencionar solo a algunos, se vieron atrapados en un enfrentamiento recurrente con la implacable presencia de las migrañas, que se entrelazaron en el tejido de sus obras y de sus vidas.

Estas afecciones, lejos de ser simples infortunios, grabaron una marca indeleble en su capacidad creativa y en la esencia misma de su ser. En los momentos más intensos del dolor, cuando la agonía les arrebataba la paz y el equilibrio emocional, estos genios hallaron una conexión profunda consigo mismos. En las sombras de la migraña, descubrieron una fuente inagotable de autoexploración, una travesía hacia los misterios más ocultos de su universo interior.

El dolor es la encarnación de la verdad, diferenciando lo auténtico de lo falso. Solo la verdad duele, y solo en el amor se encuentra la verdad. Solo en el amor hay dolor. No hemos vivido ni amado sin sentir el sufrimiento, pues sin él, solo queda la indiferencia, la superficialidad y el desapego. Al dolor le debo una salud superior. Insisto, en la gran mayoría de ocasiones, cuanto peor, mejor. Después de todo, siempre suceden cosas peores en el mar...

Juré no perder nunca la cabeza y, creedme, no lo

cumplí. A pesar de mi arduo esfuerzo por alcanzar una mente tranquila y un corazón compasivo, he sido arrastrado con frecuencia a ciertos abismos de la conciencia que me han llevado a las más profundas crisis imaginables. La depresión, la inestabilidad y la locura, tanto en mi propio ser como en los vínculos que resonaban conmigo, han sido fuerzas activas determinantes en mi vida, configurando una de las más terribles y, a la vez, provechosas experiencias de muerte y renacimiento.

Mens sana in corpore sano. De nada sirve la fortaleza del cuerpo si no va acompañada de un equilibrio mental. La depresión es, quizás, la característica principal de nuestra época, donde el exceso de posibilidades nos ha robado la capacidad de cerrar, elegir y concluir. La depresión duele porque intensifica el proceso natural de envejecimiento y muerte, preparándonos para el final. No es una metáfora; el dolor y el sufrimiento ligados a la depresión son fisiológicos. El malestar es omnipresente y, peor aún, la certeza de que siempre será así. Incluso la resiliencia tiene sus límites. Entonces te deshaces por dentro, aunque lo que muestras al exterior siga intacto. Recuerdo cómo, durante un tiempo, deliraba, sumido en la depresión todo el día, mientras *ella* me miraba con todo el amor que podía ofrecer.

Las patologías mentales se convierten en tormentos que, de alguna manera, son inseparables de la suprema voluptuosidad de estar vivo. En el fondo, no descubrimos nada nuevo en los enfermos mentales; hallamos, más bien, el espejo de nuestra propia esencia. La depresión es morir mientras contemplamos una nueva región de nuestra alma, tejida con la demencia más impenetrable.

En innumerables ocasiones, sequé con mi propio rostro las lágrimas que brotaban de los espíritus de personas excepcionales, afligidas por diversas patologías mentales. Ataques de ansiedad y sollozos se derramaban sobre mi hombro, mientras abrazaba sus momentos de vulnerabilidad.

De esta manera sombría, reviví la experiencia de la muerte en vida, una reverberación abismal de mi propia esencia. El denso y persistente dolor que me acompañó, crónico durante toda mi existencia, me lleva a pensar que el paso por el infierno de aquellos que se entrelazan de forma cuántica conmigo será, sin duda, un poco más plácido que para otros seres humanos.

Por el contrario, algunas otras formas de aprender a morir son un néctar embriagador que invade el alma en oleadas suaves, como la muerte a través del hedonismo corpóreo. El mundo de ensoñación, en el que me he sentido más vivo que en el considerado real, es creado por manos maternales, lácteas y uterinas, capaces de deshacer el tiempo y el espacio, desvaneciendo la tierra, la luna y las galaxias por completo.

Mi piel delgada y trémula siendo estremecida por dedos delicados y cariñosos, sensibles al tacto, capaces de inducir instantes de total disolución, comparables a los del paso del río Cháng Jiang por Bodhidharma, mientras de mi garganta emergían sonidos primigenios, guturales, nacidos en los albores de la existencia misma, similares al manso y rítmico ronroneo de una gata acariciada con delicadeza, o a los sencillos y reiterativos sonidos del inicio de la creación.

Las maternales manos *acopladas como seda de amor*[8] en mi piel, que ya era testigo de la mutación, siendo yo guiado por un ligero aroma a menta piperita, naranja, eucalipto, enebro, salvia, tomillo, romero y abeto siberiano, mientras la suave y cálida irradiación térmica emanaba de sus dedos, más dulces que la propia eternidad a la que me conducían.

Desaparecer de esta forma era algo delicioso. ¡Y con qué rapidez había aprendido a lograrlo! Yo, que siempre fui tan torpe durante mi errática existencia. Sentirse alejado de cualquier lugar existente, estar muerto de vida, habiéndose desprendido de todo y, al mismo tiempo, habiéndolo integrado en su totalidad. Saberse en el lugar; estar seguro

---

[8] Texto inspirado en el poema *Ronroneo* (2018), de Aline Ribeiro Fagundes

en el vacío de las formas, del espacio y del tiempo.

El amor es una conclusión absoluta porque supone la muerte, la renuncia a uno mismo. La muerte es una parte fundamental de la vida; sin embargo, en determinadas ocasiones, cuando llega de la mano de la ternura, del cariño y del amor puro e incondicional, puede convertirse en algo más, trascendiendo lo finito y transmutando en algo eterno. Aunque mis escritos aparenten un aura de misticismo grandilocuente y poético, soy tan animal, bóvido y visceral como cualquier otro. Como si fuese un escorpión, siempre pienso en lo mismo: en sexo y muerte.

He experimentado la cercanía del fin en innumerables ocasiones mientras hacía el amor con la persona amada. En esos momentos, el éxtasis alcanzado no se compara con ninguna otra experiencia. Pocas cosas en la realidad son tan transformadoras como el orgasmo compartido, cuando nuestros ojos se encuentran con los de quien amamos y admiramos de manera incalculable. Aquella mujer que, en el pasado, arriesgó su vida por este amor palpitante, y que lo haría mil veces más, se entregaba por completo, al igual que yo, a esa fusión sagrada, surgiendo el abandono total y la disolución en el vacío. El corazón, la mente y el cuerpo se entrelazan, y la sensación de que la vida misma deja de latir nos envuelve por entero.

Así, al desprendernos del delicioso abrazo del amante, resurgimos de las cenizas, transmutados. En ese instante de renacimiento, todo puede cambiar. La cálida luz vital, que se creía perdida sin remedio, puede volver a brillar con majestuosidad, y las cenizas pueden reavivarse en llamas. Este es un momento sagrado de renovación cíclica, una transformación que insufla nueva vida a la existencia.

En la búsqueda de la verdad y la comunión con lo divino, a menudo nos alejamos de lo más instintivo y natural. ¿Qué ocurriría si la clave estuviera en abrazar nuestros instintos, reconociendo la sacra y consoladora naturaleza de la sexualidad? Lejos de estar desconectada de la espiritualidad, se convierte en uno de los vehículos más poderosos para contemplarla, transmutando la energía sexual en una fuerza creativa imparable que nos lleva hacia una comprensión más profunda de la verdad y una mayor sensibilidad.

Mientras que para otros mamíferos lo natural es habitar en un estado de total conexión, nosotros, los seres humanos, con demasiada frecuencia nos dejamos arrastrar al frenético rol del gran hacedor, inmersos en el activismo, el embotamiento y el ruido ensordecedor. Atletas del desempeño, víctimas de un mundo demasiado oscuro para nuestra esencia. De cualquier modo, la auténtica novedad yace en la inactividad contemplativa, en el silencio fecundo que nos permite acceder a las profundidades del ser. Solo en el remanso de la calma interior germinan las semillas del pensamiento creativo, dando lugar a las más bellas manifestaciones del espíritu humano. En ese estado de quietud, nuestro ser se enlaza con la esencia misma de la existencia, y desde ahí emergen las visiones más auténticas y genuinas que enriquecen nuestro mundo.

La escritura encarna el más alto exponente de esta búsqueda incesante. Es un viaje perpetuo hacia el reverso de la trama, una exploración incansable de las profundidades del ser humano y su lugar en el universo. Una empresa reservada para aquellos audaces que se atreven a disentir, a cuestionar lo establecido y a aventurarse en lo desconocido. Los escritores y pensadores, en esencia, somos los disidentes por excelencia, los que osamos explorar los rincones más oscuros de la razón humana y confrontar los tabúes arraigados en la sociedad.

Nos corresponde la responsabilidad de desenterrar lo que ha permanecido oculto y de desafiar lo que se da por sentado, trascendiendo y expandiendo sin cesar los límites del conocimiento. Esta búsqueda del reverso de la trama representa también una forma de encarar la muerte, de adentrarnos en el abismo de lo desconocido y de explorar los confines de nuestra realidad. En ese contexto, la escritura se convierte en una suerte de tránsito hacia la muerte, un enfrentamiento con nuestros miedos y una vía de trascendencia de nuestras propias limitaciones. Es un medio para dejar atrás lo familiar y sumergirnos en lo incierto, para despojarnos de lo superfluo y descubrir nuestra esencia más genuina.

La escritura, concebida como una muerte en vida, implica una ruptura con lo establecido, una negación de las fronteras impuestas por la sociedad y la cultura. Cada vez que desplazamos los límites y transgredimos, asistimos al fallecimiento de lo antiguo. Es un acto de rebeldía y valentía que busca trascender lo convencional y adentrarse en lo desconocido. En ese proceso, lo antiguo muere para dar paso a lo nuevo, y el escritor se convierte en un ser en constante transformación, un eterno buscador de significado y expresión.

Mi vida es un peregrinaje donde escribir, componer y crear son mi guía. No se trata solo de una capacidad literaria, la cual puede que no posea, aunque nunca he abrigado ambiciones en ese ámbito. Escribo lo invisible, lo que reside dentro de cada ser humano y dentro de mí. Lo que plasmo en papel está dirigido al otro, requiere su presencia. No se escribe tratando de imitar a la naturaleza; se toma de ella, bebiendo de su fuente infinita. El arte, en su esencia más pura, sigue un único camino: el del vínculo. Este libro, sin vosotros leyendo estas palabras en este preciso instante, carecería de su sentido completo.

Un escritor no culmina su obra hasta que es leída. Además, esto somete a los escritores al juicio del lector, y es una máxima ética, pues impide la autocomplacencia del ego que busca reafirmarse, sentirse seguro en la repetición, en la confirmación y en la cristalización de lo que se creía ser. No obstante, en este proceso de muerte y posterior renacimiento que es escribir, rompemos la coraza que nos atrapa. A través de la escritura, la muerte privada se convierte en una experiencia compartida con la comunidad. En mis textos hay una voz interior acuosa que no significa nada concreto, pero que punza el alma y conmueve los corazones. Los textos sin esa voz interior nacen muertos, pues solo contienen aire, o lo que es lo mismo, el vacío que arrastra más información, más posibilidades superficiales inconclusas, sin ninguna narración real.

Decía que tal vez la raíz de todo arte y, quizás también, de todo espíritu, sea el inescrutable temor a la muerte, tanto al inevitable proceso como al instante final. Es posible que sea todo lo contrario, o al menos que ambos, tanto el pavor al final como el amor a la dulce rendición, sean verdaderos catalizadores de toda expresión creativa y artística que recorre la médula espinal humana de principio a fin.

Escribir es una epifanía que se alcanza a través del silencio y la soledad. Surge de la necesidad humana de cristalización. Imagino un escenario impregnado de un encantador aroma, pero compuesto solo por letras. Plasmo en palabras todo lo que atraviesa mi alma y mi mente, sin hipocresías ni máscaras, intentando ser lo más objetivo posible dentro de mi propia subjetividad. Me retiro del centro, desapegándome de mis escritos lo suficiente como para sentir el constante pavor de que reaparezcan la disociación y la despersonalización.

Los escritores que escriben sobre ellos mismos, exhibiendo una indiferencia absoluta hacia sus lectores, son mis preferidos. Es una situación extraña, la de contar no solo tus vivencias, sino exponer quién eres, lo que te hace que seas tú y no otro, ante una persona a la que no conoces. Nada queda hilado y, sin embargo, todo parece pleno de sentido.

Aquellos a quienes más admiro son los que logran alcanzar el equilibrio ideal entre la familiaridad y la distancia, elevando lo cotidiano a lo extraordinario. En mis escritos no encontraréis hazañas heroicas ni aventuras excepcionales; en cambio, pinto retratos de seres humanos desconocidos que, sin pretenderlo, se erigen como titanes, como grandes hombres y mujeres, mamíferos cósmicos, carne en descomposición.

Narro la historia de personas que laten con intensidad, que respiran y sienten, que sufren y aman. Lo hago de manera que los lectores puedan percibir la santidad y el poder intrínsecos en cada uno de ellos, llevándolos a quitarse el sombrero, como si entraran en una iglesia. En cada rincón de sus existencias mundanas, en cada acto de amor y sufrimiento, en cada latido y cada lágrima, reside una fuerza sagrada.

Escribo un relato de la vida y lo esculpo cada día. ¿Acaso existe una forma más bella de autoconocimiento? Todos los escritores utilizan sus escritos para tal propósito, con o sin consciencia de ello. Las grandes obras literarias de la historia siempre poseen una dimensión iniciática, en el sentido de que el protagonista que guía la trama no es el mismo al inicio que al concluir su sendero, sea este confortable o no.

Nunca me siento solo cuando estoy con mis escritos. Al escribir, me siento completo. He perseverado incansable en la búsqueda de lo sublime en todos mis libros, no puedo negarlo, pero nunca lo he logrado. A cambio, he sangrado en cada línea que he escrito, he muerto en cada párrafo, transmutándome en cada página y resucitando como un nuevo individuo al finalizar cada obra que ha sido escrita a través de mí.

Cuando narramos la historia de nuestras vidas, un relato que, por naturaleza, es subjetivo y teñido de interpretaciones personales, también estamos enfrentando la muerte. A lo largo de mi vida, he sido testigo del proceso final de la muerte en seres humanos que me fueron muy queridos y que vivirán por siempre en mi ser. En esos momentos, sus expresiones faciales mutaban, como si miles de imágenes de sus encuentros consigo mismos —una vertiginosa secuencia de acciones, amores, desengaños y errores— se liberaran en esos moribundos que ya se rendían ante el final. Parecía como si escucharan a decenas de locuaces narradores de cuentos en un solo instante.

Estas metamorfosis en sus expresiones eran semejantes a las que experimenta un niño cuando se le narra un cuento. De esta forma, la muerte se transformaba en vida y la vida en muerte, entrelazándose de manera tan intrincada que ambas parecían fundirse en un apasionado abrazo, dando origen a algo inefable, pero resplandeciente y poderoso: el comienzo de una nueva forma de ser.

En aquellos momentos de penumbra, se vislumbraba, en la lejanía y con un brillo deslumbrante, una luz: la fuente de lo singular e irrepetible, el origen de lo nuevo, de toda esencia de placer y amor. Esto ocurría en los instantes más oscuros de la vida, que para aquellos que ya no estaban entre nosotros resultaban tan atemporales y significativos como las experiencias bajo la influencia de la psilocibina.

En este contexto, las formas geométricas de las antiguas pinturas realizadas por nuestros ancestros exhiben una sorprendente similitud en cualquier rincón del planeta, manteniendo una correspondencia directa con los precisos patrones de percepción y visión que emergen durante la ingesta de enteógenos. El antropólogo Terence Kemp McKenna postuló que el consumo de sustancias enteogénicas generó en la psique humana una necesidad antes desconocida: la representación de lo inefable, de lo invisible.

McKenna describió una teoría que plantea que los enteógenos, entre ellos la ayahuasca, desempeñaron un papel de relevancia extraordinaria en el desarrollo cognitivo, cultural y espiritual de la humanidad. Estos compuestos permitieron a nuestros ancestros acceder a un archivo de información arquetípica que catalizó el florecimiento de la cultura y la religión. Según McKenna, estas sustancias químicas facilitan la apertura hacia una fuente de sabiduría universal, cuya transmisión entre individuos encarna un componente esencial en la expansión de la conciencia y, al final, podría considerarse como el origen de la vida misma.

Entre los enteógenos más conocidos, destacaría la Psilocibina (presente en hongos alucinógenos), el DMT (encontrado en plantas como la ayahuasca), el LSD (sintetizado a partir del ácido lisérgico, presente en el cornezuelo del centeno), la Mescalina (en el peyote y otros cactus alucinógenos), el 4–HO–DMT (sintético, conocido también como psilocina), la bufotenina (en el sapo *Bufo alvarius*), la Salvinorina (en las hojas de *Salvia divinorum*), la Harmalina (presente en plantas como la Ayahuasca) y la Ibogaína (en la raíz del árbol de Iboga).

Nunca podré olvidar mi primera experiencia con la psilocibina, a la que me rendí desde el primer instante tras tomarla. Supe que me encontraba en tiempos ancestrales, muy anteriores al origen de los primeros seres vivos. Sin embargo, no poseo ninguna imagen clara de ese periodo, que experimenté como si hubiesen pasado cientos de millones de años. De repente, aparecí en un bosque primigenio. Tampoco allí poseía un cuerpo material; solo mi consciencia testigo. Observaba el lago y el cielo estrellado; todo me parecía ecuánime, armonioso y lleno de sentido. ¡No existen palabras capaces de expresar lo que yo experimentaba en ese momento! Un conocimiento inmenso, que no sabría especificar si venía hacia mí o surgía desde mi interior, lo impregnaba todo; todo se revelaba, la inmensidad del cosmos se comunicaba conmigo en silencio. Experimenté la polifonía de los dioses.

Gracias al empleo de enteógenos, también se me otorgó el privilegio de experimentar una muerte en vida, una experiencia de igual magnitud y relevancia que la mencionada con anterioridad, constituyendo ambos polos complementarios que, al final, convergen en la misma realidad. No se trató de una simple alucinación, sino de una vivencia de carácter trascendental. Estuve sumido en la muerte durante siglos, para luego renacer del seno del mundo de los fallecidos. Quien ha vivido tal experiencia no alberga la menor sombra de duda al respecto.

Las palabras, en su esencia limitada, resultan impotentes para capturar la magnitud de todas aquellas experiencias de muerte en vida. Es absurdo intentar condensarlo y comprenderlo con meras palabras. La clave radica en tener el corazón desplegado, en estar dispuesto a dejarse impregnar. De ese modo, cualquier objeto puede atravesarnos y el mundo entero se convierte en un desfile interminable, como un arca de Noé. Al final, podremos adueñarnos de él, comprenderlo y llegar a fusionarnos con su esencia.

Dejar morir y renacer implica una profunda transformación del alma. Para que lo nuevo florezca, es imprescindible soltar aquello que nos ata, liberando las partes marchitas de nuestro ser, como las hojas secas que, en su caída, nutren la tierra para dar vida a brotes frescos y vigorosos. Este ciclo metabólico, delicado y constante, resuena con la esencia misma de la meditación y el yoga, donde el desprendimiento es el preludio necesario para el florecimiento interior.

A través de la práctica meditativa o del yoga, alcanzamos la destreza de desenredar los complejos nudos emocionales, desatando sentimientos que durante largos períodos han permanecido velados en las sombras. Con compasión, podemos liberarnos del peso de la culpa amarrado a nuestros tobillos, permitiéndonos adentrarnos en las profundidades de nuestro ser interior, descendiendo hasta el fondo del vasto océano que somos.

Meditar es el aprendizaje de la muerte a través de la plenitud de la vida, la experiencia más sublime que un ser humano puede experimentar. Es ser espectador del nacimiento y de la muerte. El lenguaje mágico de Dios se manifiesta en la meditación, permitiéndonos comprender que la muerte carece de realidad para aquel que medita. En la inmensidad del ensimismamiento, nos sumergimos en la conciencia de que nunca hubo un ser aislado, y lo que no existe de forma individualizada no puede dejar de existir. Nos volvemos uno con el mundo, elevándonos más allá de la estrechez de nuestra identidad individual para abrazar la esencia universal. Con cada nueva meditación, renacemos de manera inmaterial, experimentando una muerte y un renacimiento que nos funde en el flujo incesante de la existencia.

Mediante la meditación, traspasamos los umbrales de nuestro ser en un viaje que nos lleva, en primer lugar, a la aceptación de nuestras sombras, mejorando así nuestra adaptabilidad ante los avatares de la realidad terrenal. En segundo término, emerge la transmutación, siempre acompañada de una auténtica llamada al servicio.

Este proceso, de magnitud colosal, trasciende lo material y nos adentra en lo transpersonal, guiándonos hasta el peldaño final de la experiencia meditativa. En ese clímax, la consciencia se ilumina al comprender que el yo es una ilusión, y las sombras, disueltas en la luz etérea, dejan de existir. La regulación de las emociones mediante la atención plena —la conciencia del instante presente, la aceptación y la no reactividad— se revela como una vía para mejorar la calidad de vida y, sobre todo, para superar el miedo a la muerte.[9] Es entonces cuando habremos alcanzado una transmutación espiritual, la más elevada imaginable, aunque suene paradójico y recuerde las palabras de aquellos supuestos agitadores de consciencias o gurús modernos de la espiritualidad *New Age*.

Hoy en día, es habitual ver a muchos reivindicar la

---

[9] Taylor, J. (2008). *End of Life Yoga Therapy: Exploring Life and Death. International journal of yoga therapy*, 18, 97–103.

práctica de la meditación, cuando en realidad esta disciplina entrelaza lo más complejo y lo más sencillo que el ser humano puede emprender. En nuestro frenético mundo, nos movemos sin cesar, pero nuestras acciones son vacías, ya que pocas veces nacen del silencio interior que es vital. La verdadera acción y la palabra poderosa solo brotan de un silencio profundo, un silencio forjado en la introspección y la plena consciencia. Y es ese genuino silencio el que, al tocar a los demás, siembra en ellos otro silencio, creando una comunicación auténtica, donde lo más revelador no se encuentra en las palabras dichas, sino en lo que se calla.

En la delicadeza del silencio, en esos momentos suspendidos en lo inefable, habita lo invisible, lo esencial en toda conversación. La meditación nos enseña que el arte de comunicarnos, tanto con nosotros mismos como con los demás, trasciende las palabras. Requiere una profunda comprensión del silencio que nutre y eleva cada interacción humana. Por estas razones, quien desee aprender a meditar —si es que esto puede enseñarse—, no necesita buscar en tierras lejanas, sino permanecer en Occidente. Lamento decepcionar a quienes esperaban otra respuesta.

La meditación guarda una profunda relación con el ayuno voluntario, una práctica que ha sido abrazada por innumerables culturas y religiones a lo largo de la historia. Este acto de privación, en su esencia, constituye una suerte de experiencia de muerte en vida, pues quien se entrega al ayuno somete su cuerpo y mente a una forma de mortificación. A través de la abstención consciente de la comida, el individuo se despoja de las comodidades y seguridades que el acto de alimentarse proporciona, permitiendo así que se revelen aspectos más recónditos y esenciales, y llevando a cuestionar estructuras vinculadas con lo material y con el propio cuerpo.

Desde una perspectiva del inconsciente, el ayuno puede ejercer un efecto profundo en la psique del individuo. La privación de alimentos puede activar patrones arquetípicos del inconsciente colectivo, lo que puede conducir a la experiencia de visiones o a la hiperactivación del mundo onírico, permitiendo el surgimiento de intensos sueños rebosantes de simbolismo. Además, puede disminuir la actividad del lóbulo frontal, lo que se traduce en un aumento extraordinario de la intuición y una conexión más profunda con lo divino, amplificando nuestra consciencia.

Incluso nuestro propio planeta sigue registrando miles de muertes desde su nacimiento, inmerso en una intrincada red de *plutonías*. En el transcurso del tiempo, la Tierra ha atravesado las estaciones del destino, encontrándose cara a cara con la recóndita boca de los ínferos, como un espejo que refleja su propia naturaleza. Ha sucumbido a inviernos despiadados y heladas implacables, solo para enfrentar luego un sol abrasador que calcina los campos de débil y menuda vegetación, secando estanques y arroyos que, a su vez, alimentaban turbios fangos de lodos vírgenes y milenarios.

Ahora, en estos tiempos de seres humanos sin conciencia que nos gobiernan, reflejo de la inconsciencia de la sociedad a la que gobiernan, valiéndose de las ancestrales leyes forjadas en Patmos, se hace imperativo recordar los martirios de la Isla de Kyushu, el aniquilamiento de Bhopal, la ruina de Seveso, la desecación del Mar de Aral, los suplicios de Chernobyl y Fukushima, el tormento del Golfo de México y los crímenes de Hiroshima y Nagasaki. Cada uno de estos funestos episodios marcó la Tierra con la sombra de la muerte, solo para que ella presenciara su renacimiento, transmutada. Fueron, sin duda, noches oscuras del alma, en las que, con cada resurgimiento, un residuo de su inocencia natural se agotaba, sumiendo a nuestro planeta en una profundidad cada vez más lúgubre y temerosa.

Quizás, a lo largo del transcurso de nuestra existencia, nuestra búsqueda más profunda consista en sumergirnos en las profundidades de la congoja, con el último propósito de descubrir la plenitud de nuestra esencia antes de que llegue el inevitable momento de despedirnos de este mundo.

Dejarnos vivir en profundidad nos permite abrazar la fragilidad de nuestra esencia, aceptar el devenir ineludible de la muerte. En la búsqueda de la experiencia intensa, anhelando vivir con la pasión de las bestias más salvajes, nos entregamos por completo a la vivencia de existir. Sin embargo, existe también una sombra: aquellos que, de manera inconsciente, persiguen la cercanía a la muerte a través de su deseo de aproximarse a lugares marcados por la calamidad y el desastre, como si ansiaran una experiencia que roza la muerte en vida. La muerte otorga intensidad a la existencia. *Haz lo que temes y el miedo desaparecerá.*[10]

En la figura de Ernest Hemingway, podemos hallar un rastro de esta búsqueda del riesgo y de experiencias extremas como posibles herramientas para aprender a morir. Como un escritor y aventurero incansable, él personificaba el espíritu intrépido que se sumergía en los abismos de la existencia. En sus obras, sus personajes se enfrentaban a situaciones extremas, desafiando al destino y la muerte con valor y bravura.

La pasión y valentía que plasmaba en sus escritos eran un reflejo de su propia vida, que vivió con intensidad y audacia. Había abrazado la bravura de lo animal, el peligro y la temeridad como si fueran una suerte de elixir vital. Fue en esa inmersión profunda en la existencia, en sus contrastes y excesos, donde encontró su refugio y su tormento, al mismo tiempo. Era un hombre fogoso, de acción, pero también un hombre de letras, un cronista excepcional de la vida y la muerte.

No obstante, en esa aparente contradicción que todos albergamos, podemos encontrar una lección profunda. A pesar de su búsqueda incesante del peligro y la aventura, Hemingway también enfrentó innumerables demonios internos y luchó contra la oscuridad que acechaba en su interior e incluso, como un gran hombre de enorme

---

[10] Cita atribuida a Jiddu Krishnamurti.

sapiencia me explicó, trató el tema del suicidio en su obra *Al otro lado del río y entre los árboles*.

Con la desgarradora partida de Hemingway aquel domingo 2 de julio de 1961, un inquietante misterio se cernió sobre su trágico final. Durante semanas, los diarios dudaron, escépticos ante las palabras de Mary Welsh, su esposa, quien afirmaba que había sido un accidente mientras limpiaba el arma. La policía, en principio, no halló ninguna evidencia de suicidio. Con el tiempo, la verdad se hizo ineludible: Hemingway, el hombre que había enfrentado tres guerras con inquebrantable valentía y que presumía de hazañas asombrosas, había elegido un camino doloroso y oscuro, en contraposición a lo que todo ser humano que ha aprendido a morir anhela: fallecer en su cama, reconciliado.

Así, aquel hombre que desafió las fronteras de lo humano, que encontró la belleza en el fragor de la batalla y en la majestuosidad de la naturaleza, no pudo hallar el sentido último en su propio viaje. Hemingway no parecía pertenecer a la raza de los hombres que se suicidan, y su partida dejó una sensación de vacío, recordándonos que la complejidad de la vida siempre nos sumerge en el laberinto de nuestras propias contradicciones.

En su legado literario persiste la dualidad de su alma, el anhelo de vivir con intensidad y la búsqueda de una liberación dolorosa. Y de esta forma, se desvaneció en un adiós silente, desafiando la noción de que la búsqueda de la muerte siempre conduce a aprender a morir.

Sin lugar a dudas, entre todas las formas de muerte que experimentamos en el transcurso de lo que denominamos vida, ninguna resulta más devastadora que aquella en la cual ignoramos nuestra voz interna y nos resignamos a una realidad desprovista de conciencia y genuinidad. Nos convertimos en meros espectadores autómatas de nuestras propias historias, cautivos en la insípida rutina de lo convencional y predecible.

Nunca compartí la fogosidad de Hemingway. Mi

alma, en cambio, siempre fue más cercana al espíritu de un cartujo. A lo largo de mi vida, en numerosas ocasiones, me he sentido como si habitara en las profundidades de un sereno monasterio, donde el silencio parecía envolver cada piedra, cada rincón. Mientras caminaba entre praderas, bosques y huertos frutales, con los hábitos oscuros y en pleno recogimiento, me dejaba llevar por un océano de pensamientos amplios y profundos, como si la antigua sabiduría fluyera a través de mí.

De pronto, al doblar una esquina entre los árboles que se alzaban en silencio, me encontraba con otro hermano cartujo. No había necesidad de palabras, solo el vasto entendimiento que surgía del simple hecho de estar. En ese instante, el silencio hablaba por nosotros, y como un leve susurro, apenas audible, pronunciaba:

—Hermano, *morir habemus.*

El aire pareció volverse más denso por un instante mientras esas palabras se disolvían en la quietud mística del lugar. El otro cartujo, sin decir nada, asintió con una leve inclinación de cabeza, un gesto de reconocimiento y aceptación. Era un recordatorio silencioso de la fugacidad de la vida y la certeza de la muerte.

—Hermano, ya lo sabemos —respondí, apenas en un murmullo.

Sus ojos, llenos de serenidad y sabiduría, reflejaban una comprensión compartida de lo efímero de la existencia y del sendero trascendental que habíamos elegido en nuestra vida monástica. Sin más palabras, seguimos nuestros caminos, inmersos en un silencio sacro, conscientes de que cada paso nos acercaba un poco más a la plenitud espiritual y a la aceptación de nuestro destino final. Aunque el silencio dominaba nuestras vidas, aquel breve encuentro, cargado de palabras sencillas y llenas de significado, nos invitaba a vivir con plena conciencia y gratitud.

Al final, si deseamos hallar paz y serenidad en medio de la penumbra de la vida, debemos enfrentar con valentía nuestros miedos y abrazar la realidad innegable de la muerte. Cada instante merece ser vivido con intensidad y propósito, sabiendo que nuestro tiempo aquí es finito y precioso. Podemos elegir experimentar e integrar múltiples muertes conscientes en vida, para que al final partamos en paz, o podemos vivir sin morir, ignorando las incontables muertes que atraviesan nuestra existencia. Si optamos por esto último, al final del camino no hallaremos la paz, sino el sufrimiento, el temor y el pesar.

El verdadero culmen de mi destino llegó en mi sexto septenio, cuando la revelación de la insignificancia de mi ser individual se transformó en la joya de mi aceptación y rendición. En estos tiempos, atravesamos etapas y tránsitos en la vida, alrededor de la cuarentena, impregnados de energías profundas y transformadoras que nos invitan a ahondar en nuestra propia naturaleza y a experimentar una transmutación interior.

Es fascinante comparar esta realidad con tiempos pasados, cuando estas energías emergían en el noveno o incluso décimo septenio de la vida. Hoy, la expansión de la consciencia puede llegar mucho antes, gracias a las crisis generadas por la globalización, la hiperconexión, la hipersocialización y el acceso creciente al conocimiento. Nos encontramos en un tiempo propicio para la introspección y la evolución interna.

Así, a los cuarenta y dos años, una epifanía meció mi alma, revelándome el mensaje que me alejaría de cristalizarme en lo mismo que la gran mayoría y me liberaría del pecado original de la enajenación vital. Supe que la búsqueda de una realidad exenta de la muerte, anhelada por tantos, desemboca en una existencia mortecina, dando lugar a una legión de zombis desprovistos de cualquier atisbo de vitalidad.

Descubrí que el auténtico valor radicaba en todo aquello que iba más allá de mi propia realidad; que el fundamento del mundo, la sustancia de mi propia vida residía en los demás; no era el «yo», sino el «nosotros». Somos a través de nuestros vínculos y lo que la mayoría denomina como destino, no es otra cosa que la experiencia del viaje de la conciencia a través de las circunstancias.

Comprobé que la vulnerabilidad no es un simple rasgo humano, sino que se alza como punto de partida hacia una nueva dimensión transpersonal de fortaleza. No es la fragilidad que muchos imaginan, sino un umbral donde convergen la gracia y la autenticidad más profundas, junto al coraje más sublime. Despojarnos de nuestras defensas ya nunca será un acto de rendición, sino una manifestación de nuestra más pura humanidad. Es en ese espacio de vulnerabilidad compartida donde se fraguan los lazos más genuinos, donde la verdad se revela sin filtros ni máscaras.

Desde aquel instante, intuí que moriría en paz y con serenidad, pues comprendí que mi existencia individual había perdido su valor al cumplir cuarenta y dos años. Ahora, más que nunca, es vital tomar consciencia de que lo que encarnamos como individuos, nuestra minúscula realidad, con sus pequeños o grandes problemas, aspiraciones y logros, tiene muy poco peso si no está orientada hacia los demás, si no se consagra por completo al servicio de los otros.

Escuchemos con atención al prójimo; contemplemos a los demás con ternura y compasión, como si fueran nuestros propios padres, madres o hermanos; nutrámoslos como a nosotros mismos; despojémonos de la auto-referencia; prestemos oído y no interrumpamos jamás la conversación. No fomentemos juegos de poder. Sostengamos no solo nuestro dolor, sino también el ajeno. Este sostén es una vibración. Desviemos el foco de nuestro ser; apartémonos con celeridad. Solo entonces podremos observar cómo son las cosas en realidad. Veremos que el viaje culmina en una apacible satisfacción, como la calma que brinda saber que el Guadalquivir siempre desemboca en Sanlúcar de Barrameda.

Nos hemos adentrado en la exploración consciente e inconsciente de la muerte, entendida como parte del proceso iniciático del que todos formamos parte, que nos prepara para el último momento. Se nos muestra el camino hacia la comprensión de la muerte como un paso inevitable —antes de que emerja *La sociedad que escapará de la muerte*[11] — en el proceso hacia la trascendencia, por denominarlo de alguna manera, y se nos invita a contemplarla ni como un fin ni como un principio sino como un uroboro.

El nacimiento es, sin duda, un acontecimiento digno de celebración y devoción. Nos volcamos en él, abrazamos el milagro que representa. ¿Por qué no otorgar a la despedida el mismo respeto y cariño? ¿Por qué no honrar la muerte con la misma ternura que otorgamos al nacimiento?

El miedo a la muerte nace del hecho de que aún no hemos aprendido a vivir.

Mediante todas estas difanías no sabremos con certeza quiénes somos, pero sí podemos discernir quiénes hemos dejado de ser. Aquí yace un camino delineado, una senda que debemos caminar, un sendero trazado para quien, lo desee o no, vaya a recorrerlo.

Una ruta para aprender a morir bien.

El final es la universalización de uno mismo, la cosmificación de nuestra existencia individual. Si somos capaces de abrazar el dolor y la pena que habitan en los umbrales, dejaremos de ser turistas para siempre: se producirá la transmutación.

No soy más que nadie, ni sé más que nadie. Soy lo que soy y sé lo que sé, y con eso me es suficiente. En realidad, yo tampoco sé vivir: improviso a mi manera. Quiero que sepáis que estoy tan confundido y perdido como vosotros.

---

[11] Luna, Jose, *La sociedad que escapará de la muerte*, manuscrito en preparación.

IV. ELLA[12]

Amar es encontrar en la felicidad de otro tu propia felicidad.
GOTTFRIED WILHEIM LEIBNIZ

¡**DEBO CONTARLO DE UNA VEZ**! ¡**ADELANTE**!

Esta es la crónica de una desaparición que dejó en mi interior una brecha tan profunda que ni el más oscuro de los abismos podría rivalizar. Tan vacía y, a la vez, colmada como un agujero de gusano que, con avidez insaciable, se apropia de la materia celeste y la luz primordial de la creación, apropiándose del propio misterio. Tan inabarcable como el horizonte de sucesos que lo acompaña, arrastrando consigo toda certeza, salvo aquella que él mismo porta.

Me sentí como si, con brutal determinación, me hubiesen arrancado el corazón del pecho con un poderoso brazo, de afilados dedos y férreas uñas, que, con la furia de un viento indomable, calaba mi carne mientras mi ser se

---

[12] En memoria de mis abuelos Antonia, Juan y Pepe. Porque supisteis amar y os dejasteis atravesar por la infinitud de la vida que emanaba con generosidad de cada una de vuestras majestuosas células. Porque os reconocisteis mamíferos, prodigiosos y mágicos, sí, pero mamíferos. Porque no os endiosasteis e hicisteis de vuestra existencia, sin pretenderlo, la mayor obra de arte jamás creada. Pienso en vosotros cada día.

deslizaba, sin resistencia, hacia tan portentosa extremidad. Anhelante de aniquilación, ofrecía mi caja torácica, abriéndola por completo con mis propias manos, como un pórtico que daba paso al acceso más salvaje y, a la vez, preciso imaginable.

Al llegar a ese punto culminante, cuando se extrajo mi núcleo más íntimo, lo que quedó en mí fue amor puro, saturado de gratitud reverencial hacia la existencia por haberme permitido ser partícipe de una historia tan maravillosa. Mi devoción hacia él fue tan profunda que mis sentimientos, incalculables, me llevaron a ser testigo de concepciones místicas y grandiosas, demasiado elevadas para ser comprendidas por mí, y mucho menos para ser expresadas aquí por medio de estas simples palabras. Sin embargo, estoy segura de que se enraizarán en el alma de otros solitarios buscadores de la verdad como vosotros...

Desde el primer momento en que Jonás irrumpió en mi realidad, como un relámpago que rasga el cielo en plena tormenta, su energía eléctrica y vibrante me envolvió por completo. Su personalidad, tan contradictoria —divertida y ligera en un instante, densa y profunda en el siguiente— me atrapó con una fuerza irresistible. No obstante, fue su amor, un amor feroz y ruidoso, lo que transformó mi vida de manera radical e irrevocable, cambiando para siempre el curso de mi realidad.

Apenas unos días después de conocernos, Jonás me confesó que, a lo largo de su camino, había mantenido incontables conversaciones en solitario, un diálogo íntimo que resonaba solo en el silencio de su mente. Desde su perspectiva, aquellos monólogos internos eran la única manera de sostener un discurso coherente en un mundo que le resultaba distópico y desconcertante. Para él, dialogar consigo mismo era más que una necesidad; era un acto de supervivencia, un intento desesperado de arrojar luz sobre los enigmas que lo rodeaban. Fue en ese intrincado laberinto de pensamientos, en ese mundo interno, donde nuestra historia comenzó a entrelazarse.

Durante aquella época, Jonás decidió tomarse un retiro prolongado tras haberse sumergido en largos viajes que, pese a incomodarlo sobremanera y desgarrarlo por dentro, se extendieron durante un largo período y lo dejaron exhausto. Fue una travesía tanto geográfica como espiritual. Se dedicó con pasión a la culminación de la que, de manera profética, se convertiría en su obra literaria definitiva, marcando un antes y un después en su vida.

Creo haber reconocido durante mi trayectoria que la soledad y el silencio son el camino por el cual acceden las voces que merecen ser escuchadas, las que portan las verdades más profundas. Los sabios son individuos ocupados; quienes poseen conocimiento tienden a ser reservados, ya que se encuentran atareados y concentrados en un propósito específico. En contraste, los desprovistos de sabiduría tienden a sobrevalorar sus entendimientos y, con superficialidad, emiten toda clase de juicios y opiniones sobre diversos temas, ignorando la inmensidad de su propia ausencia de conocimiento.

El que conoce algo es más prudente porque, al menos, percibe todo lo que desconoce. A los ignorantes les vendría bien una cura de silencio. Siempre me echan un poco para atrás. ¡No lo puedo evitar! ¡Ah!, el mundo está lleno de esos expertos en «opinología», los «oráculos del todo». Me dan una enorme pereza y, ante su toxicidad, intento interactuar y vincularme lo menos posible con ellos en un mundo en el que, por desgracia, son legión.

Continuando con la soledad, existen varios tipos: desde la soledad del tonto que, por inepto y no saber hacer las cosas mejor, se ha ido, poco a poco, quedando solo; o la soledad del malvado, que por su nocividad es rehuido y temido por los demás; hasta la soledad de aquel que quiere estar solo, que es escogida y que es la que puede resultar más fructífera de un modo consciente.

A veces, como en mi caso, la soledad y el silencio son crueles porque no son buscados. No me considero ni tonta ni malvada; sin embargo, he sentido una profunda soledad tanto en el pasado como en el presente. Pero presiento que existe una soledad más honda, una que ahora es inevitable. En nuestra sociedad, si la soledad fuese aceite de oliva de la Subbética que pringa todo, dejando pequeñas huellas en blancos muebles lacados, no habría cantidad suficiente de detergente en la tierra para poder limpiarla.

Siempre abrigué la firme creencia de que los designios de la soledad no debían hallar morada en mi existencia. De cualquier modo, quienes compartimos este pensamiento no nos sumergimos en la vivencia misma, sino que nos autodefinimos de antemano, seleccionando experiencias que solo refuercen nuestra autopercepción preestablecida. Con todo, nuestra estructura innata se despliega en el descubrimiento de un patrón de conflictos asociados a la soledad. Escasos individuos logran percibir tales patrones a lo largo de sus trayectorias. El conflicto externo, en última instancia, no es más que un reflejo de una distancia interna. El siguiente paso crucial consiste en explorar y reconocer nuestra propia fragmentación.

Por el contrario, en el caso de mi querido patito, como yo llamaba con ternura a Jonás, hallaba en el aislamiento un refugio. Su soledad era buscada, fomentada y amada. No, no era una soledad impuesta. No estaba solo porque le hubiesen ido dejando solo, sino porque amaba la soledad y amaba a los demás. Su retiro constituía un instrumento de trabajo, porque inmerso en *ella*, podía ponerse al servicio de los otros mediante la escritura y mediante su pensamiento. Se podía definir como una soledad fértil, en contraposición a la mía propia, que definiría como el más atroz desierto, desprovisto de cualquier signo de vitalidad.

Se consideraba asimismo un ser espiritual que, en teoría, amaba a la humanidad, pero, en la práctica, era un egoísta que solo anhelaba ser dejado en paz. Se distanciaba de la sociedad y de las personas, convencido de que su actitud estaba justificada por su labor. Esta se desarrollaba en soledad y tranquilidad, pero, al final, estaba destinada a servir a todos.

Desde esta perspectiva, la humanidad está en deuda con el silencio y la soledad de cada individuo, y en especial con la de las mentes sabias de artistas y pensadores. A pesar de ello, afirmaciones como las de Jonás, quien proclamaba que la medida del alma se relaciona de manera cercana con la capacidad de soledad, a menudo provocan en mí una sonrisa teñida de escepticismo. Considero que evaluar el valor del alma de manera tan simplista no hace justicia a su complejidad y multifacética naturaleza. El alma, por su propia esencia, es un concepto que trasciende las mediciones unidimensionales, como la mera capacidad de soledad.

Por muy especial y peculiar que pudiera parecer, esa soledad fecunda y fructífera que él albergaba era, en realidad, un aspecto intrínseco de su ser, una precodificación, algo muy innato. A mi parecer, carecía de un mérito o un valor trascendental más allá del hecho de ser consciente de ello y saber cómo aprovecharlo. Su singularidad, extravagancia y rareza eran rasgos inmutables que lo definían desde siempre. La soledad, por su parte, le proporcionaba la base desde la cual erigir su independencia y no sentirse tan raro e inadaptado.

Pensaba que ser independiente requería un compromiso profundo con la soledad y la renuncia. Jonás no se identificaba en absoluto con ninguna cosa, ni, para mi desgracia, con ninguna persona en particular. Para él, la independencia significaba trascender las preferencias y no elegirse ni siquiera a uno mismo. Desafiaba las restricciones de la convención y la norma, transgrediendo fronteras preestablecidas, sobre todo las suyas. Como él mismo decía: «No quiero saber nada de mí mismo».

Tanto el amor como la amistad requieren de diferenciación y parcialidad. Ambos se basan en el deseo y la apetencia. Por eso, el sabio no ama ni mantiene amistad, porque el amor insiste y controla, y la amistad ata. Existen amistades peculiares: compañeros que pasan una vida anhelando controlarse uno al otro, pero que son incapaces de separarse. Diría incluso más: la separación es impensable; aquel de los dos amigos que, llevado por un arrebato caprichoso e infantil, rompe los vínculos de la amistad, es el primero en sucumbir a la enfermedad del espíritu y, en casos extremos, incluso a la muerte.

Él percibía esta actitud desapegada como una virtud, sosteniendo que era un gesto de generosidad. Desde mi perspectiva, era una manifestación de obstinada terquedad y simple egoísmo. Prefería mantenerse aferrado a lo que ya conocía en lugar de enfrentar con valentía el temido apego evitativo que había construido, y atreverse a fundirse por completo con otra persona. ¿Qué es el amor sino eso mismo?

Lo que yo en verdad deseaba era que expresara todos los valores de la masculinidad que admiro con profundidad: la capacidad de tomar decisiones con firmeza, la valentía para comunicar con amor emociones profundas y, como colofón, la voluntad de hacer una promesa eterna.

Anhelaba que permitiera que su ego se desmoronara, que se rindiera y se volviera vulnerable ante nuestra conexión. Que juntos forjáramos un vínculo dramático, intenso e insondable que transformara por completo nuestras vidas, otorgándoles un sentido colectivo último.

No obstante, con el paso de los años comprendí de manera clara sus mecanismos emocionales y vinculares innatos, tan propios de nuestro tiempo. Nuestro cerebro, orientado a la supervivencia, nos conduce con frecuencia por senderos familiares, manteniéndonos alejados de lo desconocido y sus posibles amenazas. Esta tendencia a aferrarnosalafamiliaridadnossumergeenunazonadeconfort que restringe la exploración de nuevas oportunidades. Sin embargo, en nuestro cerebro reside un poder sorprendente: la capacidad de generar recuerdos e imágenes creativas que nos otorgan seguridad, permitiéndonos adentrarnos en lo desconocido antes de que tome forma.

Durante nuestro vínculo, optamos por intentar sumergirnos en lo inexplorado. Empleamos para ello la táctica mencionada antes: el uso de la imaginación para crear y visualizar escenarios futuros, aprovechando el hecho de que la razón difumina por completo la línea entre lo real y lo imaginado. Esta estrategia nos otorgó cierta seguridad y nos allanó el camino hacia lo novedoso, explorando territorios donde la realidad se entremezclaba con las proyecciones de lo que podríamos llegar a ser. De esta forma, ambos pudimos, al menos, intentar enfrentarnos a nuestros mecanismos emocionales y vinculares innatos con mayor confianza.

La llegada de otro en la vida de una puede desestabilizar el equilibrio interno y, de manera irónica, conducir al disfrute de despojarse del ego, abriéndose paso hacia una especie de liberación personal. El amor implica alteridad. Amar es aceptar, comprender y regocijarse en la existencia de otro, que vive, actúa, piensa y siente de manera diferente, e incluso contraria. El amor es un escenario para dos, no para uno solo. El amor auténtico demanda siempre desapegarse para que el otro florezca en un principio. El amor genuino exige dejar de ser para que el otro pueda ser. Al final, los amantes se sumergen en un olvido compartido, creando un espacio metafísico en beneficio de una realidad compartida y enriquecedora.

Siempre es saludable dejar hueco para lo extraño, para el otro. Bajo esta luz, el amor, en su naturaleza más pura, se revela como un acto de renuncia metafísica, un sacrificio personal que culmina en la idea de morir a una misma, una crucifixión simbólica. La auténtica esencia del amor se manifiesta como una clara disolución del ser, un desvanecimiento del yo individual en la presencia del otro. Es en este despojo donde reside la verdadera esencia, donde el amor trasciende la mera conciencia, transformándose en el propósito último de la vida y revelándose como el verdadero secreto de la existencia.

El amor, como una conclusión absoluta, implica un proceso de transformación; se lleva a cabo una muerte simbólica para renacer en un retorno hacia una misma a través del reflejo del otro, una especie de redescubrimiento. De esta manera, cuando le entregaba mi amor, de alguna manera encontraba de nuevo mi ser en la imagen especular de su presencia, mientras redescubría aquello que había perdido por no prestarle la atención debida. En su pensamiento hacia mí, resurgía una parte de mi propia identidad que había sido relegada.

Reflexionando sobre mi pasado amoroso, advierto que la mayor parte de mi camino atraje al mismo tipo de hombres: seres impenetrables, fríos, desapegados, misteriosos, nebulosos, confusos, autosuficientes, herméticos y enigmáticos, en contraste con lo que yo percibía de mí misma: más emocional, más visceral, más clara, más luminosa y práctica, y, en esencia, más sencilla. Estas relaciones me permitieron descubrir aspectos profundos de mi verdadera identidad, de manera particular en el intrincado juego de las conexiones humanas y las proyecciones personales.

Desde esta perspectiva, su influencia despertó en mí destrezas que de otro modo hubieran permanecido latentes, sin explorar o proyectadas hacia el exterior. Antes de su llegada a mi realidad, no concebía nada más trascendente que las relaciones interpersonales y los valores humanos. La ausencia de estas dimensiones confería un vacío inextricable a mi mundo interno. En aras de mantener relaciones pasadas, sacrificaba mi propio proceso de individuación y generaba toda clase de crisis de pareja con el objetivo de movilizar a mi ser amado. Vivía en un fuego de deseos insatisfechos y en una tensa espera que, a veces, me volvía loca por completo. Como maestra de la sensibilidad, el alimento de mi ser siempre fue el mundo de las emociones, desde los rincones más oscuros hasta los más luminosos.

A lo largo de mi vida con él, no es que este patrón de relaciones se modificase de manera total, ya que estaba arraigado en mí. Sin embargo, con el tiempo, logré comprenderlo, como solía suceder, siempre a posteriori, aceptándolo al final y, lo más significativo, llegando a amarlo.

Él asumió el desafío de aceptarme tal como soy, apreciando tanto mis virtudes como mis defectos, sin imponerme un ideal preconcebido de lo que una mujer debería ser. La mayoría de los hombres —Jonás incluido, en épocas anteriores a nuestra relación— tienden a proyectar sus propias expectativas de la mujer perfecta cuando se enamoran. A medida que esta proyección se desvanece y la auténtica personalidad de la mujer comienza a emerger, el encanto inicial se disipa, abriendo paso a la desilusión. No obstante, lo que decepciona no es la mujer en sí, sino la imagen idealizada que proyectaron, una expectativa que solo existe como un ideal cristalizado en su propia psique.

Por todo ello, con apasionado fervor inicié mi contacto con aquella alma vieja cuya índole y destino había ya descubierto, profesándole encendida admiración. Al imaginar mi vida con él, se proyectaban en mi cerebro imágenes del pasado, presente y futuro, multiplicando de manera exponencial la intensidad de aquellas estampas. Todo parecía enmarcado en una existencia con una esencia atemporal. Bajo su enorme influjo, todos los amores de mi vida coexistían de distintas maneras, de forma idealizada, transmutando de forma continua, y juntos, se multiplicaban.

Al reflexionar sobre nuestro vínculo, comienzo a intuir que, quizás para Jonás, nuestra relación no constituía un desafío, sino más bien una expresión inherente a su ser. Él anhelaba relaciones íntimas que se asemejaran a relatos mitológicos, colmados de sombras, crisis, conflictos, desafíos, transformaciones y renacimientos. Reconocer esta faceta en sí mismo fue un proceso arduo y doloroso. Estoy convencida de que le habría resultado más fácil buscar en sus relaciones una simple compatibilidad y practicidad.

Pese a ello, todas ellas estuvieron impregnadas de un enorme pesar, conformando un verdadero y dramático viaje interior. Formar parte de mi realidad no era algo que cualquiera pudiera enfrentar, pues en mi sentir habitan las dos pasiones: la pasión humana con sus impulsos e ignorancia y la pasión de la existencia, con su palpitante potencia y creatividad. Ambas pasiones conllevan siempre la liberación de una vasta cantidad de energía atrapada en arcanos, formas antiguas y arquetípicas, lo que implica la destrucción de esas formas para permitir que la nueva energía acumulada y actualizada circule con mayor creatividad.

La monotonía no lastima. En la uniformidad no hay sufrimiento. Es en la ausencia de dolor donde el ego encuentra su más preciado sustento. Bajo esta premisa, sumergirse en cualquier vínculo implica adentrarse en las profundidades mismas del ser humano. En el caso de relaciones íntimas, implica observar a nuestras parejas, madres, padres, hijos y hermanas con una mirada pura, liberada de prejuicios y expectativas. Significa verlos tal como son, despojados de nuestras creencias previas sobre ellos. Solo en ese instante de autenticidad, se revela la verdadera esencia de cada individuo.

Os animo a mirar a los ojos de vuestros seres queridos con esa mirada fresca y consciente. Descubriréis cómo lo percibido en el pasado se disipa y contemplaréis a esa persona como si fuera la primera vez. En ese instante, algo extraordinario acontece: aquello que uno creía ser, se desvanece. Es la oportunidad de comenzar un nuevo vínculo, uno que refleje de verdad la realidad de lo auténtico y lo imperceptible.

Por otro lado, en lo que respecta a Jonás, no solo estaba su amor idealizado, sino también su inquebrantable terquedad. Sin embargo, lo que me sacaba de quicio era su pasmosa lentitud. No en asuntos administrativos, laborales, técnicos o prácticos —¡ni pensarlo!—; eso sería demasiado sencillo. Me refiero a su asombrosa capacidad para ralentizar los engranajes emocionales, en particular en el ámbito de las relaciones de pareja.

No era de los que se enamoraría en un abrir y cerrar de ojos, se casarían en un par de meses y tendrían hijos antes de que el año terminara. Ni siquiera pertenecía al grupo de los que lo harían en cinco años, ni en diez. No, con él, las decisiones emocionales eran como si fueran tejidas por el mismo tiempo, extendiéndose en el infinito, a menudo hasta el punto en que «mucho» se convertía en «nunca».

Su paciencia era comparable con la velocidad de un caracol desplazándose por extensos campos de melaza, y sus reflexiones emocionales eran tan densas y enmarañadas como una selva impenetrable. Cada paso adelante se tomaba con una minuciosidad que hacía que los glaciares parecieran corredores de maratón. Era como si viviera en una dimensión paralela donde el tiempo se movía al ritmo de una siesta de domingo, y a menudo me encontraba perdida en un laberinto de pensamientos y emociones, deseando que un meteorito gigante apareciera para despejarme el camino.

La impaciencia siempre fue un veneno que fluyó rápido por mis venas, un velocista en su mundo de maratonistas, y Jonás era el campeón olímpico de la paciencia. Mientras él contemplaba un ocaso durante horas, entre un infernal viento y una lluvia incesante, yo ya había revisado mi bandeja de entrada de correo electrónico unas veinte veces, buscando alguna señal divina que le diera sentido a su supuesta contemplación mística del horizonte.

Una de nuestras discusiones más comunes se producía cuando esperábamos en un restaurante. Jonás parecía no tener prisa alguna por ordenar, mientras que yo ya había diseñado en mi cabeza todo el menú y establecido un plan de ataque culinario. «¿Queremos el postre?», preguntaba el camarero con una sonrisa picarona. Jonás miraba al infinito antes de responder, mientras yo, con los ojos fijos en la Tarta Pavlova, podía oír mi estómago rugiendo en desesperación. Era una carrera entre su serenidad *zen*, o su pachorra según se mire, y mi ansia de satisfacción gastronómica, y creedme, el postre nunca llegaba tan rápido como yo quería.

No obstante, también había algo provechoso en todo esto. Cuando había que aguantar, Jonás era un maestro de la resistencia y la resiliencia. Era del tipo de personas que encuentran un surco y se ponen a arar ese mismo surco. Si te hallabas en una situación complicada, él era el primero en llegar con su arsenal de paciencia. Bueno, quizás no sería el primero en aparecer, pero sin duda sería el que traería la calma y la tranquilidad.

Imagina una larga convalecencia en el hospital, con agujas, tratamientos, quirófanos y días interminables. Mientras algunos se habrían rendido, él continuaba aguantando, manteniendo su espíritu intacto. Incluso en los momentos más oscuros de su enfermedad, Jonás nunca se desesperó. Su capacidad de aceptación era asombrosa, y su actitud era un verdadero ejemplo de estoicismo ante la adversidad.

O piensa en una dieta estricta, con alimentos insípidos y monótonos. Mientras muchos cedían ante un antojo, él se mantenía firme en su compromiso, mostrando una voluntad bovina inalterable. Su determinación parecía ilimitada. Incluso cuando se trataba de conversaciones interminables sobre temas abstractos y filosóficos, él era inquebrantable. Podíamos debatir sobre la realidad del infinito, la relatividad del tiempo o la intrascendencia de lo trascendente durante horas, y Jonás nunca perdía la calma ni la paciencia. Así que ya podéis entender por qué irrumpió en mi mundo, repleto de impaciencia y gratificación instantánea. Su serotonina frente a mi dopamina.

También él tuvo su noche en Saint-Cloud, esa interminable madrugada en la que el peso de la vida se siente con la densidad de una piedra atada al cuello. Sabía muy bien lo que significaba esperar, y aún más, lo que era desesperar. Probó el amargor de la traición y del desamor, y conoció el miedo incontrolable en sus manifestaciones más profundas. Abrazó la enfermedad, la tristeza, el dolor y el olvido. Vivió décadas sin dinero, desestructurado, quebrado por completo, aislado y apartado de la sociedad. Sintió pena por sentir pena y presenció cómo se desmoronaban amistades profundas, casi mitológicas, que parecían que vivirían por siempre, así como el amor de su vida. Se abandonó a los recuerdos de su pérdida.

Durante sus retiros del mundo conoció los confines de la locura y, en múltiples ocasiones, trazó planes para su propia despedida como un gesto de compasión hacia sí mismo, ansiando encontrar una paz y una estructura que le fueron esquivas durante toda su vida. En infinidad de ocasiones se acurrucó rendido en un rincón de su habitación, creando un gueto en el sofá o tendido inerte en la cama, esperando el fin del mundo, sin ilusiones, sin expectativas, sin creencias y sin deseos.

El tedio absoluto de la vida se convirtió en su amarga compañía constante. Su mundo fue, durante largos periodos, una paleta de grises, donde la apatía se transformó en la única emoción palpable. También él se halló en un estado de anhedonia, y la alegría se convirtió en un concepto ajeno, un eco muy lejano en el tiempo, de un pasado olvidado que quizá nunca existió.

Con el paso del tiempo me contó que durante su último retiro del mundo algo daba vueltas y subía a su cerebro. La esperanza de que podía volver atrás fue el peor de los males, pues prolongó de manera exponencial su agonía. Aquel desasosiego, que se agitaba en sus pensamientos sin tregua, era una angustia innombrable, un temor arquetípico sin explicación lógica que se había colado en su ser. Un miedo no razonado, no expresado. Una sensación de tensión cósmica. Se sentía como si hubiera elegido un sendero que, aunque al inicio prometía comodidad a corto plazo, se había transformado en un camino de tormento. Tenía detrás de sí algo que jamás fue lícito poseer. Sabía que había hecho eso. Sí, eso.

La sensación de peligro aumentaba: peligro de multiplicidad, de divisiones, de ensoñaciones, de falacias, de sumergirse en la mentira, de comportamientos psicopáticos y manipulaciones. De irrealidad dentro de la propia irrealidad que era el mundo. Sensaciones de haberse extraviado, de sentirse perdido, de haberse aventurado en una zona en la que no debería estar, de ser alguien a quien todos conocemos, alguien que nos aterroriza y fascina a partes iguales.

Atormentado como se encontraba, cargaba todo el paroxismo de la existencia sobre sus espaldas con aplomo. El espanto, el temor, el temblor y la náusea retorcían sus entrañas y desgarraban su corazón. Con furia retorcida enredaban su interior, desencadenando hormonas viciosas que, sin brida alguna, amenazaban su equilibrio fisiológico. Aunque no fue consciente de ello en aquel momento, al mismo tiempo, como una imagen especular de sus circunstancias externas y de su medio interno en completa descomposición, ya se estaban desencadenando deleznables adenomas hiperfuncionantes en sus maltrechas glándulas adrenales.

El desgaste de vivir desde la épica se volvió palpable con el tiempo, ya que intentar mantener de forma constante una narrativa heroica agotó tanto su cuerpo como su espíritu. La culpa y la soledad siempre son nefastas compañeras de viaje, incluso para una mente perdida en la oscuridad. La búsqueda perpetua de grandes hazañas y significados metafísicos terminó por consumirle y enfermarle, dejando en su estela un cansancio abismal.

Ambos, mi compañero y yo, habíamos sufrido profundas aflicciones, esas patologías graves que se incuban cuando el decir y el hacer quedan atrapados en los confines de la reticencia y la inhibición. Eludir lo que de verdad queríamos expresar, mantener en la sombra lo que ansiábamos realizar, había trazado surcos dolorosos en nuestros esqueletos y en nuestras almas, como las marcas geomorfológicas que el tiempo imprime en un paisaje volcánico. Nuestros cuerpos habían sufrido las secuelas físicas de reprimir lo que anhelábamos. Por eso, celebrábamos cada ocasión de abrir las compuertas del alma, permitiendo que las palabras fluyeran con franqueza y que nuestras decisiones tomaran forma sin temores, constituyendo un destello de liberación que ansiábamos experimentar.

Por otro lado, él, como tantos otros, había abrumado su realidad con cosas, personas y experiencias. Había colmado su agenda de compromisos, citas, superficialidad, máscaras y vacuidad. Había encontrado la excusa perfecta para no indagar, para no detenerse, para no sentir el vacío: un futuro incierto, un miedo ancestral. En demasiadas ocasiones, la vida se le presentó con una oscuridad abrumadora; una oscuridad insoportable que parecía infinita; oscura de pura oscuridad.

Durante aquel turbulento periodo de su vida, sin embargo, descubrió una exótica cueva, un refugio insólito. Algunas veces pensó que fue por mera casualidad, como solemos decir la mayoría de nosotros. Pero hoy en día, estoy convencida de que esas casualidades no existen; más bien son el resultado de nuestra propia necesidad en el momento y, en su caso, del deseo ardiente de encontrar un respiro ante su constante pesar y su perpetuo estado de nerviosismo. Las transgresiones que le habían atormentado habían alcanzado su cenit, y no había un abismo más profundo al que pudiera descender. Le reconfortaba, en cierta medida, saber que lo más oscuro de su vida ya había quedado atrás, aunque el peso de sus actos seguía presente en su conciencia. Aquello que tanto le recriminaba su alma estaba inscrito en los anales del pasado.

Se entregó a contar con intensidad, su voz trémula entre lamentos y sollozos, desahogando sus penas durante horas interminables de angustia. Desde los callejones más sórdidos de su consciencia, emergían recuerdos lacerantes de acciones malogradas y palabras irreflexivas, alimentando una persistente inquietud que se aferraba a mi ser. Sí, había atravesado ese umbral de la vida. Sí, había hecho eso:

—Estuve millones de años en un abismo con otras almas que languidecían. Fue un éxodo eterno por el paisaje de nuestros propios tormentos, que se nos aparecían como colosos graníticos de picos ásperos y cortantes, que parecían tocar los mismos cielos oscuros que nos cubrían. En las cimas más altas, el grafito, incansable, ardía en un rubor eterno, mientras en las profundidades, el detestable corio se fundía en un río infernal. El viento susurraba secretos olvidados, y nuestros pasos resonaban en aquella tierra marchita —me confesó Jonás.

Hurgó en recuerdos y emociones muy íntimos, transformándolos en arte. En los años y décadas por venir representaría una y otra vez su paso por el infierno a través de escritos, pinturas y canciones. Quizá esa fuese su manera de lidiar con el evento y, en cierta forma, de honrarlo con el respeto que creía necesario.

Al principio me quedé petrificada y me rebelé ante aquello. Desbordada por la embestida de una sacudida tan impactante, me encontré en la encrucijada entre desmoronarme en una ferviente agitación o embarcarme en la tarea titánica de forjar un nuevo valor. De repente, me sentí tan frágil que no me moví durante días, temiendo romperme.

Lo que pronunció contenía una profundidad que superaba la capacidad de cien mil bibliotecas y resonaba de manera tan íntima con mi ser que mi propio cuerpo reaccionó. Durante una semana, mi musculatura pareció desmoronarse bajo el peso de su carga emocional, una consecuencia pasajera pero visible. Por el contrario, restaurar mi maltrecho sistema digestivo se convirtió en una travesía de siete años, un viaje diario marcado por la incomodidad persistente, los vómitos cíclicos, la fatiga constante y un abrumador hastío que parecía no tener fin.

En general, los seres humanos menos sensibles, aunque puedan absorber el golpe con una mayor resistencia, corren el riesgo de recubrir su piel psíquica con sucesivas capas de autoprotección. En medio de impactos similares y repetitivos, la consolidación podría degradarse en una suerte de tumor psíquico endurecido que, con el tiempo, adoptará una naturaleza más insidiosa y deleznable.

En este sentido, un trauma poderoso dirigido hacia un núcleo vital de valores en la psique puede desencadenar resultados diversos, a menudo imprevisibles: un desmembramiento del proceso grupal que, si no aniquila, al menos tiende a corroer las fuentes creativas de la vida interior, gestando alguna forma de rigidez y cristalización que, en última instancia, podría resultar tóxica y alienante.

O, por otro lado, el individuo más sensible, manipulando los poderes internos de su ser, sepulta lo caduco y engendra, con destreza, nuevos valores. Esto es un despertar más profundo del poder creativo. Se robustece la afirmación victoriosa de «soy lo que soy, sin importar qué», abrazando la autoconfianza y la fe en su capacidad inherente. Y yo decidí tomar este camino.

En el momento en que reconocí que la esencia de la vida radicaba en la progresiva actualización de las capacidades internas inherentes a mi espíritu creativo, la perspectiva de mi camino dio un giro completo. Ya no atribuía importancia o significado al hecho de que las fuerzas superiores del universo pudieran superarme una y otra vez; lo crucial residía en la cantidad de poderes creativos internos que podía registrar, actualizar, desplegar y comprender mientras me ponía a merced total de la corriente incesante de la existencia que saturaba cada poro de mi trémula piel. Supe que en mi pecho siempre cabría toda la tormenta.

De esta manera, acepté que no había nada más que invierno en él. El frío y desabrido invierno. En su plexo solar el brillo del Sol se desvanecía poco a poco, transformándose en un fulgor lento y tenue, que evocaba el último suspiro de un día agotado, como un adiós sin retorno. La luz invernal y mortecina se convertía en un bálsamo, un refugio para su espíritu, ya que la languidez del invierno se sintonizaba con su propia melancolía.

Desde luego, del gélido invierno no cabe esperar ni un átomo de fogosidad, ni un ápice de exuberancia. Su alma, exhausta, se alineaba con la cadencia taciturna y lánguida de la luz moribunda. Era como si, en su marchitamiento, encontrara un retorno de su propia decadencia, una resonancia, una comunión silente que le reconfortaba. La saturación de entusiasmo que emanaba de aquella tenue luminiscencia resultaba casi paradójica, pues, a pesar de su opacidad, lograba conectarse con su alma, de igual a igual, y le causaba un extraño consuelo.

Como él mismo fue, las flores de invierno no son otra cosa que ensoñaciones y engaños. No obstante, existen numerosas especies que, en su insigne osadía, eligen florecer en la estación invernal, desafiando con esto la persistente y gélida embestida del frío. Son todas ellas, sin excepción, flores que parecen dotadas de un anhelo trascendental, una búsqueda metafísica que las impulsa a desafiar la adversidad invernal.

El invierno no engendra más que formas sensibles, delicadas, tiernas y frágiles. Se erigen como un llamado so segado a la esperanza en medio de la desolación, son un reflejo de lo imperecedero, del mismo Dios que se deleita al observarlas en el transcurrir de las estaciones, sabiendo que, incluso en la más profunda oscuridad, su divino jardín florecerá por siempre.

El verano, en su esplendor, lo atormentaba sin piedad, recordándole de forma incesante su escasa fogosidad, su total incapacidad para disfrutar de la vida de la manera común y su apatía. Cada día soleado era una daga afilada que le hería y le recordaba su propia impotencia ante el inexorable fluir de la vida. Bajo su implacable resplandor, su cuerpo se marchitaba mientras su espíritu se hundía en el abismo de una conciencia cada vez más dolorosa.

Era en la omnímoda luz estival donde su ansia de invierno se tornaba un lamento nostálgico, un intenso anhelo por la oscuridad y el reposo que solo el invierno, que fue la única melodía de su vida, podía ofrecerle.

Tuvieron que pasar muchos años de aquella explicación para que yo pudiese entender que, desde su experiencia de la existencia, se convirtió en un viajero de lo transpersonal, explorando los entresijos de nuestros mundos internos: los recuerdos sombríos del pasado, los espejismos de un presente incierto y los augurios del porvenir. En aquella travesía, se enfrentó al reflejo sin adornos de su propia existencia, encarando a un monstruo que yacía en lo más vasto de su ser.

En un giro inesperado, al afrontar sus propios demonios internos y su infierno, terminó integrándolos como una parte más de sí mismo. Así, comprendió que aquel paraje infernal, que aquella bestia omnipotente, no era otra entidad ajena, sino él mismo, lo que le condujo a abrazar la necesidad de aceptar a aquel ser interno de infame ralea que demasiadas veces habitó su ser sometiéndole sin piedad. Pudo sacar el valor y la fuerza para vencer a aquel demonio y alejarlo para siempre, y su consciencia se transformó en una tierra limpia, fértil y de nuevo virgen, preparada para cobijar las incipientes semillas del ciclo futuro.

A medida que esta transformación tomaba forma, su entorno reflejaba el cambio interno. Aquel abismo que antes resonaba con los murmullos del averno se transmutó en una cueva mágica, en un santuario sagrado; un refugio de paz y sabiduría. Las paredes, que una vez vibraron con sus gritos de angustia, ahora irradiaban una luz suave y dorada, como si la piedra misma hubiera absorbido su dolor y lo hubiese destilado en elocuente silencio. La cueva no solo se convirtió en su santuario, sino en un símbolo del alma redimida.

Con aquella aceptación de su alma llegó, al mismo tiempo, la curación quirúrgica y fisiológica, un proceso que no estuvo exento de insoportables dolores, sudores infructuosos, angustias y, lo que fue peor, una terrorífica incertidumbre. En la primera mañana tras el alta hospitalaria, nos aventuramos a pasear de forma breve, en la medida que el dolor lo permitía tras numerosas noches de insomnio y sombras. Percibí cómo se emocionaba en aquel escenario otoñal mientras contemplaba a los gráciles gorriones revolotear entre la hojarasca marchita, que irradiaba una belleza mórbida, alfombrando el suelo gélido bajo sus débiles pies. Olía a restos de tormenta.

Más tarde, compartió conmigo que nunca antes había experimentado una vitalidad tan profunda como en ese instante; cuando se encontraba más cerca de la muerte, encarnando un cuerpo mutilado y rodeado de las silenciosas hojas otoñales inertes. Hundía sus pies con una retorcida voluptuosidad en ellas, observando cómo los árboles distantes emergían de las neblinas fantasmagóricas. Fue en ese momento cuando, por primera vez, experimentó cuán viva estaba toda la creación.

Tomó consciencia de que la vida se restauraba siempre, incluso cuando uno ya no estaba, y experimentó un amor inexplicable por la existencia. Se apoderó de él una sensación de plenitud que no pertenecía solo a su individualidad, sino que constituía un todo ajeno a su ser. Un sentimiento que contrastaba de manera intensa con la muerte con la que había yacido en sus noches en la UCI hospitalaria.

Hubo además otro aspecto que resultó de su enfermedad. Podría expresarlo como una afirmación del ser: un sí incondicional a lo que es, sin objeciones personales. Aceptó las condiciones de la realidad y aceptó su propia esencia, tal como es. Al inicio de la enfermedad, experimentó la sensación de haber incurrido en un error en su actitud y, por ende, sentirse responsable, hasta cierto punto, de su fracaso vital. Sin embargo, al seguir el curso de la vida, comprendió la necesidad de también aceptar el error; de lo contrario, la plenitud de la vida, que requiere todas las posibilidades, estaría incompleta. Descubrió un yo que perdura, capaz de enfrentar la verdad y estar a la altura de los desafíos del mundo y el destino. De ahí que incluso en medio del fracaso, halló una victoria.

Narraba cómo, meses atrás, alguien le sugirió que, momentos antes de la operación, viajara a un rincón de su existencia impregnado de paz y serenidad. Frente al imponente Robot Da Vinci, se sumergió en la búsqueda de ese refugio, de un jardín donde pudiera descansar de las fatigas de la vida. Descubrió que nunca había existido un instante en su camino que pudiera considerarse pacífico. La tormenta perpetua de sus propias preocupaciones y angustias había oscurecido cualquier rastro de calma, incluso en los momentos más plácidos que recordaba.

No obstante, la paradójica certeza de que, en aquel momento en el quirófano, se encontraba en el punto más bajo de su trayectoria, lo conmovió. Fue testigo de una verdad universal: la paz, la reconciliación y la tregua no emergen de entornos idílicos, sino del reconocimiento y la aceptación de nuestra propia fragilidad e indefensión. La comprensión de que no podía hundirse más le otorgó una inesperada sensación de seguridad, como si ya hubiera enfrentado sus miedos más oscuros y sus inseguridades más profundas. Había tocado fondo, y desde allí, lo único posible era ascender. Aquella aceptación no fue una capitulación, sino una liberación, un abrazo a su humanidad más esencial, desde donde encontró la fortaleza en su propia vulnerabilidad y la calma en su lucha interna.

Descubrió un tipo de paz que nunca había conocido antes, una armonía que no dependía de las circunstancias externas, sino de su propia comprensión de la humanidad. Vislumbró que, en su travesía futura, sería inevitable cometer nuevos errores, pero también constató que ya había afrontado el apogeo de sus faltas pasadas. Halló la serenidad en la certeza de que sus acciones más viles y rastreras habían quedado atrás, poseyendo la convicción absoluta de que, hasta el último momento de su existencia, cuando observara el sol cayendo y *sin parpadear en el naufragio, el desaparecer de su buque,*[13] nunca más habría damnificados.

Sin lugar a dudas, cuando Jonás trazaba con sus palabras los oscuros senderos de la enfermedad, la locura, la soledad, la angustia, la incomunicación y la marginación, no era un narrador ajeno a tales tormentos, porque todo eso y más lo padeció en carne propia.

No se aliaba con los afligidos por mera compasión, sino porque se consideraba uno más, un compañero, un paria en la misma tribu de los desvalidos y los inadaptados. El clan que experimentaba la desolación en medio de la muchedumbre en una ciudad de más de cuatro millones de almas, era el suyo. Jonás se sentía un enfermo, un impostor, un loco, un perdedor, un forastero, un vagabundo, un marginado en su propia ciudad.

Consciente de su volatilidad, también se sumergió en el abismo del vicio y se rodeó de los infiernos del remordimiento y la culpa. Se adentró en el territorio turbio del abuso del poder. Aquí, se enfrentó a la crueldad y a la injusticia que los déspotas infligen sobre los más vulnerables. A menudo, las heridas que sufrió no fueron solo físicas, sino también cicatrices invisibles en su alma, marcadas por el dolor y la traición. Experimentó en carne propia la amargura

---

[13] Texto extraído de *Fausto* (1808), de Goethe.

y la venganza que el odio puede infligir en su forma más cruda, manifestándose como un recordatorio continuo de la brutalidad que puede morar en el corazón humano.

¡No, no era un observador distante de quienes sufrían! Era uno más entre ellos, un compañero que les hablaba y les escribía de manera horizontal, de tú a tú, de igual a igual. Compartía sus penas y alegrías, sintiendo en su propia piel las heridas de los demás. Sus palabras no eran meras observaciones, sino reflejo de una experiencia compartida, un puente de empatía y comprensión que los unía en la misma lucha y esperanza.

Pese a todo lo contado, él siempre fue un enigma, un ser pleno, libre y consciente en una época donde la mayoría nos movíamos como autómatas, sumidos en la inconsciencia de una rutina alienante. Jonás parecía haber nacido en el momento equivocado, como si hubiese aparecido desde el futuro para mostrarnos lo que estaba por venir, un mundo donde la verdadera plenitud y conciencia reinarían. No se conformaba con lo establecido, sino que buscaba con una constancia inquebrantable la verdad y la autenticidad en todo lo que hacía. No se dejaba arrastrar por las corrientes superficiales de la moda, la tecnología o el consumismo desenfrenado. En su lugar, se detenía a reflexionar, a cuestionar, y a observar con ojos atentos y desapegados el mundo que lo rodeaba.

Él siempre decía que no se sentía ni más ni menos que nadie, pero que, sin duda, se consideraba peor adaptado a este mundo que la gran mayoría. Se veía a sí mismo, y así lo manifestaba una y otra vez, como un ser en un estado evolutivo inferior. Un lemming solitario de una casta menor, obligado a emigrar a un nuevo territorio, lejos de la multitud, debido a su evidente incapacidad para competir con el resto de la población. Jonás no huía por miedo o instinto, sino por elección consciente.

En mi opinión, por el contrario, representaba la vanguardia de la evolución, un ser humano despierto en un

mundo que aún no estaba preparado para comprenderlo, un pionero que nos mostraba el sendero menos confortable hacia una nueva forma de ser y de relacionarnos
con el mundo. Su mente era como una fruta madura, cuya
piel y pulpa, impregnadas de romanticismo, protegían un
corazón duro y enigmático, cargado de misterios. En ese
núcleo, sus pensamientos más recónditos se escondían, esperando ser descubiertos por quien se atreviera a ir más
allá de la superficie.

Desde el momento en que nuestros caminos se entre-
cruzaron, percibí la presencia de aquel halo de extraordinaria
aceptación que envolvía su ser. Algo que trascendía lo físico
y se adentraba en los más profundos misterios de la naturaleza. Poseía un magnetismo innato, capaz de atraer hacia sí
todo aquello que escapa a la mirada común, todo lo invisible
que palpita en cada rincón del universo. Yo lo observaba con
admiración y asombro cada vez que se sumergía en aquel
reino de lo inefable, alejándose como una corriente que fluye
entre piedras, de la irrealidad tangible del espacio y el tiempo. Comprendí que en el amor siempre había algo de locura,
y en su núcleo, siempre algo de razón. Por desgracia, también
era él un hechicero del razonamiento.

Experimentaba movimientos cíclicos, similares al
vuelo de un búmeran. En aquellos instantes efímeros, su
ser se fusionaba con las circunstancias y el destino, tejiendo
una conexión profunda con el hilo vital que nos entrelazaba
a todos.

Sentada junto a él, observaba con admiración todo
el movimiento. Resultaba fascinante atestiguar cómo se
entregaba por completo a su búsqueda, a la exploración de
lo que estaba más allá de lo evidente. Sus ojos destellaban
con una luz singular cada vez que compartía sus hallazgos y
las revelaciones de sus inmersiones. No lograba comprender
de manera racional todo lo que él llevaba a cabo, pero sentía
una profunda conexión con su pasión y su compromiso.

En su realidad cotidiana, todos los objetos cobraban vida cuando los empleaba en su obra. Me explicaba que incluso los materiales más triviales e insustanciales, tenían su propia opinión y le pedían y sugerían unas cosas u otras. Cada uno poseía una especie de alma, con opiniones únicas, entrelazadas en un equilibrio frágil y tan complejo como el de cualquier ser viviente.

A lo largo de los años, las cosas conservaban la mirada que una vez se posó en ellas, y al volver a ser contempladas, respondían con la sabiduría acumulada por todos aquellos ojos que las habían precedido. Estos objetos se influenciaban entre sí, conectados por una energía ancestral, tan arraigada como la gravedad misma, la cual guiaba las estrategias conceptuales en las creaciones. Cualquier desviación, ya fuera intencional o no, de las leyes que gobiernan el universo parecía tener repercusiones en sus obras.

Cada instante que lograba fusionar mi camino con esa hebra vital creativa acogía una expansión infinita de mi ser. La dualidad se desvanecía, dando paso a una unidad, y me fundía en una conexión profunda. Lo que antes eran dos seres quebrados se desvanecía para dar paso a la inexistencia del uno. Así, transitábamos lo imperceptible y, en momentos específicos, ambos nos adentrábamos en un trance compartido incognoscible.

Aquellos momentos de inmensa unidad eran como diminutas joyas que se desplegaban ante mis ojos, y me consideraba afortunada por poder presenciarlos. A través de aquel proceso, me sentía también conectada con la realidad y con el misterio de la existencia que nos volvería a llevar de vuelta a nosotros mismos, a la fantasía de la individualidad. Y aunque a veces me entristecía sentir la consecuente desconexión, sabía que volveríamos a sumergirnos juntos en un espacio de unión y misterio. Habitar lo desconocido era verlo en su estado más puro y auténtico y, a la vez, cuando menos Jonás Lucero Martín resultaba.

Siempre me cuestioné cómo alguien podía tener tanta determinación y valentía para adentrarse en lo intangible, poniendo en riesgo su estructura terrenal. No es que él quisiera escapar de la realidad, ni tampoco sufrirla en silencio, sino hacerla comprensible mediante el despliegue de lo invisible. Con el tiempo, llegué a entender que era su amor suicida por la vida, combinado con su anhelo de sumergirse por completo en los misterios que la rodean, lo que lo impulsaba.

De esta manera, me sentía agradecida por ser testigo de aquel proceso, por compartir esa experiencia y por poder seguir explorando juntos, más allá de los confines de otras realidades, que no por ello eran menos valiosas que las nuestras. Fue en esa constante sensación de reconocimiento mutuo, de pérdida y reencuentro, donde comprendí que ni él ni yo éramos de este mundo.

Ya habréis podido apreciar que fue, en cierta forma, un estoico, un hombre de principios firmes, dotado de fuerza y entereza, capaz de soportar y afrontar con dignidad las pruebas y dificultades que la vida le imponía. Sin embargo, también era consciente de que la mera actitud de resignación y aceptación no bastaba para enfrentar el desafío de vivir fiel a su autenticidad. Reconocía que esa postura podía erigirse como un escudo perenne, una forma de ocultar su vulnerabilidad y sufrimiento tras una fachada fría e imperturbable, una barrera que lo protegía del mundo exterior, pero que al mismo tiempo lo distanciaba de su propia humanidad.

Por ende, decidió adoptar una postura más epicúrea, permitiéndose ser arrastrado por las embriagadoras sensaciones de la realidad, deleitándose a veces y viviendo en plenitud, sin temor ni restricciones. A diferencia de los seguidores estrictos del hedonismo, su búsqueda no se limitaba a una vida de simple placer, sino que ansiaba una plenitud. Una realidad marcada por altibajos y desafíos, pero también colmada de momentos de ternura y felicidad.

De este modo, logró fusionar ambos mundos: la dulzura y la inflexibilidad, la resistencia y la aceptación, transformándose no en una persona buena o mala, sino en una persona completa, capacitada para encarar la realidad con audacia y pasión. Ya no se trataba de rechazar el dolor y la adversidad, sino de abrazarlos como partes intrínsecas de la trama vital, mientras se permitía disfrutar de los deliciosos placeres que el mundo ofrecía. Así, vivió las cuatro estaciones de la vida en su totalidad: la alegría, la tristeza, el miedo y la ira, acogiendo cada una de ellas como componentes esenciales de su ser.

La mente de Jonás parecía albergar un rompecabezas inescrutable, un entramado de piezas desordenadas que desafiaban toda lógica y coherencia, desplegándose ante mis ojos en una complejidad inaccesible. Para él, el orden no era un concepto estático e inmutable, sino más bien un resultado fluido y dinámico del propio caos. Cuando este alcanzaba un punto crítico, amenazando con desbordarse y convertirse en un torrente incontrolable, él experimentaba una pulsión irresistible por encajar todas las piezas sueltas, por buscar la armonía en la diversidad y la claridad en la confusión, por estructurar y componer una nueva forma que cobrara sentido.

En cualquier caso, el proceso no culminaba ahí. La labor de estructurar no representaba un fin en sí misma. Una vez que lograba dar forma al caos, desarmaba con precisión la estructura que había erigido con esmero para comenzar de nuevo. Era como si estuviera en una búsqueda incesante de moldear la confusión, extrayendo de ella un nuevo orden y una renovada comprensión del mundo. Esto lo llevaba a un ciclo interminable de enriquecimiento del inconsciente y la subsiguiente materialización del caos y su ordenación. Esta secuencia de construcción y destrucción representaba para él una fuente inagotable de fascinación e inspiración, su eterno *leitmotiv*.

Así, el viaje inmediato del corazón y la mente hacia lo universal, la expansión del alma y del pensamiento, hace que la autoconciencia pierda su cordura. El enfrentamiento entre lo particular y lo universal desgaja la conciencia en migajas. La impaciencia del corazón acarrea la locura, pues la individualidad y la universalidad se niegan entre sí en un conflicto eterno.

Por esto, sentía una profunda necesidad de arraigarse a toda la tierra de la que disponía para evitar permanecer apartado en mundos demasiado lejanos a este. Esta urgencia no era solo física, sino también un imperativo emocional y psicológico. Tanto su trabajo como mi presencia eran los pilares constantes de su realidad terrenal, siempre dispuestos a acogerlo y brindarle la sensación de ser un hombre común y corriente, palpable y que, en verdad, existía. A través de esta conexión con lo concreto y lo tangible, Jonás hallaba un refugio donde podía encontrar su propia realidad y ser quien era.

De haber sido distinto, habría vagado en un constante desamparo, a la deriva en los confines terrenales, sin hallar un anclaje, sumiéndose en la carencia de una conexión inherente a su ser. Esta falta de arraigo lo habría conducido de forma inevitable hacia la marginación, la desconexión y la pérdida del contacto con la realidad material, sumiéndolo en un universo de ficción y desmesura. Al final, se habría visto preso de su temor más profundo, sucumbiendo a la oscuridad ominosa de la locura.

Es innegable y bien sabido que muchos escritores sucumben a ciertas patologías mentales y espirituales, en gran medida porque su entrega absoluta a su oficio los aleja de la realidad circundante. Aunque sumergirse de lleno en la labor creativa puede ser admirable, no está exento de riesgos, y con frecuencia la cordura se tambalea, acechada sin tregua por el temor a la perturbación perpetua. El horno infernal del alma es devastador para ciertos sistemas neuroendocrinos.

Es por ello que la constante búsqueda de este arraigo se convirtió también en un hilo conductor de su existencia, una travesía que le permitía mantener íntegra su conexión con su propia esencia mamífera, alejándose así de aquellos abismos sombríos de la desconexión y la locura.

A través de largos paseos por los senderos boscosos, se deleitaba con el contacto de la tierra bajo sus pies, el susurro del viento entre las hojas y el aroma embriagador de las flores en plena floración. Además, cultivaba un pequeño huerto, donde cuidaba de sus plantas con esmero y cosechaba los frutos de su trabajo con orgullo y satisfacción, rindiendo un sentido homenaje a sus abuelos.

El trabajo de jardinería constituía para él una meditación silenciosa y una forma de alabanza. Sentía en su jardín una redentora paz. Cuanto más tiempo pasaba en aquel espacio, más respeto sentía hacia la plenitud de la vida. Respetar siempre exige alabar. La botánica y la agricultura, en su esencia, constituyen una especie de religión, una enseñanza divina que revela la sabiduría de Dios.

No menos importante, se permitía disfrutar del arte en todas sus manifestaciones, ya fuera contemplando las obras de un museo, escuchando música en vivo o deleitándose con la belleza de una obra teatral. Estas actividades cultivaban en él una conexión profunda con la expresión humana más terrenal que cósmica, y le recordaban sin pausa la importancia de nutrir su ser en el aquí y ahora de lo concreto:

—¿Acaso no eran todas esas también formas de crear, de dar vida a algo nuevo? —señalaba Jonás.

Lo contemplaba en silencio, sumida en mis propios pensamientos, mientras sus palabras resonaban en mi interior. Mi mirada se perdía en el horizonte, tratando de comprender la complejidad de su ser. Observaba cómo escribía, como si una voz interior lo guiara. ¿Cómo era posible que un escritor de su magnitud no reconociera la trascendencia de su obra? ¿Acaso no se daba cuenta de que sus letras tenían el poder de transfigurar el mundo, de despertar conciencias y mover montañas en el corazón de los lectores? Lo veía inmerso en una introspección profunda, como si su propio proceso creativo cuestionara su existencia. Sentía que le faltaba algo, que su espíritu no se llenaba por completo con la palabra escrita.

Entonces, en un gesto de complicidad, me acercaba a Jonás y le susurraba al oído:

—Tu arte trasciende las páginas, querido amigo. Convéncete de que eres un creador en plena floración, un explorador de mundos que aún no han sido descubiertos. Sigue desafiando los límites de tu expresión, y encontrarás la plenitud que buscas.

El arte está completo una vez que el artista ha dicho todo lo que tenía que decir, y esta es la ventaja que Jonás tenía respecto a otros escritores de su tiempo. Sabía cómo mostrarnos lo que había sentido y lo que le había cautivado, y eso subordinaba todo lo demás.

Sin lugar a dudas, el mayor desafío para relatar mi narración es la abrumadora diversidad de recuerdos. Me siento como si estuviera intentando unir los infinitos fragmentos dispersos de nuestro vínculo. Entre las innumerables paradojas de la psicología, no existe fenómeno más fascinante y provocador que este: el extraño y casi nunca discutido hecho de que, al intentar recordar algo que hace mucho tiempo olvidamos, a menudo nos encontramos al borde del recuerdo, incapaces de capturarlo por completo.

¿Y si yo también poseía un conocimiento que escapaba a la comprensión de Jonás? Quizás había un reino de la realidad accesible solo a través del agua, de la sensibilidad, la empatía y la compasión, algo que trascendía las palabras escritas y las obras de arte. Quizás Jonás había llegado a un lugar de aceptación de su papel en el mundo, y en mi compañía encontraba el estímulo y la inspiración necesarios para seguir adelante en su camino, para trascender las limitaciones del lenguaje y explorar las profundidades indescifrables de una existencia más acuática, más allá de lo que se podía expresar. Yo era su refugio, una dulce costumbre.

Siempre atesoraré la conversación que sigue a continuación como un resumen de una vida, como algo que siempre vivirá en mi espíritu. Lo observaba con admiración mientras sus dedos acariciaban las páginas en blanco de su cuaderno. Escribía de forma desordenada simples ideas que luego se convertirían en teorías profundas; cada palabra que fluía de su bolígrafo resonaba como el latido del corazón de un poeta.

Los ojos de Jonás se llenaron de lágrimas mientras sus labios emitían un murmullo apenas audible. El sonido, casi imperceptible, parecía llevar consigo un mensaje encriptado que solo él podía entender. Su rostro adquirió una expresión enigmática, y su mirada se perdió en un horizonte distante, que sin duda no pertenecía a este mundo, como si el espacio y el tiempo se hubieran curvado sobre sí mismos para materializarlo, para dar forma a esa energía que se emitía a través de su ser:

—Ni siquiera el mejor libro de cocina puede sustituir la peor de las comidas —musitó Jonás, ahogado en su propio océano—. Tú representas la vida misma, el poder de la sensibilidad y toda la belleza de lo humano. Nada me ha impresionado tanto como tu persona; respirar el mismo aire que tú es algo que yo no merezco, pero ¿cómo eres tan compasiva conmigo como para permitírmelo? No eres consciente de tu grandeza. Mientras que tú eres la verdadera obra maestra de la creación, una evidencia tangible de la existencia de Dios, yo solo escribo libros.

Las conclusiones que llegué a sacar de aquello se enredan en mi cerebro como hilos de una madeja interminable, tejidos con recuerdos de aquellas noches sin fin que compartimos, inmersos en la creación de mundos imaginarios y de personajes que cobraban vida en nuestras mentes. Hablábamos de los detalles más íntimos, impregnados de confesiones profundas, compartiendo temores y deseos que se sumergían en la confección de historias metafísicas, más allá de lo conocido. Era como si aquellos momentos estuvieran esculpidos con esmero por deidades, dotados de una magia singular destinada a liberar nuestros pensamientos más profundos y nuestras emociones más intensas.

Me maravillaba contemplar cómo se entregaba a su labor de manera creativa, mágica y, al mismo tiempo, serena y reflexiva. Su capacidad para fusionar la contemplación con la acción era asombrosa. Aprovechando esta dualidad, su creación literaria exhibía una diversidad notable: en ocasiones, deslumbraba con su magnífica grandeza; otras veces, se presentaba con una sublime sencillez; y en no pocas ocasiones, transmitía una emoción patética, pero siempre se caracterizaba por su profundidad y vitalidad, evitando caer en los bajos planos de la vulgaridad.

Sus escritos revelaban una individualidad desnuda. El pensamiento, la columna vertebral de todas sus obras, se manifestaba como un reflejo vívido de su propia esencia, convirtiéndose en una actividad contemplativa, donde el escritor se transformaba en un receptor de ideas y pensamientos que fluían hacia él. Jonás registraba con esmero cada una de esas revelaciones, ya fuera en sus múltiples cuadernos de notas dispersos en rincones diversos o en su antiguo *smartphone*, cuya pantalla rota no mermaba en lo más mínimo su utilidad como fiel compañero de inspiración.

Por mucho que pueda sorprender, reitero que Jonás, por naturaleza, era una persona lenta, pausada y, en cierto sentido, perezosa. Lejos de las prisas y el afán de la sociedad moderna, encontraba un deleite inmenso en los pequeños placeres que su hogar le ofrecía. Aunque había sido un viajero, no sentía gran inclinación por seguir viajando, apenas realizaba dos o tres viajes al año. Los pensadores son como los árboles, que no viajan, y cuando él lo hacía, siempre iba acompañado de aquellas flores con las que se identificaba.

Le disgustaba sobremanera abandonar su hogar, ya que encontraba una profunda satisfacción en presenciar el delicado crecimiento de las plantas y en dejarse acariciar por la brisa en los parques y bosques que rodeaban su apacible refugio. La tierra, como obra divina, le resultaba sagrada en cada detalle. Siguiendo los pasos de Rousseau, soñaba con envejecer rodeado de naturaleza, sustituyendo los libros por el deleite de observar las flores en su plenitud. Cuidar de su propio jardín lo obsesionaba, incluso lo embriagaba.

Así, la mayor parte del tiempo encontraba un deleite sencillo en la pausada contemplación del cielo y de la luna, aguardando en su interior la visita de aquellos pensamientos fugitivos que se posaban en su mente. Entonces, con diligencia, los capturaba en palabras, y al cabo de uno o dos años, aquellos fragmentos de pensamientos que un día llegaron a él se transformaban en un ensayo completo. Si los pensamientos fluían con mayor ímpetu, podían incluso dar origen a dos obras independientes. Al final, solo la inactividad parecía incrementar su actividad creativa, y solo del silencio fecundo emergía lo inesperado.

De lo contrario, si hubiese estado obligado a escribir sentado ante su escritorio de acacia y mármol de Macael, habría producido obras similares a las de la gran mayoría de escritores, redundando en la crisis de la narración de nuestros días. Sin embargo, renunciaba a la autoría de todas sus obras. Eran escritas sin apego a ellas ni a sus resultados, por lo que no añadían eslabones nuevos a la cadena de repeticiones condicionadas y, por lo tanto, aquel karma no recaía sobre Jonás.

Sin duda, su pasión por la escritura era incontrolable. A pesar de vivir bajo el mismo techo, me enviaba correos electrónicos, como si las palabras escritas fueran la única forma de expresar lo que llevaba dentro. En sus arrebatos de emoción, llegaba a escribirme varias veces al día. Yo leía sus palabras con atención y, al terminar, no solo las archivaba con cuidado en una carpeta especial, sino que también las atesoraba en mi corazón. Después de dejarlo sin respuesta durante todo el día, me encontraba con él como si nada hubiera ocurrido entre nosotros la víspera. Así comprendí que la escritura era mucho más que una simple yuxtaposición de palabras en un papel: era una vía para explorar las complejidades del ser humano, una manera de descubrir aquello que nos define como seres vivos en este mundo. Aunque Jonás parecía atormentado por su propia oscuridad, yo confiaba en que juntos podíamos encontrar la luz con nuestra forma de vincularnos, con nuestra forma de amarnos.

Sonreí con la convicción de que cada uno de nosotros contribuía con nuestra esencia única al mundo. Él, a través de su escritura; yo, mediante mi sensibilidad, que se entrelazaba con las emociones y los matices invisibles de la realidad. Juntos, tejíamos un vínculo que trascendía las barreras del tiempo y el espacio, dejando una huella indeleble en el universo.

Cada amanecer, como si fuese la primera vez, él me miraba con ojos amorosos y susurraba con la suavidad de un felino que se desliza en la penumbra, entonando: *agua del limonero, agua de limonero, si te acaricio la cara tienes que darme un beso.*[14] ¡Qué sentido tenía que esa majestuosa boca se abriese solo para mí desplegando tan hermosa melodía! En otras ocasiones, sus palabras eran escasas, pero resonaban profundas, dulces y cautivadoras:

—¡Qué bello es despertarme y verte abrir los ojos junto a mi lado! —exclamaba él, entre sueños, de manera casi imperceptible—. Observo la inmensidad de tu alma y me siento diminuto ante tu amor y magnificencia. ¿Cómo puedes albergar tanta majestuosidad en tu cuerpo delicado y frágil? ¿Qué secretos cósmicos resguardas? Tú y yo nacemos juntos cada mañana. Mi único propósito desde el

---

[14] Texto extraído de *Lágrimas negras* (1929), de Miguel Matamoros.

amanecer hasta el último aliento es cuidarte, amarte, servirte y aprender contigo. Busco tus pupilas y no estoy seguro si lo que contemplo son tus ojos, los míos, la manifestación efímera de lo indescriptible o al mismo Dios que habita cada átomo de tu ser.

—¡Te amo! —contestaba yo, rendida por completo.

—Ahora voy a preparar algo para desayunar que esté tan bueno como tú —me decía con ternura.

—No tengo hambre de comida, sino de ti, míster don de lenguas, ¡demuéstralo! —respondía, albergando cientos de océanos desbordados en mi vientre, mientras despertaba mi parte más indomable.

La elegancia glacial de su figura realzaba su centelleante profundidad humana, pero también su prodigiosa integración de lo mamífero. La existencia le había regalado muchas cosas bellas para estos propósitos que se avecinaban: una boca muy roja que parecía flotar en su pálida cara; unos carnosos labios sedientos de mi saliva; su deliciosa lengua, hábil, húmeda y cálida; un noble pecho esculpido; fuertes brazos trazados mediante decenas de vigorosas venas entrelazadas; manos firmes pero delicadas, cariñosas y sensitivas que acariciaban mi piel, ya estremecida, y la fuerza prodigiosa y el ímpetu de un toro bravo. Su pubis y axilas eran de bellos rasgos.

Pero, por encima de todo esto, su mente clara, su espíritu luminoso y su tierno y compasivo corazón constituían, en su conjunto, un deleite para mis sentidos y para mi alma, del que me era imposible prescindir y al que me entregué por completo desde el mismo instante en que lo conocí.

Nuestros cuerpos se convertirían en la entrada a un laberinto de gestos ambiguos. Nos tocaríamos, nos exploraríamos, nos descubriríamos, y comenzaríamos a dibujar una línea invisible que nos conectaría más allá de la piel. Sus dedos se adentrarían donde yo deseara, utilizados a mi antojo, y sus uñas se incrustarían con fuerza en mis nalgas.

Las marcas de sus dientes en mi espalda y en mi cuello, y su lengua me susurraría las más dulces mentiras al oído. Bajaría, como un toro que avanza lento pero firme hacia su destino, hasta mis pechos, mis caderas y entre mis piernas. Se hundiría en mi piel y nuestras manos se anudarían bajo las sábanas, entre cientos de explosiones nucleares.

Al final, juntos sentiríamos la llegada de enormes oleadas de oxitocina, serotonina y dopamina inundando nuestros sistemas nerviosos en un torrente de endorfinas que aniquilarían por completo el aborrecible cortisol acumulado. Y yo reiría y lloraría a la vez.

Siempre me he preguntado: ¿qué habrá sido de aquel colchón tan maltratado?

Más tarde, un nuevo renacer surgiría del calor compartido, cubriendo mis ojos con el delicado y coloreado velo del recuerdo. Nos sentiríamos transformados y renovados, y comenzarían los besos como poemas, como reverberaciones del alma, y las deliciosas caricias como una melodía que se toca con las yemas de los dedos, una sinfonía de amor que se compone a dúo. Los mimos, como dos milenarios sauces que se entrelazan y se dan sombra, y las risas crearían un mundo aparte de sensaciones que solo nosotros conocíamos.

Y así, tumbados en la cama, con la mirada perdida en el techo, mitad con sed, mitad con taquicardia, dejábamos que las mañanas se desvanecieran, sumergidos en un universo de caricias, ternura y arrumacos, donde el tiempo parecía disolverse entre el amor que desprendíamos. Nuestros cuerpos hablaban su propio lenguaje en un abrazo eterno que perduraría en el tiempo, como dos seres mágicos destinados a tocarse, unidos por un lazo invisible hasta el mismísimo final.

Antes de asumir una sexualidad concreta, primero hay que ser un lienzo en blanco en el ámbito del deseo. No me avergüenza confesar que mucho de lo que Jonás aprendió de sí mismo a través de mí, lo aprendió entre mis sábanas...

Para él, nunca existió frontera que derribar más irresistible y apasionante que un liguero o un minúsculo tanga.

Después de aquellas mañanas pasadas en largas y feroces batallas, donde perdíamos el rastro de lo desde un punto de vista arquetípico era femenino o masculino, quedaba exhausta, sumida en una atmósfera de agotamiento y meditación. Envuelta en el silencio y la oscuridad de la habitación, absorta en mis pensamientos más profundos.

Allí, acostada en la cama, reposando mi cuerpo y mi espíritu, su aroma impregnaba el edredón, como un perfume embriagador compuesto a partes iguales de su piel mudada y sus escamas, que no me dejaba escapar. Su fragancia se entremezclaba con la suavidad de las plumas, creando un abrazo cálido que reconfortaba tanto el cuerpo como el alma. En ese estado de éxtasis meditativo, me sumergía en los recuerdos de nuestros momentos compartidos, recordando su piel transmutada, rejuvenecida y radiante, semejante a la de un dragón despertando de su hibernación.

Cada vez que inhalaba su perfume, sentía que mi espíritu se elevaba hacia él, como un llamado irresistible que me atraía hacia su presencia. Y de esta manera, bajo el hechizo de su aroma, me entregaba a la dulce embriaguez de su recuerdo, hasta que el sol se alzaba en el horizonte y me despertaba de mi ensueño, dejando tras de sí un velo de melancolía y añoranza, ansiado durante mi vida, que me perseguiría durante todo el día.

Nuestros cuerpos, destinos y almas… Todo ello había sido constelado como billones de hilos invisibles que se entramaban con una complejidad que ningún ser humano podría comprender por completo. Miles de años atrás, nuestros ancestros entendieron que existían aquí y allá ciertos nudos imperceptibles, que provocaban que algunas personas jamás interactuaran durante su existencia y otras cuyas vidas resultaran incomprensibles e insustanciales sin la presencia del otro.

Solo puedo sentir orgullo por el amor que forjamos juntos, pues es lo único que me enaltece. Esta devoción, que ha permanecido inmutable y perdurará por siempre, constituye la prueba irrefutable de la eternidad y la inmortalidad. Nosotros engendramos una fuerza poderosa que trascendió cualquiera de las supuestas limitaciones humanas, desentrañando la esencia genuina de la vida. En él encontré mi razón vital, la fuente de mi inspiración y la esencia misma de mi ser.

Toda aquella terapia de amor, cariño y ternura la aprendimos imitando el comportamiento de otros mamíferos, considerados inferiores a los humanos, como los perros y los gatos. Sin embargo, bendecidos como estaban por el mismísimo Dios que los habitaba por completo, se hallaban más conectados con la plenitud de la existencia. Dormían apacibles, enroscados unos junto a otros, envueltos en suaves mantas, compartiendo el calor de sus cuerpos y el amor que se profesaban, porque ellos eran amor en sí mismos: aceptación, humildad y ternura.

A la suave luz de la mañana, los perros despertaban con el sosiego de la tierra mientras despide la última estrella de la noche. Se estiraban con pereza y, al encontrarse cara a cara, se miraban a los ojos con una complicidad que solo los seres más conectados con Dios pueden intuir. Comenzaban a regalarse caricias y arrumacos, intercalando lametones y ladridos de alegría. Criaban y cuidaban a su prole siguiendo el dictado de su sangre caliente, amando y amamantando a sus cachorros mientras el universo entero se postraba ante aquella grandeza indescriptible.

Continuaban abrazándose y prodigándose mimos, mientras el mundo despertaba a su alrededor, ignorantes de la felicidad y la sapiencia que aquel simple ejemplo de cariño había inducido en nosotros. Así, permanecían allí, envueltos en una atmósfera de paz y sosiego, sumidos en la dicha y serenidad que solo el amor es capaz de brindar.

Era como si supiesen que su mutua presencia constituía el mayor obsequio que podían recibir en la vida, y que cada momento juntos era una oportunidad para demostrarse su amor incondicional. La ternura emanada de esas escenas era tan contagiosa que cualquiera presente habría sentido un intenso calor en el centro de su corazón.

Mientras sus cuerpos vibraban al unísono en un abrazo silencioso y sincronizado, sus almas se fortalecían con cada latido, contrastando con la sensación que invadía a este hombre, quien, a semejanza de muchos grandes hombres de la historia, también se había sentido incapaz de cumplir con las exigencias de la realidad. Durante largos periodos, encubrió esta supuesta insuficiencia sumergiéndose en los diversos caminos espirituales, tanto de raíz oriental como de adaptación occidental, conocidos por todos.

En este contexto, Jonás había soportado con estoicismo los elementos fundamentales de los procesos iniciáticos que innumerables seres humanos han vivido de manera arquetípica a lo largo de la historia. Su experiencia no solo lo transformó hasta las raíces de su ser, sino que también enriqueció el legado de estos arquetipos, ampliando su significado para las generaciones futuras.

En primer lugar, se encontró con la llamada que lo llevó a tomar conciencia de que algo no encajaba y de que había asuntos que necesitaban ser resueltos. En su sendero, experimentó circunstancias que parecían favorecer su trayectoria, manifestándose en forma de sincronicidades, causalidades y conexiones específicas.

Se enfrentó a su noche oscura del alma, donde apareció el verdadero maestro o guía interior. Superó diversas y variadas pruebas, a veces dolorosas, hasta que falló en una de ellas, muriendo y renaciendo transformado, alcanzando un estado de consciencia distinto. En este renacimiento, se abrió a la revelación de que sus experiencias pasadas cobraban una hondura y matices nuevos, enriqueciendo sus valores, roles y perspectivas de vida.

La enorme diversidad de hombres y mujeres que constituían su ser se revelaba con una claridad y pureza conmovedoras. ¡Cuán majestuosa era su esencia! ¿De dónde surgía ese espacio infinito que había construido durante años en su erosionado corazón?

Como en un vaivén continuo, aquí y allá, desfilaban ante mis ojos: niños prodigio de cabellos ensortijados y apuestos adolescentes exhibiendo su exuberante vitalidad; algunos bohemios que corrían por el mundo rendidos a sus diversiones y quehaceres; artesanos humildes y llenos de bondad que no se otorgaban importancia alguna; un cabal letrado que no lo era pero que cautivaba mi corazón; una madre, de todos, ya entrada en años, con una expresión reflexiva; un soñador que no esperaba llamada alguna del destino; un hombre de cabeza, de intelecto, de ciencia; unas cuantas mujeres hermosas, excelentes y amables a las que había decidido dedicar mi amistad y amor incondicional.

También, un individuo con talento y elevados sentimientos; un administrador distinguido, firme y valiente que no rehuía ninguna responsabilidad; un hombre cuyo ser rebosaba de dones, tanto en los sentidos como en su alma; decenas de monjas piadosas que vestían hábito y cordón y adoctrinaban a los jóvenes; un rumiante del ser, un amante, un ser espiritual, un asceta, un loco. Él pertenecía a ese tipo de hombres que había borrado para siempre una parte de su existencia. Uno que necesitaría mil vidas más para poder olvidar todos sus errores, sus graves equivocaciones y faltas.

Reflexioné con intensidad sobre la transparencia con la que se manifestaba su ser, en comparación con la opacidad que prevalece en la mayoría, donde solo emergen unos pocos rasgos de entre los múltiples caracteres que constituyen su diálogo interno, dejando a los demás en la sombra. Llegué a la conclusión de que aquellos individuos que habían trabajado más en su individuación eran capaces de mostrar con mayor facilidad la multitud que les habitaba.

Dada mi inclinación por la lingüística y la filología, recurrí al análisis del lenguaje para fundamentar mi hipótesis.

Es necesario indicar que la principal motivación que me impulsó a embarcarme en el camino de la filología fue mi inmenso amor por la palabra, tanto en su manifestación oral como escrita. Siempre he valorado la trascendencia de la palabra, siendo consciente de su poder para conectar con los demás de una manera congruente con mi esencia más social y apegada. No obstante, reconozco también su dualidad; la palabra, aunque posee la habilidad de unir, puede también ser un arma de engaño, capaz de infligir daño e insulto. Es un instrumento paradójico, ya que su potencial para herir, y por tanto curar, puede superar el de cualquier otra herramienta.

Es un verdadero placer sumergirse en la experiencia narrativa. Cada elemento se entrelaza en una estructura compuesta con amorosa atención, integrando lo pequeño en el todo. Se descubren conexiones insospechadas entre hechos y objetos que, en apariencia, no guardan relación alguna. El mundo se despliega ante nosotros con una cadencia armoniosa, donde las cosas dejan de ser meros entes solitarios para integrarse en una historia más grande, formando un todo coherente y envolvente.

Pensar es un acto que nace del vínculo con la narración. En el proceso de curación, la narrativa emerge como el punto de partida crucial. La habilidad de narrar implica ocultar, seleccionar, omitir y, en última instancia, olvidar. De manera paradójica, a medida que se incorporan más y más datos, la esencia de la narración se diluye hasta el vacío. No se busca una narrativa que revolucione el mundo y lo transforme; más bien, se busca plasmar la experiencia.

En la actualidad, la mayoría se ve empobrecida en experiencias, y el pasado parece haber perdido su resonancia en el presente. Nos encontramos en una realidad despojada de historia, transitando de un presente a otro, enfrentándonos de una crisis a la siguiente. En este escenario, la supervivencia prevalece como el objetivo fundamental, aunque vivir trascienda la mera resolución de problemas.

Desperdiciar palabras equivale a deslizar el amor al abismo del olvido. Tal vez de ahí proviene mi total aversión, como ya mencioné, hacia esos superficiales y vacíos charlatanes cuyas lenguas avanzan más rápido que sus propios pensamientos, convirtiéndose en auténticos filántropos de la banalidad. En contraposición a ellos, ¿quién no se sentiría cautivado por la tragedia de las palabras no dichas, por los «te quiero» atrapados en la maraña del temor y de la prisa insensata?

En su esencia, la palabra es la herramienta más valiosa para la expresión creativa. Pese a ello, puede convertirse en un eficiente vehículo tanto de confusión como de destrucción. A través de las palabras, se tiene el poder de otorgar una felicidad inmensa o provocar la más honda desdicha en el corazón de una persona. Aunque la palabra puede tener un efecto sanador, en la mayoría de las ocasiones se convierte en un dispositivo o un agente de control y muerte.

Por el contrario, en su faceta más iluminadora, el lenguaje constituye una herramienta fundamental para la creación y la expresión de la personalidad y la identidad de cada individuo. Por tanto, aquellos seres humanos que han alcanzado un mayor nivel de individuación mostrarán con mayor claridad y coherencia su visión del mundo, sus valores, virtudes y defectos, intereses y emociones a través de su discurso.

En términos concretos, esto se manifestará en el uso de un lenguaje más preciso y específico, en la elección de palabras y frases que reflejen su propia perspectiva en lugar de imitar la de otros, en la habilidad para comunicar sus propias necesidades y deseos de manera clara y directa, en saber callar cuando sea necesario y en mantener coherencia entre sus palabras y sus acciones. Aquellas personas que han trabajado en su proceso de individuación poseen una mayor capacidad para expresar su identidad a través del lenguaje.

En contraste, las personas que no han alcanzado un alto nivel de consciencia pueden enfrentar dificultades significativas al expresar con claridad quiénes son y lo que desean. Esto se reflejará en una mayor ambigüedad en su discurso, en la tendencia a imitar los puntos de vista de otros, en la falta de coherencia entre sus palabras y acciones, y en una mayor dependencia del lenguaje corporal para transmitir su mensaje.

Es necesario señalar que la comunicación entre individuos, incluso aquellos que se conocen bien, es un desafío arduo. Las palabras que utilizamos pueden tener connotaciones distintas para cada persona. La comprensión real solo surge cuando estamos en sintonía, cuando nos encontramos en resonancia. Eso ocurre solo cuando hay afecto verdadero entre las personas, cuando hay amor. Este tipo de relación es la verdadera comunión. La comprensión instantánea surge cuando nos encontramos en el mismo nivel al mismo tiempo. Al final, sólo el amor, no la razón, produce buenos pensamientos.

La precisión con la que él abordaba el lenguaje evocaba a un cirujano experto que sostiene los trocares con exactitud milimétrica, moviéndolos con la misma delicadeza moviéndolos con la delicadeza de un creador de belleza oculta durante una laparoscopia. Cada movimiento de sus manos fluía alrededor del cuerpo del paciente en un compás meticuloso, apenas perceptible para ojos inexpertos. Lo que antaño fue un desafío, con el tiempo se había convertido en una habilidad natural y fluida, permitiéndole expresarse con una claridad única, captando matices y desvelando su mundo interior con eficacia.

Este hombre parecía haber encontrado todo lo que siempre había deseado durante su vida y que por mucho tiempo se le había negado: unas personas a su alrededor que no le pedíamos más de lo que él podía dar, junto con su amor por el conocimiento. El asombro, la curiosidad… Todo esto lo sostenía. Era como si su amor por el conocimiento y su pasión por la vida fueran tan poderosos que no podían ser contenidos por un cuerpo tan hechizado como el suyo.

Él consideraba que el conocimiento abarcaba todas las facetas de la realidad. No se limitaba a acumular una extensa variedad de saberes interdisciplinarios y entrelazarlos de manera creativa y compleja. Para él, el saber implicaba algo más profundo: entender quiénes éramos, nutrir nuestra esencia, ser útiles para uno mismo y para los demás, ser parte activa de la comunidad en lugar de ser solo uno más entre la multitud, y amar sin reservas, incluso de forma suicida si fuese necesario. Solía decir que, si no empleábamos nuestro tiempo en buscar conocimiento, lo desperdiciábamos, y al hacerlo, esto nos llevaría a experimentar sentimientos de desagrado y a tener una existencia sin sentido.

Pese a su idealismo romántico y apasionado, no emitía juicios severos contra quienes no compartían su amor por el conocimiento, aquellos que no se ocupaban de cuidar su propio jardín, como a él le encantaba decir. Me explicaba cómo estos individuos se veían clavados en un estado de descontento y desprecio hacia sí mismos, lo que les impedía comprender, afirmar y apreciar sus propias elecciones, desencadenando en ellos sombras oscuras que proyectaban a través del odio y la venganza hacia lo diferente.

Culpaban a otros de sus circunstancias y del agujero tenebroso que escondían en su interior. No soportaban lo distinto, representado por todos aquellos que no creían en lo que ellos creían, los que poseían lo que ellos anhelaban y deseaban obtener, o aquellos que lograron lo que ellos no se veían capaces de conseguir.

No solo dominaba el lenguaje, sino también el silencio. Escuchar no es una acción pasiva; requiere acoger al otro, reconocer su presencia y validar su disonancia. Después, es esencial prestar atención a sus palabras, como un regalo destinado al interlocutor. Escuchar con plena atención es la única vía que facilita la verdadera comunicación; la escucha precede al habla. Sin este fundamento, solo queda un intercambio superficial, trivial y vacío, repleto de noticias e informaciones pasajeras.

Escuchar como él lo hacía, de verdad, se encuentra al alcance de una minoría. Él devolvía a cada uno lo que era propio, atendiendo de una forma genuina y amorosa. Su escucha se fundamentaba en la acción participativa, en la paciencia y la pasividad activa que lo colocaba a merced de la persona a la que escuchaba. Aparecía, como en aquel mes de mayo, una obsesión por el otro, unas ansias del otro. Escuchar es un prestar, un dar, un servir, un don. La escucha invita al otro a hablar. Este enfoque le impedía caer en la autocomplacencia, algo que Jonás reconocía como una de sus mayores sombras, dado que el ego solo busca satisfacerse a sí mismo.

Solo el silencio le permitía expresar algo creativo, asombroso e insólito. Algo inaudito, algo que reflejaba lo más recóndito del ser humano. Por el contrario, la inmensa cantidad de individuos que sienten la necesidad de comunicar sin cesar no hace más que repetir, como papagayos, las mismas palabras propias del entorno y del grupo al que pertenecen.

Por ello, Jonás otorgaba la máxima importancia a disfrutar de incontables periodos de introspección, fundamentados en la soledad y el silencio, sin ningún fin ni dirección, pero generadores de algo significativo, un mensaje único y nunca pronunciado. En contraste con la mayoría, constreñida a comunicarse sin ofrecer ideas innovadoras. Además, él pensaba que el ruido comunicativo propio de la hipersocialización rompía el silencio necesario para que surgiese lo original.

En cuanto a su obra literaria, también mantenía un perfil bajo y silencioso, pasando desapercibido pese a la profundidad de sus escritos. Jonás siempre buscaba lo sublime, el revés de la trama, pero no por el deseo de fama y reconocimiento, sino por la necesidad de expresar su verdad. Era un escritor dedicado, que sembraba cada palabra con cuidado y respeto, sabiendo que cada una de ellas era importante y única. Creía que la literatura era una herramienta de la realidad para conectar con el mundo y con los demás, para explorar los misterios de la existencia y del ser humano. Pero no por ello se permitía envolverse en importancia alguna, ya que asumía que no era más que un simple e insignificante instrumento en manos del lenguaje y la imaginación.

Su objetivo como escritor no era, de ninguna manera, complacer a las masas, sino tocar el alma de aquellos dispuestos a escuchar su voz. Cada uno de sus lectores representaba una oportunidad para crear una conexión auténtica y profunda. Esperaba que los escritos nacidos de su pluma pudieran convertirse en una fuente de inspiración y cambio en sus vidas. Prefería tener un solo lector que conectara con sus palabras, antes que mil que leyeran de manera superficial.

En este contexto, lo esencial de la narración verdadera es que la explicación se omite. La narrativa que él proponía evitaba el exceso de detalles explicativos para provocar asombro y reflexión. Así, su relato no agotaba nunca su poder, permanecía vivo en su interior. En cambio, una transmisión directa de información pronto se desvanece. Su efecto es efímero y carece de la capacidad de inspirar, perdiendo su relevancia y resonancia emocional.

La narración, a diferencia de la simple transmisión de datos, es transpersonal. Surge de la experiencia que se transmite de generación en generación, contribuyendo a una comprensión más profunda de la existencia ajena y propia.

Lo individual se convierte en lo colectivo, acumulando sabiduría y experiencias que se entrelazan con los lazos de generaciones pasadas, repitiendo patrones universales, propios y de aquellos que vivieron antes de nosotros.

Insisto de nuevo en la importancia del silencio. Narrar y escuchar de manera atenta son prácticas que se nutren entre sí. Aquellos que comparten su narrativa forman una comunidad de individuos que prestan atención con entrega. La verdadera escucha requiere olvidarse de uno mismo, y cuanto mayor es ese olvido, más impacto tienen las palabras recibidas. Hoy en día, se ha perdido en gran parte el arte de escuchar.

Por todo ello, me parecía que era un hombre distinto, que se diferenciaba de los demás por ciertas cualidades y virtudes evidentes, como si el destino le hubiera advertido de algo en particular. En las profundidades de su ser, se reconocía como el guardián de un arquetipo que sostenía el mundo, no de forma mágica o idealizada, sino como una verdad revelada. Su don era el de nutrir y sanar a aquellos que habían sufrido en su camino, que habían soportado demasiado dolor.

No obstante, Jonás pensaba que la mejor manera de ser madre de todos era, primero, ser madre de «uno mismo». Señora de «su propio yo». De un «yo» profundo y consciente. Conocer lo que se debe hacer, lo que es correcto, aquello para lo que se ha nacido y que coincide con lo que se anhela.

Pareciera que conocí a Jonás, pero a él no lo conocía nadie. Sin embargo, en numerosas ocasiones, *la puerta de la felicidad se abre hacia dentro y solo hay que retirarse un poco para abrirla; si uno la empuja, la cierra cada vez más.*[15] A menudo, debemos aceptar que lo más cercano a nosotros es, en realidad, lo que menos entendemos, aunque parezca familiar, sobre todo cuando lo que creemos conocer se filtra a través de la subjetividad de nuestra mente y las percepciones inconscientes propias de nuestra época.

---

[15] Texto extraído de *Diario de un seductor* (1843), de Søren Kierkegaard.

Por más increíble que parezca, incluso los más admirados y talentosos tienen sus defectos. Así era él: una mezcla de grandiosas virtudes y errores típicos de cualquier persona. A pesar de su brillo, también cometía equivocaciones, faltas y contradicciones, como cualquier otro. No era más que nadie. Era un gran hombre, brillante, pero humano, al fin y al cabo. Recuerdo una vez en la que envié un mensaje con tono humorístico que, por desgracia, fue malinterpretado, provocando una reacción obstinada y beligerante de su parte.

Hay infinitas posibilidades de que se produzca un malentendido entre lo que pienso, lo que quiero decir, lo que creo que digo, lo que digo en realidad, lo que el otro quiere escuchar, lo que escucha, lo que cree comprender y lo que comprende. Sin embargo, a pesar de su terquedad, solía ser capaz de reconocer sus propios errores. Esto quedó reflejado en la respuesta que recibí y que leí mientras disfrutaba de un saludable plato de salmón con boniato morado al tahini en el Honest Greens de Velázquez:

«Si lo supiésemos todo sobre la gran mayoría de nosotros... Tantas metáforas y bellas alegorías; hermosas ilusiones y lejanas premoniciones; creativas intuiciones surgidas del corazón mismo de la realidad; exóticas teorías e intangibles hipótesis; exuberantes filosofías, certeras y rigurosas todas ellas; las bondadosas palabras al necesitado justo en el momento oportuno; las dulces melodías que vagan por el jardín impregnándolo de los acordes del amor, de la inocencia, de la juventud y del lamento; espléndidas creaciones, originales y singulares de principio a fin.

El exquisito gusto por las bellas y ecuánimes formas y la poesía ensoñadora que emana de ellas; las majestuosas catedrales místicas que soportan todo el peso de la certeza, albergando en sus columnas los conocimientos más sagrados; las apacibles insinuaciones de labios entreabiertos, añorados con vibración en el corazón, siempre cargados de los más magníficos presagios de partida y anhelos.

No olvidemos todas las mágicas creaciones lingüísticas que nos permiten emprender el retorno a incontables bosques encantados, pletóricos de las más divinas oraciones a la naturaleza, al deseo y hasta el mismísimo cosmos que recorre nuestra médula espinal. Tanto grandilocuente misticismo, desarrollo personal, desapego, resonancia, contemplación y espiritualidad, y tan poca vergüenza, integridad, coherencia y verdad, todos y cada uno de nosotros, sobre todo yo».

Aquella tarde, deambulando por el parque de El Capricho, me encontré de manera inesperada con una figura crucial en mi vida, junto al arroyo que serpentea en ese rincón tan habitual para mí. Marino durante esa época, según me explicó en nuestro breve encuentro, no prodigaba mucho las palabras. Con todo, su mera presencia y su especial intuición bastaban para despertar una extraña admiración e interés en cualquiera que interactuara con él:

—Lo has visto, no hay nada de lo que tanto odiabas. No queda ni una sombra en mí. Las cambié todas a otro lugar —dijo Marino, suspirando a modo de saludo.

Las palabras brotaron de su boca con una cadencia pausada, como si temiera quebrar la elocuencia del silencio que nos rodeaba. La verdad era que yo había pasado muchos años intentando reparar lo que estaba roto en mi mente, en mi corazón y en mi alma, corrigiendo los errores que nos llevaron a separarnos. Y ahora, frente a él, quería que supiera que había hecho todo lo que estaba a mi alcance para remediar el pasado, para perdonar nuestras culpas, para ser compasiva con nuestro mal. Le observé un instante, le ofrecí una silla y, con un leve tono irónico pero colmado por el infinito amor que siempre sentiría hacia él, le dije:

—Estás muy cambiado, Marino.

Marino desplegó una amplia y lenta sonrisa, un tanto extraña a modo de mueca nerviosa e insegura, como si aquella expresión alegre hubiera sufrido, como consecuencia de un intenso desuso lamarckiano, una tormentosa degeneración de numerosos músculos: el cigomático, el orbicular de los ojos, el elevador del ángulo de la boca, el del labio superior y el risorio. Entonces dijo:

—La belleza de la vida se encuentra en tu alma, pero esa dulzura y sensibilidad tuya, ¿de dónde nace? Tus silencios, tu generosidad, tu abundancia, tu entrega, tu magia, tu verdad... ¿Eso también es innato? Me mantienes la mirada y te brillan los ojos, y mi nombre en tu boca suena fantástico. Para mí, este instante compensa toda la pérdida y el sufrimiento de los infinitos infiernos a los que me dirijo».

Su voz, reposada, serena, mesurada y cautivadora, parecía emanar del cosmos y equivalía a millones de cantos al desamor, la soledad, la infinita culpa, la melancolía y la pena. Cada gesto y expresión de este prodigioso mamífero, ahora entregado a la vida, estaba imbuido de toda significación y rebosante del agua de cien mil océanos. Observé que, pese a todo el sufrimiento pasado, no quedaba en mí ni un recuerdo amargo; más bien, sentía que me estremecía por completo solo por estar cerca de él, respirando su mismo aire. ¡Cuánto le amé en ese momento, cuánto quise nutrirlo en lo más profundo para toda la eternidad!

Marino rompió todo su ahogo y sufrimiento en un largo llanto espasmódico. Nunca llegué a comprender la razón; renuncié a consolarlo. El pensamiento mata a la emoción. Yo también dejé muchas marcas y no pocas cicatrices a lo largo de mi trayectoria. Él se enderezó y se recompuso, alejándose con la calma del crepúsculo, mientras sus lamentos se silenciaban, mientras enterraba su mal. Aquella, por desgracia, fue la última ocasión en que pude ver a Marino en esta realidad terrenal.

Tomé consciencia de que solo nos cansamos de lo nuevo, pero nunca de las cosas antiguas. Reflexioné sobre cuán hermoso era que Marino hubiese hecho de su vida un dispositivo tan sofisticado para, en el fondo y en la forma, hablar del amor, de sus misterios, de la huella que deja, de los traumas que lo agrietan y, por encima de todo, del miedo a enfrentarlo.

Cuando lo previsto se materializa ante nuestros ojos, la espera se desvanece en el aire. La esperanza, en su esencia profética, no se fundamenta en la certeza de un desenlace favorable, sino en la convicción de que existe un propósito, sin importar el resultado final. Vivir sin sentido reduce la existencia a un mero ejercicio de supervivencia. La depresión, en su manifestación más aguda, es la culminación de una desesperanza patológica, un estado que anhela la irrupción de lo inesperado, sabiendo que nunca llegará.

Marino había perdido toda esperanza.

A continuación, en un instante de lucidez, como en una epifanía, la comprensión de lo que estaba aconteciendo se abrió ante mí. Al principio me quedé petrificada y me rebelé ante aquella revelación. Fue entonces cuando comprendí que los tres estábamos entrelazados en una estructura cuántica, como si cada acción, emoción y experiencia vivida resonara en un nivel más vasto que transcendía los límites del espacio y el tiempo, influenciándonos los unos a los otros. Esta intuición me abrumó por completo.

Nos encontrábamos suspendidos, como algodoncillos alados o plumas de plata desprendidas de aquellos ondulantes álamos junto al riachuelo, flotando en un tiempo donde el pasado, el presente y el futuro se entrelazaban en un estado de simultaneidad, fusionados en una compleja red de conexiones incognoscibles para nosotros.

En la orilla de aquel arroyo de El Capricho, un sauce llorón se alzaba, su melancolía hecha canto: «Me deshojaría por ti, aunque no quieras venir». A veces, cuando el viento lo acariciaba, el sauce se mecía con una gracia delicada. Con la sabiduría que solo los árboles viejos poseen, comentaba con sarcasmo: «Las hojas caen, ¿quién las necesita de todos modos?». Cuando una brisa juguetona lo sacudía, dejaba escapar una risa socarrona: «Mis ramas son generosas, pero parece que a nadie le importan». Y en los momentos más calmos, con un suspiro que resonaba en la quietud, decía: «Aquí estoy, siempre dando sombra a quienes ni siquiera me miran».

Aquel riachuelo, y toda la vitalidad que sostenía, poseía una codificación ancestral similar a nuestra propia relación que no era lineal ni predecible, sino una interacción cuántica de probabilidades y potencialidades eternas. Marino y Jonás representaban dos caras de la misma moneda, que se afectaban y autorregulaban entre sí, reflejando y modelando las infinitas posibilidades de la realidad. Esta revelación no solo transformó mi comprensión del universo, sino también mi percepción de mí misma y de mi relación con ellos como un todo indivisible.

La misma sangre corría por sus venas, la misma debilidad. Pese a ello, a diferencia de Jonás, Marino fue incapaz de superar sus errores, sumido en una lucha interna profunda y consciente de encontrarse paralizado en un ciclo interminable de autocondena.

La resistencia a aquel nudo emocional fue tan extrema que, como resultado del desgaste y la erosión que sufrió su alma, experimentó dolorosas manifestaciones fisiológicas. En el quinto septenio de su existencia, sufrió una parálisis corporal y facial cuyas secuelas le acompañarían por siempre, manteniendo en su memoria el recuerdo de una esencial enseñanza en el arte de vivir que, de manera desafortunada, no pudo integrar.

Breves estallidos aforísticos eran acogidos por Marino tras recobrarse de dolores extenuantes. En esos ciclos breves, concebía ideas de enorme creatividad y sensibilidad, siempre dentro de la intermitencia limitada por su salud. Cuando experimentaba un estado óptimo de bienestar, le resultaba imperativo subsistir con una porción modesta de comida, escribir incansable a lo largo del día y, ya bien entrada la noche, aún disponer de energía para entregarse al amor, saborear la vida, deleitarse con las más ingeniosas e irónicas bromas y entonar algunas melodías. Aquello era una necesidad en tales circunstancias, mientras percibía con total claridad la grandeza de las estrellas y el infinito. Como consecuencia, la existencia podía volverse, a pesar de todo, casi fabulosa. ¡Ay! Quien no creyese en la presencia de una resonancia vincular preestablecida y codificada en el sol y en los planetas, como una imagen especular de nuestro medio interno y nuestras propias circunstancias en este lugar, sería un escéptico sin fundamentos.

Y es que Marino nunca me ignoró. Mantenerme siempre en su memoria a pesar de la distancia, soñando conmigo a diario, nutriéndome, cuidándome, ayudándome y amándome hasta el punto de causarle tal desgaste físico, fue una muestra de su inigualable generosidad y extraordinario respeto, amor y admiración. También pudo haber sido una estrategia de supervivencia, ya que Marino nunca habría soportado infligirme daños colaterales insoportables como consecuencia de sus acciones, que pudiesen actuar como el posible catalizador o evento originador de una enfermedad mental, una crisis emocional profunda y una eternidad de pérdida y bloqueo para mí, la mujer a la que él amaba más que a su propia existencia.

Sin duda, lo segundo es más mamífero, más humano, quizás demasiado, y me reconforta pensar que fue la única razón. No hay nada más humano que el egocentrismo de atenderse a uno mismo antes que a nadie ni a nada; de tal forma que salvarme en la distancia permitía a Marino poder continuar sobreviviendo en un tiempo que fue tan frágil para él como una caricia.

Marino y yo no fuimos seres humanos muy de nuestra época. Hoy, la sociedad ha desarrollado una aversión patológica hacia el dolor, relegándolo al oscuro rincón de lo inaceptable. Esta negación despoja al sufrimiento de su función primordial como lenguaje cifrado, que nos conecta con la esencia misma de la vida.

La sociedad ha transitado de una psicología realista, que se centraba en la comprensión del sufrimiento y el dolor como elementos distintivos, hacia una psicología del positivismo. Esta última no es capaz de propiciar una transmutación interna profunda por lo que todo termina siendo una continuidad de lo mismo. Está orientada hacia la búsqueda de la resiliencia y la erradicación total del sufrimiento. Prohíbe la expresión del dolor propio, considerándola como señal de debilidad, y promueve la idealización absoluta de la felicidad y del pensamiento positivo.

Esta psicología no logra comprender que el dolor es el mayor exponente de vitalidad. ¡Bienvenidos sean siempre a nuestras vidas los más terribles pesares! En la definición misma de vida, más allá de las funciones esenciales de relación, nutrición y reproducción, está intrínseco el padecimiento y el dolor. Jonás solía decir esto atribuyéndose, de un modo irónico, una mejora sustancial a la teoría formulada por el fisiólogo Claude Bernard en el siglo XIX.

En este sentido, los coaches motivacionales y las delirantes corrientes de pensamiento que promueven la positividad a toda costa ocupan un lugar destacado, ofreciendo soluciones rápidas y superficiales para problemas complejos y profundos. No obstante, al enfocarse solo en el lado luminoso de la vida, estos enfoques ignoran la riqueza y la complejidad de la experiencia humana.

En este escenario, se coarta la expresión del dolor, pues lo superficial rehúye la profundidad, impidiendo así que el dolor se convierta en relato, se componga la narración, que es donde reside la sanación. Solo al reconocer y aceptar nuestro sufrimiento podemos comenzar el proceso de sanación y encontrar un sentido más recóndito de significado y realización en nuestras vidas. En ausencia de sufrimiento, la realidad deviene en una apática comodidad de máscaras, de yonkis de la felicidad y de muertos vivientes.

En aquella despedida de Marino, me encontré con una mirada tan familiar que erizaba la piel, aunque esta vez irradiaba una sensación de comienzo, en marcado contraste con la mirada de final que aún resonaba en mi memoria. Un escalofrío recorrió mi espalda mientras vislumbraba el enigma que envolvía nuestros destinos solapados y entrelazados, cargados de un significado inimaginable. Sentí un mareo repentino y mi corazón comenzó a palpitar con fuerza, como si estuviera reaccionando a una amenaza invisible pero palpable.

El mundo a mi alrededor parecía desdibujarse. Los majestuosos sauces llorones me susurraron secretos antiguos mientras sus esbeltos troncos se balanceaban al ritmo del viento, gráciles y cimbreantes. Sus hojas rozaban el aire con un murmullo que evocaba tiempos pasados y futuros no vividos. Sentí cómo sus raíces profundas se entrelazaban con la tierra, conectando mi ser con una compleja red de vida invisible y oculta. Parecían comprender las dudas que me atormentaban, musitando respuestas en un lenguaje arcano que solo el corazón puede entender.

Fue solo en ese instante cuando comprendí, con un peso ineludible en el pecho, que Marino avanzaba hacia el mismo destino sombrío que, tiempo atrás, había reclamado a Jonás.

V. EL INFIERNO

El hombre que se cree superior, inferior o incluso igual a otro hombre, no conoce la realidad.

SUTRA BUDISTA

EN TODAS LAS ÉPOCAS DE MI VIDA, se me presentó mi niñez como la melodía de abundantes canciones; ora repetitiva, sobria y sin júbilo, ora como el primer y único ser humano que, en un tiempo remoto, fue dueño y señor del planeta, allá cuando no era posible encontrar ninguna separación entre ambos: el ser vivo en descomposición y la enorme densidad de la Tierra que lo acogía, convergiendo en un proceso continuo de renovación y florecimiento, en una sintonía tan perfecta como insondable.

No me es posible recordar una etapa concreta de mi existencia en la que estos acordes y cadencias no hubiesen encontrado continuidad. Hoy, mi vida todavía se me aparece como una composición melódica atemporal, alejada del bullicio mundanal. Como si la orquesta pudiese emplearse sin desfallecer, interpretando todos los acordes de la partitura a la vez y en cada instante de su ejecución. Como si la canción transitase entre un solo segundo y el eterno infinito, recitando al unísono todas las horas de mi flujo vital al mismo tiempo: pasadas, presentes y futuras, de las que solo llega a vislumbrarse algún asomo de diferencia cuando atraviesan el filtro del yo, obstinado a aferrarse al supuesto continuo secuencial del tiempo que menoscaba nuestro entendimiento de la propia realidad.

Fueron momentos en los que disfruté de cierta calma, en los que me hallé despojado de la hiperactividad mental y su incesante parloteo. Todas aquellas acciones inocentes y pacíficas, realizadas desde la fluidez: los hermosos paseos en el bosque, en donde me olvidaba de mi propio nombre; la ilusión de lo inesperado en aquella primera vez y el regocijo idealizado de sentirme, al fin, en casa.

Pero siempre sucedía lo mismo; en lugar de abrazar el arte de vivir, me dejaba seducir por otra obsesión, más oscura y perturbadora. En vez de cultivar y perfeccionar mi personalidad, me inquietaba su descomposición y desaparición. Y así, de pronto, casi de la noche a la mañana, me descubrí envejecido, ajeno a la inocencia y a los pensamientos, intereses y sentimientos que había tenido en mi juventud. Fue en esos días de transición cuando ciertos pequeños y delicados espectáculos, como la caída de las hojas en otoño, me cautivaban y me sacudían. Llenaban mi corazón de asombro y melancolía, dejándome en un estado de reverencia silenciosa.

Siempre añoraré aquel delicado y bello estribillo de mi existencia, parecido al ejecutado por la orquesta que componían los numerosos habitantes de la laurisilva de Anaga: los ruidosos gorriones morunos, cuya atávica musicalidad podía ser escuchada a decenas de metros de distancia, casi desde el inicio del camino; los hermosos canarios, jubilosos como se encontraban en su hábitat, libres y en total conexión con el mismísimo Dios que impregnaba cada átomo de sus delicados cuerpos; el mosquitero, un divino endemismo de estos parajes, con su extravagante canto, que parecía estar conformado por la alternancia de dos delicados e irregulares versos, «xif–xaf», caóticos incluso para Whitman, dispuestos en estrofas sin forma fija, o al menos así les parecían a mis oídos juiciosos y torpes, y a mi desestructurado corazón.

Postrado ante la tristeza y la desesperanza, acepté que tal vez yo nunca fui merecedor de tan ecuánimes sonidos. Por el contrario, en este preciso instante, la orquesta, infatigable como se mostraba, se complacía, al igual que lo había hecho durante los largos años pasados, en sumir mi presente en tonalidades graves, un tanto más sombrías, fúnebres y tétricas de lo que me hubiese gustado.

¿Acaso no era este un lugar radiante y espléndido? ¿No se hallaba a una distancia sideral de más de mil millones de años luz del lugar al que me dirigía? ¿Tan poco merecedor era yo de un poquito de paz, de algunas risas superficiales y de pasar veranos algo menos afligidos? ¿No resultaría siempre preferible abrazar este tipo de existencia en lugar de legar con intención calculada tan despiadado tormento a mis seres queridos?

En el pico más alto de aquellas gigantescas cumbres, expuesto a las capas más elevadas de la primitiva atmósfera reductora, de una formidable densidad, el inextinguible grafito que allí se acumulaba, milenio tras milenio, ardía al rojo vivo, mientras que el escaso material orgánico combustible y una cantidad ingente de metales, de la más infame ralea, se convertían en una masa líquida incandescente que alimentaba lo que muchos de nosotros denominábamos el río, formado por el deleznable corio en ebullición que originaba cientos de *huracanes de negras palomas que chapoteaban en el vituperable fluido.*[16] Así, el mundo se deslizaba ante nosotros, hundido en lágrimas, cuyo destino final era también el aborrecible río.

La temperatura del corio alcanzaba varios miles de grados centígrados, y su majestuoso efecto chimenea impulsaba el brillante humo radiactivo, venenoso para el alma como sin duda era, a una altura nunca imaginada, aniquilando el firmamento por completo y extendiendo su maligno influjo al resto del universo, que observaba todo aterrorizado.

La atmósfera era de una intolerable pesadez. Los cielos, una vez prístinos y repletos de esplendor, se veían ahora invadidos por una negrura opresiva que imprimía una huella imborrable en la memoria de quienes osaban contemplar tan funesto espectáculo. Decenas de nubes rasantes eran formadas por la condensación de aquellos humos y vapores malé-

---

[16] Texto inspirado en el poema *La Aurora,* de *Poeta en Nueva York* (1940), de Federico García Lorca.

ficos. Los extraños cúmulos estaban compuestos por diminutas partículas venenosas, con un núcleo sólido de densidad inaudita. Desafiando todo conocimiento científico, su capacidad de expansión superaba con creces la de cualquier fluido conocido por el ser humano.

Caía una incesante lluvia fina e invisible, pero letal, de plutonio, yodo, estroncio, cesio, neptunio y otras partículas radioactivas que lo impregnaba todo, constituyendo el origen del espléndido poder de regeneración y del resurgimiento cíclico de las montañas graníticas, del corio y de las venenosas nubes verdes, de los mortíferos gases en capas bajas y de todas las demás cosas repugnantes y deleznables que surgían de todas ellas.

Aquella lluvia era la némesis de las lluvias poéticas que bendecían los campos de Tiruvannamalai en la época de los monzones. En aquel rincón del mundo, las gotas caían con una delicadeza casi ceremonial, cada una susurrando antiguos versos de amor a las verdes hojas lanceoladas y a las flores silvestres. El aire se saturaba de un aroma embriagador a terpenoides y tierra mojada, y los ríos cantaban melodías de renovación y vitalidad, derramándose con generosidad infinita sobre la tierra e infundiendo vigor y fertilidad en cada minúsculo grano de arena.

En contraste, la lluvia radiactiva no traía más que muerte y desolación, convirtiendo la tierra en un páramo de regeneración corrupta y toxicidad ineludible. Donde una alimentaba la vida, la otra la corrompía; donde una creaba belleza, la otra engendraba horror. Así, cada gota de lluvia en Tiruvannamalai era un susurro vital de esperanza, mientras que la lluvia letal del vomitivo lugar caía como la sentencia inexorable de un destino sombrío.

Aquella lluvia interminable y pestilente constituía una carga insoportable que nos oprimía sin tregua. El aire, enrarecido y contaminado, se infiltraba en nuestros pulmones como un veneno insidioso, impregnando nuestros cuerpos con cada aliento y tornándose más mortal a medida que saturaba nuestro ser. No obstante, lo que de verdad nos doblegaba era la angustiante certeza de que esta pesadilla se prolongaría sin fin, sin posibilidad de alivio alguno. La persistencia de estas condiciones tortuosas inundaba nuestras mentes con pensamientos inquietantes y luctuosos, amenazando con arrastrarnos a la locura. Nuestros semblantes arderían por siempre bajo el contacto corrosivo de la lluvia tóxica, y nuestros pulmones, en un esfuerzo desesperado, lucharían por obtener apenas unas bocanadas de aquel aire enfermo, viciado hasta la médula.

En medio de aquel paisaje apocalíptico, el rugir de las montañas se alzaba como una reverberación primitiva, una resonancia que nos recordaba cuán pequeños e insignificantes éramos ante la vastedad de aquel universo inextricable. El viento relataba secretos ancestrales mientras arrastraba consigo el lamento de las almas perdidas. Las montañas, cubiertas por un manto grisáceo y opresivo, se alzaban sobre nosotros como una losa sepulcral, ocultando la luz y la esperanza en un abrazo eterno.

En aquella desolación, nuestros pasos resonaban en la tierra marchita, dejando un rastro desgarrador de huellas efímeras en el camino hacia la nada. Cada paso constituía un recordatorio constante de nuestra mortalidad y fragilidad, componiendo una sinfonía tenebrosa en la que los silbidos del viento se fundían con los gemidos de nuestras propias almas en pena.

Cada zancada que dábamos, cada respiración que tomábamos y cada mirada que lanzábamos hacia aquel cielo repugnante y siniestro nos enfrentaba a la implacable certeza de la eternidad. La lluvia tóxica nos había arrancado la alegría, la esperanza y la esencia misma. Nos habíamos convertido en una suerte de supervivientes de Sachsenhausen, una especie de espectros que deambulaban por un mundo agonizante. Sin embargo, como en la más cruel de las depresiones, ya no existía energía alguna para mantener la cordura, y la búsqueda de una vía de escape de este lugar se había convertido en una empresa desahuciada.

Olvidamos la esperanza como quien desecha de su memoria el exquisito sabor de una fruta prohibida. Nos adentramos en la oscuridad, en una noche eterna, y allí nos quedamos, perdidos y solitarios. Hacía mucho tiempo que la creencia de que las cosas podrían cambiar para mejor se desvaneció en un abismo sin fondo, y en su lugar se instaló un vacío oscuro y siniestro.

En el corazón de aquel panorama calamitoso, la lluvia continuaba cayendo sin cesar. Era una lluvia de mal agüero que, como nosotros mismos, había perdido por completo su identidad. Ya no simbolizaba fertilidad ni purificación; ahora era fétida, llevando disueltos en sus gotas los restos de la civilización que alguna vez existió. De esta manera, bajo el ruido ensordecedor de la tormenta, nos movíamos como sombras, desprovistos de deseos, privados de alegría y carentes de vida.

El olor era el de la mismísima muerte, el de miles de cuerpos humanos en continua putrefacción, el de ingentes cantidades de lisina y ornitina en descomposición, y de maléficas necromonas, de cadaverina y putrescina que nos inducían tensos estados de alerta crónica. El aire resultaba rancio y agrio, grasoso y melifluo, mezclado con aromas de una dulzura repugnante. Sin duda, todos y cada uno de vosotros reconoceríais la áspera y deleznable fetidez de la muerte, incluso sin haberla percibido antes, pues este hedor se encuentra codificado desde tiempos inmemoriales, de forma arquetípica, en cada ser humano mucho antes de su nacimiento. Odiábamos la aciaga pestilencia que nos martirizaba, pues la muerte nos evocaba, como antítesis, recuerdos de una vitalidad que oprimían sin descanso nuestro débil espíritu.

Y mientras tanto, evocábamos el dulce aroma del petricor, liberado por la quebradiza tierra ante la llegada de aquellas lluvias liberadoras que marcaban el fin de los compungidos y eternos veranos, malgastados en existencias vacías y prepersonales, de las que hoy ni siquiera estábamos seguros si de verdad habían existido.

Cada segundo era como vivir una vida entera, una pesadilla interminable que nos devoraba día tras día, hasta que el aliento mismo de la existencia amenazaba con desvanecerse. El tiempo se había vuelto inabarcable, etéreo, sin fronteras. El presente se desplegaba como un horizonte infinito, mientras el futuro se perfilaba como una ilusión distante e inalcanzable, apenas un espejismo fugaz.

Cada instante se arrastraba con una lentitud pasmosa, cual tortura implacable que se aferraba a nuestra psique, devorando nuestras emociones y nuestra integridad física. Sentíamos cómo nos desmoronábamos sin cesar, sumidos en una descomposición interminable que minaba nuestra existencia sin tregua.

El pasado, el presente y el futuro se deslizaban en nuestra conciencia como sombras esquivas, imposibles de atrapar, pero también de ignorar. La línea que alguna vez distinguió lo real de lo imaginado se desdibujaba, sumiéndonos en un laberinto donde el tiempo había perdido todo significado.

Las memorias, lejos de ofrecer un refugio, se convertían en un torbellino caótico que nos envolvía, difuminando toda noción de claridad. Estábamos atrapados en una espiral de recuerdos que giraban sin compasión, entrelazando fragmentos de lo que fuimos y de aquello que quizá jamás llegaríamos a ser. Cada pensamiento era un reflejo distorsionado, una imagen fugaz que desaparecía antes de poder ser comprendida. Así, nos consumíamos en una incertidumbre perenne, donde la realidad misma se volvía tan incierta como un sueño mal recordado al despertar.

Ya no había un ayer, un hoy ni un mañana. Todo se había fundido en una masa informe de tiempo, un tiempo que no parecía tener fin. Ya no existían instantes, no para nosotros;

estábamos encarcelados en una eternidad colmada de dolor y sufrimiento. ¡Bienvenido sea el dolor si es causa de arrepentimiento! La felicidad se manifiesta solo en fragmentos; es el dolor el que, contra toda lógica, trae consigo la verdadera dicha. La alegría profunda siempre contiene un componente de sufrimiento. Quizás esta era la realidad última, el contacto intuitivo de la exaltación mística.

Nuestra vida había sido una continua caída hacia arriba, un eterno intento de alcanzar un ideal que ahora aceptábamos como una simple quimera. No obstante, en aquel sombrío y lúgubre paraje, por fin parecía que habíamos alcanzado nuestro destino último, hacia el que nos precipitábamos sin remedio. Cada elección, cada error, cada ínfimo gesto había sido un peldaño en la escalera hacia este precipicio, un descenso disfrazado de ascenso, una caída ineludible que nos arrastraba sin remedio.

Y ahora, en el seno de este abismo infernal, nos encontrábamos cara a cara con nuestra propia naturaleza oscura y las consecuencias de haber sustituido a quienes amábamos por el aislamiento, la pena y el olvido. En la penumbra de nuestra miseria, la verdad se revelaba con una claridad ineludible: no había vuelta atrás ni esperanza de escape. Era una realidad amarga, cargada de una dolorosa lucidez, que, sin embargo, nos ofrecía una comprensión tan profunda como inquietante sobre el misterio de nuestra propia existencia.

Sin lugar a dudas, se trataba de un sitio infame y maldito desde tiempos inmemoriales, de sucias tonalidades parduzcas, donde ningún ser prosperaba, donde nada crecía y la cura era una entelequia inalcanzable.

Todo parecía estar subyugado por el aura del pernicioso ser, dueño y señor del lugar, e incluso las elevadas montañas graníticas rocosas, de sombrío brillo vítreo y reflectante, recelaban de nosotros, pareciendo observarnos con maldad. Las negras cordilleras, ya petrificadas, abrían sus ojos de par en par ante nuestra presencia, rebosantes de horror y de espanto.

En marcado contraste, la majestuosa y sagrada montaña de Arunachala, que en tiempos remotos me acogió, se erguía como un faro de divinidad y serenidad, distante y pura, frente a la corrupción de aquellos cerros malditos. Al amanecer, envuelta en una suave luz dorada, irradiaba una paz profunda que apaciguaba el alma y sanaba el espíritu. Sus laderas, cubiertas de una vegetación husmeadora, recitaban historias antiguas y sagradas, mientras los peregrinos ascendían con devoción, sintiendo la presencia tangible de lo divino. Allí, las rocas no acusaban con odio, sino que entonaban una sabiduría milenaria, invitando a la introspección y la reverencia. Arunachala no era solo una montaña; era un santuario viviente, un recordatorio eterno de la belleza y la bondad que la naturaleza podía ofrecer, muy lejos del terror y la desolación de las montañas sombrías y malignas que nos sometían.

A diferencia de la serenidad de Arunachala, aquellos cerros malditos se alzaban como titanes forjados en la furia de la tierra misma, una amalgama de roca fundida, metal candente y ceniza ardiente que parecía retorcerse en una lucha constante contra el cielo. Eran colosos de lava y fuego, majestuosos monumentos de desesperación que aspiraban a devorar toda esperanza.

La tierra, insaciable, engullía desdicha, exigía desdicha. Bajo nuestros pies, el suelo crujía y se retorcía, como si camináramos sobre las entrañas de un ser vivo agonizante, un monstruo que se alimentaba del dolor y la desesperación de quienes se aventuraban en su dominio. Cada paso se sentía como una transgresión, una profanación de un terreno maldito, donde los antiguos horrores aún resonaban en el aire denso, impregnado de cenizas y llantos perdidos en el olvido.

Las llamas que ardían en las profundidades del subsuelo se reflejaban en el horizonte, tiñendo el cielo de un maquiavélico color verde rojizo y ominoso, con la intensidad de cien mil Chernóbil. Ese resplandor escarlata desgarraba la oscuridad del abismo, creando una atmósfera tan aterradora como hipnótica, que capturaba por completo nuestra atención y nuestros sentidos.

Los ríos de magma serpenteaban entre las grietas de aquellas cimas, formando lagos de fuego que destellaban con una furia casi viva, iluminando el paisaje con una luz infernal. Pero no eran solo las rocas incandescentes ni las llamas lo que confería a este lugar su esencia aterradora. Una opresiva sensación de peso aplastaba nuestras almas, como si las mismas montañas cargaran sobre nosotros toda la desesperación y el sufrimiento que habíamos acumulado en nuestro interior.

El paisaje, en su despiadada brutalidad, se revelaba como un reflejo físico de nuestras propias oscuridades y sombras internas, esas que yacen dormidas en el núcleo mismo de nuestro ser. Las montañas, erigidas en colosos abruptos y sombríos, no solo dominaban el horizonte con su imponente presencia, sino que parecían encarnar el implacable juicio de nuestras conciencias. Nos observaban desde su silencio ominoso, con una malevolencia latente, como si hubieran aguardado nuestra llegada desde los albores del tiempo, inmóviles, esperando el momento exacto para desatar la tormenta y confrontarnos con nuestras verdades más ocultas.

Al igual que nosotros, todas ellas compartían una desconfianza profunda hacia cualquier fuerza superior, incluida la humana, y manifestaban una hostilidad feroz e instintiva contra todo lo que fuera libre, auténtico, singular, selecto o espiritual que se desprendía de nuestra infinita angustia, de nuestra culpa, de nuestro terrible y tormentoso pesar. Es por todo ello que, fruto de su extraordinario rencor y odio hacia nosotros, las altísimas cimas, que se elevaban más allá del cielo como auténticas deidades, emanaban densas coladas de corio ardiente, a más de dos mil grados centígrados, fundiendo todo a su alcance y borrando por completo el rastro de lo que algún día pudo ser. Aquel espectáculo nos hacía temblar.

Y mientras tanto, mil cosas surgían: desconfianza, objeciones y reparos. Cuanto más deseábamos discurrir con cierta lucidez, tanto peor era el resultado mental obtenido. Hurgábamos y buscábamos en nuestro interior una honesta, pero firme, reminiscencia que nos mantuviese a flote por un solo instante; un mero segundo en el que percibiésemos oleadas de armoniosas melodías, todas ellas plenas de paz y de lo divino que alguna vez nos atravesó, y de este modo, postergáramos, por un segundo, el exceso, el desgaste y el olvido.

Con todo, nada conveniente ocurría para nosotros y el espantoso pavor, apenas olvidado, se acrecentaba, revolviendo nuestras fétidas entrañas en descomposición y volviendo a traer la profunda náusea que se entrelazaba en nuestros pensamientos, arraigada como raíces podridas, que nos sometía.

Algunos de nosotros, abatidos por completo, golpeábamos desesperados nuestras arrugadas sienes, de forma miserable y estúpida, sobrecogidos por tan insufrible pesar. Muchos otros, con los ojos ensanchados por el terror, padecían el sofocante sentimiento de culpabilidad que les conducía a la angustiante contracción tónica de los músculos constrictores de la glotis, una agonía que podía durar desde segundos hasta siglos.

Nuestros cuerpos jadeantes de sufrimiento se entregaban al pánico sin el menor alarde. ¡Imaginad el perpetuo sofoco que sufrimos! ¡Cuántos sudores sin fruto! ¡Oh, cuán venenosos y tóxicos habían resonado allí nuestros tormentos! ¿Quién se acuerda de ello ahora? Un gélido escalofrío recorre mi columna vertebral, arrastrando consigo imágenes dolorosas que me someten y me obligan a descender a los abismos de mi subconsciente, como una herida abierta, sangrante e incurable.

La ausencia de paz también se traducía en el modo en que confeccionábamos nuestras acciones; cortábamos, medíamos y probábamos. Todas ellas eran grises y marcadas por la más rígida precisión. Todas ellas impregnadas por el implacable aroma de un rigor autoimpuesto, como el más sofisticado de los dispositivos, y de la severidad despiadada de aquel lugar infame que maldecíamos sin cesar, cargados de una amargura que solo conocen quienes nunca hallan consuelo. En cada uno de esos actos hallábamos la esencia de la contención emocional y la profundidad insondable de la pérdida.

Ninguno de aquellos actos nos parecía libre ni ligero, sino más bien todo lo contrario. Hasta nuestros más recónditos e íntimos pensamientos parecían encontrarse dirigidos con precisión quirúrgica por una extraña y mágica energía que nos iba consumiendo de forma lenta y constante.

Sin duda, todos añorábamos los buenos tiempos de otras vidas, en las que, de algún modo, habíamos sido partícipes de alguna actividad considerada noble y benévola por la mayoría. Para nuestra desgracia, estas ancestrales acciones eran las que nos resultaban más arduas de recordar y, de forma extraña, solo permanecía en nosotros una ligera fragancia en forma de vago recuerdo que nos obligaba a cuestionarnos si alguna vez fueron algo tangible. Ya no quedaban rastros de aquellas épocas gloriosas; en su lugar, solo se extendía una eternidad hecha de angustia y terror incesantes.

Todo esto nos condujo a tomar consciencia de que, sin remedio, los seres humanos olvidamos lo fácil y honrado a un ritmo vertiginoso. No obstante, si somos personas individuadas, los actos que nos avergüenzan por ir en contra de nuestro centro director, de nuestros valores más esenciales y fundamentales, jamás llegamos a olvidarlos. Estos errores se incrustan en nosotros, conviviendo con nuestras almas y atormentándonos sin piedad a lo largo de nuestra realidad terrenal y, quizá, mucho más allá, como experimentábamos de forma angustiosa en este despreciable lugar del que renegábamos sin cesar.

Y es que, por encima de la culpa, la desesperación, la desesperanza, la desilusión y el sufrimiento, siempre se encuentra la ausencia de cosas aún peores. Recuerdo prolongar, a través de *ella*, los momentos previos que preceden al completo fracaso, sintiéndome todavía a salvo por algunas semanas, o quizás meses, mientras disfrutaba de su luz, de su prodigiosa sensibilidad y ecuanimidad, y de su hermosa alma, capaz de anclar todos los atributos del universo a la tierra, como una colonia del género *Azotobacter* fija el nitrógeno atmosférico en los campos de cultivo de Tiruvannamalai, conectando lo etéreo con lo tangible, lo celestial con lo terrenal.

Sin embargo, sentía, con una certeza aterradora, el espantoso lugar al que me aproximaba, mientras se iba apoderando de mi ser la terrible nostalgia, colmada de ira y arrepentimiento, hacia aquellos maravillosos tiempos que alguna vez tuve la fortuna de habitar.

Y mientras me dirigía al doloroso emplazamiento, convertía los segundos en siglos, tan solo para recrearme desde la distancia en *ella*: en su majestuoso ser, el más mamífero de todos cuantos poblaron nuestro planeta, la más hermosa alma jamás constelada por el cosmos. ¡Oh!, puedo dar fe de los relatos del poeta: cuando uno contempla por primera vez al objeto de su amor, siente que ya lo ha visto antes, en un tiempo lejano, casi ancestral. Todo amor, al igual que todo conocimiento, es una reminiscencia. El amor trae consigo sus propias profecías personales.

Ninguna mujer podía rivalizar con la fascinante imperfección de su rostro. Era el resplandor de un ensueño etéreo, una visión sublime y arrebatadora, más divina y celestial que las quimeras que habitaban en los sueños febriles de Coleridge. La deslumbrante belleza que la envolvía emanaba de su ser de forma natural, sin pretensiones. De cualquier modo, no pasaba desapercibida ante los demás, quienes se veían atraídos como mareas que no podían evitar seguir la fuerza de su luna. Quizás era la manera en que infundía poesía, música y amor a cada faceta de su vida lo que despertaba tal fascinación. Sus actos y pensamientos estaban impregnados de una libertad enérgica y auténtica, mientras que sus palabras siempre resonaban con una inquebrantable verdad.

Me enamoré de *ella* de una manera inevitable, como quien encuentra en otra alma su propio reflejo: de su voz distinta, de su valentía para ser diferente, de su sublime singularidad, de su alteridad, de su discrepancia, de su anomalía. Siento que cada palabra sobre *ella* se resiste a ser solo una más, aglutinando miles de millones de significados abrazados.

Mi felicidad residía en la certeza de que esta mujer existía en el mundo, en deleitarme con el sonido de su prudente voz y en la dicha de respirar su cercana presencia. ¡Si solo supieseis una cuarta parte de lo que sé de *ella*, y apenas conozco una ínfima porción de su infinito ser! Desearía que la vida me hubiese concedido inagotables existencias para así tener la oportunidad de conocerla con una profundidad aún mayor.

Ella percibía como dolor cualquier contacto, excepto las caricias. En sus manos habitaba la ternura, como si fuesen santuarios de afecto y compasión, mientras que su mirada irradiaba una serenidad que confería paz a aquellos que se encontraban bajo su influjo. Sus labios desbordaban deseo, como si en ellos fluyera la esencia misma del anhelo, mientras su corazón palpitaba con una ilusión ardiente, capaz de encender la llama de la esperanza en cualquiera que tuviera la dicha de cruzarse en su senda.

Ella era una de esas almas que caminaban por el bosque sin la necesidad de ponerle palabras a lo que observaba. Clavaba su mirada en el abedul sin llamarlo «abedul», miraba a la ardilla sin necesidad de nombrarla, y así, caminaba con tímidos pasos entre la vegetación, sin causarle daño alguno, permitiendo que los susurros y sonidos de la naturaleza acariciaran su espíritu y que los colores y las formas de las hojas y las ramas le hablaran en un lenguaje que solo un corazón rebosante de su sensibilidad podía descifrar.

¡Una bondad como la suya no siempre viene en dosis pequeñas! La vida había creado a un ser tan sensible como *ella* para permitirse estructurar, en una unidad, todo lo que hasta ahora había aparecido como fragmentado en miles de millones de vehículos de consciencia previos. Pero al crearla tan dulce y delicada, la existencia aún no había aprendido a no asustarla.

Su alma se asemejaba a una esfera: completa, eterna y perfecta, un reflejo de la armonía cósmica en su forma más pura. Sin duda era una musa en carne y hueso, una criatura cuyos atributos trascendían los límites de lo mundano y yo, rendido como me encontraba, sentía que mi ser se estremecía por completo solo por tener la oportunidad de respirar su mismo aire. Su belleza imponía distancia, como la última rosa naranja de un jardín de verano que, por veneración y respeto, no se toca. Era un destello efímero de coraje, gracia y encanto, dejando una estela de lo dual en forma de admiración y de envidia a su paso. Aquellos que tenían el privilegio de conocerla podían percibir la magia que envolvía su existencia, convirtiéndola en un enigma seductor que encantaba los corazones y hechizaba las mentes.

Ella era el dolor a la vista de lo hermoso. Personificaba la belleza que se encuentra en una taza de té agrietada, en una fachada desgastada por el tiempo, en la huella de una pisada en la arena, en el parpadeo de una vela que se consume con lentitud, en la fragancia de una flor marchita, en el lamento de un fado o en el reflejo de la luna sobre un charco de una tormenta otoñal. Representaba el atractivo que porta orgullosa la experiencia y la edad, barnizado con el tiempo; el encanto de la imperfección, de lo simple, de lo fácil, de lo natural, de lo modesto, de lo humilde, materializando la aceptación de la transitoriedad y la impermanencia de todas las cosas. Cuesta trabajo admitir que el alma pueda verse estimulada hasta la obsesión por cosas tan sencillas.

Las cualidades que la vida encarnaba a través de *ella* eran tan sublimes que constituían una prueba de la existencia de Dios, pues algo de tal magnitud no puede poseer otro origen que el divino. En su ser habitaba una luminosidad que trascendía la carne y los huesos, una luz que no podía ser forjada por manos mortales. Al observarla, uno no podía evitar sentir vértigo en presencia de lo sagrado, un milagro viviente que desafiaba la lógica y la razón.

Ella era pura potencia vital palpitante que codificaba todos los misterios del universo, y aunque quizás nunca lo integró por completo, su mera presencia en el mundo era una forma de recordarnos a los demás, a nosotros, a ti y a mí, los simples mortales, que la belleza y la sabiduría que ansiamos están siempre a nuestro alcance si tan solo nos permitimos escuchar y observar con el corazón abierto.

Al igual que Aitizaz Hasan, sacrificó por completo su propio ser, y su gesto resonó en las almas de todos aquellos que escucharon su historia. Y es que, en última instancia, todos poseemos el poder de marcar una diferencia en el mundo, incluso cuando las circunstancias parecen abrumadoras. *Ella* desafiaba los límites de lo humano y nos enseñó que la verdadera grandeza no se mide en años vividos, sino en el impacto que dejamos en el mundo.

A todos aquellos deseosos de aproximarse a idéntica hermosura inocente, a aquellos anhelantes de ser testigos de cómo las miradas se vuelven hacia la esencia radiante de vuestro ser, seguid el sendero trazado por *ella*. Dotad de libertad no solo a vuestras creencias e ideales, sino también a las relaciones que tejáis. Verted veracidad en vuestras palabras, paz y consciencia en cada mirada que proyectéis, y permitid que la inocencia, la gratitud y la ilusión se alojen en vuestro pecho.

Pero cuidado, amados míos, pues no es prudente entregarse a los ardides de supuestos gurús engañosos y contradictorios, como este pobre hombrecillo que os habla. ¡Oh, al contrario! Si os atrevéis a persistir en el sendero que se despliega ante vosotros, pronto los literatos plasmarán en sus letras el ardiente resplandor que irradia de vuestra esencia.

Ella desafiaba toda lógica, desmontando las creencias hasta de un laureado Nobel. Bernard Shaw describía al amor como una vertiginosa exageración de la diferencia entre un individuo y el resto del universo. En su misterio, era un fenómeno único, incomparable, una anomalía cósmica que desafiaba incluso al más hábil alquimista de las almas, aquel que había esculpido su ser con tanta riqueza y pureza que desafiaba toda comparación. Parecía como si el divino artesano, en un arrebato de creatividad desmedida, hubiese impregnado su ser con dones que excedían los confines de lo terrenal. *Ella* era la exclusión que, al afirmar la norma, trastocaba todos los axiomas establecidos incluso por grandes dramaturgos.

La originalidad de esta mujer no encontrará paralelo, ni siquiera de lejos, en ninguna otra persona, ya sea contemporánea, ancestral o futura, por más que se busque.

Lo bello nos obliga al respeto y la melancolía. Lo he experimentado y lo he aprendido. Sentía cómo atesoraba una idea del futuro que resultaba tan egoísta que debería ser hermosa. Un futuro en que solo hubiese espacio para *ella* y para mí. Ni historias no contadas ni sueños no compartidos. Solo *ella* pudo alcanzar mi alma, solo *ella* tuvo algún día permiso.

Me trajo un trozo de horizonte y nunca estuvo en él. A través de *ella*, comprendí que *los anhelos y las añoranzas expanden el corazón y lo marchitan, extenuando así sus fuerzas.*[17] Gracias a *ella* comprobé que existen sentimientos luminosos que irradian desde el interior una luz cálida y espléndida, en la boca del estómago, provocando felicidad.[18] Sin duda hay rostros que se quedan grabados. Aún hoy en día, cierro los ojos y su imagen se me aparece. No obstante, pese a querer leer todas las señales, las pistas falsas nos conducen sin remedio al desamor.

Volvamos a nuestra historia. Ajeno a toda esta ensoñación y divagación de otros mundos que nunca volverían, un ser siniestro había tomado el lugar que antes había ocupado *ella* y se había convertido en nuestra obsesión más oscura. Un lazo repugnante e inquebrantable nos unía a él, como si

---

[17] Texto extraído de *Crítica del Juicio* (1790), de Immanuel Kant.
[18] Todo lo que siempre sentiré por ti solo he podido expresarlo así. Por desgracia, la violencia en su forma más egoísta y destructiva se manifiesta cuando toda posibilidad de comunicación se desvanece.

el odio y el resentimiento que sentíamos hacia nuestro captor se hubieran convertido en una extraña forma de adoración.

Un apego retorcido y oscuro que alimentaba nuestras almas quebrantadas y en descomposición, y aunque aceptábamos que nuestro espíritu estaría condenado para siempre, éramos incapaces de resistir el impulso incontrolable y fútil de perseguir su aniquilación.

Aquel ser era una criatura que desafiaba todas las leyes y categorías de la mitología conocida. Su apariencia física era cambiante y engañosa, pues podía adoptar cualquier forma, desde la más sublime hasta la más repulsiva. En innumerables ocasiones aparecía como un conglomerado de diferentes deidades malévolas, una entidad que había sido moldeada por las más terribles fuerzas del universo. Su semblante era una fusión de monstruosidad y divinidad, confiriéndole una naturaleza esquiva que resistía cualquier intento de definición precisa.

Se alzaba imponente, emergiendo de las sombras, envuelto en un halo de oscuridad que le confería un aire tan misterioso como siniestro. Apenas vislumbré al pernicioso ser, la imagen de Christoph, el incansable buscador que había recorrido conmigo los senderos más inhóspitos, brotó en mi mente como una aparición de otro mundo, envolviendo mi conciencia en una incertidumbre absoluta. Su figura hanseática, con su porte noble y su mirada enigmática, flotaba en aquel aire cargado de oscuridad, cocinando una mezcla de presencia tangible y murmullo etéreo. ¿Por qué su imagen surgió en aquel preciso instante?

El cuerpo del maquiavélico ser, de dimensiones colosales, estaba recubierto por una piel mineral de aspecto pétreo que relucía como la más pura obsidiana bajo la luz de un fuego eterno, el cual arrojaba chispas centelleantes a su alrededor. Sus ojos, luminosos y penetrantes, parecían destilar una malevolencia ancestral, capaz de escrutar las almas de quienes se atrevían a mirarlos, traspasando las barreras del tiempo y del espacio. Cada mirada escudriñaba gestos y pensamientos, impregnada de la esencia misma de la malicia y la crueldad.

Aquello que llamábamos la voz, aunque nunca emitía sonido alguno, era como un susurro venenoso, capaz de plantar la desesperación y la muerte en los corazones más implacables. En el silencio sepulcral que lo envolvía, sentíamos cómo nuestros corazones latían con fuerza, resonando al compás de un miedo irracional que aceleraba nuestra sangre. No sabíamos si aún éramos dueños de nuestra voluntad o si nos habíamos convertido en simples testigos bajo el yugo de su poder. Y su risa… esa risa maquiavélica no era solo un sonido; era una vibración que se filtraba hasta lo más profundo de nuestro ser, llenándonos de un terror indescriptible que hacía temblar hasta nuestros huesos.

Su presencia nos sumía en un abismo de insignificancia y nos recordaba una y otra vez que nos encontrábamos en su territorio, a merced de su voluntad. Seríamos por siempre prisioneros de su aura ominosa, sin esperanza de liberación alguna de su opresivo yugo.

Aquel ser siniestro se alzaba ante nosotros como un *deus ex machina* que desafiaba nuestra comprensión, emergiendo de los rincones más oscuros de la psique humana; un dios sombrío surgido de las profundidades del abismo. Se erigía como la personificación de nuestros miedos más atávicos, una criatura infernal que había regresado del olvido para someternos a su voluntad. Era como si la sombra misma se hubiese encarnado en su forma.

Aproximarse a su presencia era como adentrarse en una zona de exclusión radiactiva, donde los efectos de su malignidad se desataban de forma despiadada. Cada paso hacia él implicaba absorber una dosis letal de radiación, una energía corrosiva que se filtraba hasta lo más recóndito de nuestro ser, consumiéndonos desde dentro. El influjo de su radiación nos envolvía como una neblina tóxica, distorsionando nuestra razón y arruinando nuestra esencia. Nuestros pensamientos se volvían nebulosos, anclados en un torbellino de falacias, confusión y desesperación. Sentíamos cómo nuestras células se desintegraban poco a poco, cediendo ante una fuerza destructiva que se apoderaba de nosotros.

Mientras tanto, los estragos de la radiación emocional igualaban en profundidad a los de su contraparte física. Nuestra alma se debilitaba, nuestras energías languidecían, y la vitalidad que una vez nos había sostenido se apagaba como una llama moribunda. Nos convertíamos en meras sombras de lo que alguna vez fuimos, víctimas de aquel poder que nos consumía y corroía nuestros pensamientos, transformando la esperanza en cenizas y avivando el fuego de la culpa y la vileza.

La persistente sensación de amargura y el regusto metálico en el paladar nos resultaban exasperantes. Recuerdo haber leído, varios miles de años atrás, cómo los liquidadores de Chernóbil sufrieron este pesar en aquella infausta noche primaveral de desesperación, alaridos y lamentos que resuenan todavía como una plutonía en nuestra memoria, constituyendo una reminiscencia arquetípica del dolor y del sufrimiento en el inconsciente colectivo.

La intensa emisión de radiación que emanaba de la malévola entidad se extendía sin tregua en todas las direcciones, alcanzando cada recoveco del lúgubre paraje, con la maligna capacidad de aniquilar la estructura molecular de nuestros inanimados y atrofiados órganos en desuso. La piel se enrojecía poco a poco, transformándose en profundas quemaduras ardientes y convalecientes, tan brillantes como el sol primigenio. Con una velocidad asombrosa, del rojo crepuscular pasaba al negro azabache, idéntico al carbón húmico formado en ingentes cantidades durante el Cretácico. Observábamos un periodo de latencia en el que el efecto inmediato disminuía y los sujetos creían estar recuperándose de tan terrible y angustiante carbonización.

Aquellos individuos con la mirada de las mil yardas parecían, de forma paradójica, sanos; sin embargo, solo los más antiguos sabían, por desgracia y por amarga experiencia, que estaban en un penoso punto de no retorno. Volverían a morir en cuerpo en este ciclo sin fin, pero esta vez, su final los encontraría en la mismísima esencia de la muerte.

Poco después, de forma lamentable, comenzaba a manifestarse todo el daño celular, con la intensidad de cien mil agujas de desesperanza. La formación de centenares de nauseabundas ampollas y maliolientes llagas era ineludible. Las náuseas, la fatiga y los vómitos eran incesantes. Moría la médula ósea, fallaba el sistema circulatorio, se desestructuraba el sistema nervioso y se descomponían el resto de órganos y tejidos blandos, dando lugar a una siniestra y repetitiva decadencia digna de este despreciable sitio que repudiábamos.

Los capilares, las venas y las arterias se abrían como coladores, despertando un dolor inimaginable. Se perdía sangre, se evacuaba sangre y se vomitaba sangre en cantidades que contradecían siglos de sapiencia sobre la fisiología humana. Quizás a nosotros ya no se nos podía considerar seres humanos, o acaso nunca lo fuimos.

Aún hoy no he logrado entender por qué su influjo provocaba en algunos de nosotros desoladoras cicatrices queloides, abultadas y endurecidas, mientras que otros parecían, de algún modo, inmunes a ese sombrío efecto. Tanto nuestros cuerpos como nuestras mentes quedaban marcados por las secuelas de su radiación, asemejándonos a los *Hibakusha*, portadores de profundas marcas de un tormento implacable.

Nos convertíamos en testigos vivientes de su poder destructivo, condenados a cargar con el estigma de la radiación emocional, de forma similar a los sobrevivientes de aquel prodigio de la maldad humana en Hiroshima y Nagasaki, cuyas historias quedaron embebidas por el espanto y el sufrimiento hasta el fin de sus días. Cada mañana renacíamos en el reino de la calcinación y regresábamos, con lo puesto, a la guerra de todas las guerras.

Sin embargo, no era la influencia de su maquiavélica figura lo que más temíamos. Lo que aterrorizaba a quienes habíamos caído bajo su dominio era su capacidad insólita para moldear la realidad misma. Con un simple gesto, podía convertir nuestros sueños más dulces en pesadillas atroces, nuestros deseos más hondos en padecimientos insoportables. Su poder era tan absoluto que todo lo que existía a su alrededor se inclinaba ante él con pavor. Estábamos acorralados en su juego perverso, sometidos a sus caprichos y su voluntad.

Aquel lugar maldito parecía haber sido forjado a partir de las más oscuras e infernales cavilaciones de ese abominable ser, cuyos pensamientos moldeaban la realidad a su antojo. Cada rincón exudaba su maléfica esencia, como si fuera una extensión de su mente perversa y retorcida. Sus macabros detalles parecían diseñados para atormentarnos y sumirnos en la desesperación más profunda. Era como si la misma realidad se hubiera deformado bajo su influencia malévola, mientras su plexo solar distorsionaba el tejido mismo del espacio y el tiempo.

Muchos de nosotros relatábamos que aquel monstruo había sido convocado por un hechicero desesperado que buscaba un poder que trascendiera los límites del conocimiento. Pero pronto se dio cuenta de que había invocado algo que estaba fuera de su control, una aterradora criatura que albergaba sus propios designios y anhelos.

En sus intentos por someter a aquel omnipotente ser a su voluntad, el hechicero se encontró cautivo en un juego macabro y peligroso. Cada tentativa de dominar a la entidad maligna solo parecía fortalecer su poder y llevarlo más allá de los límites de lo imaginable. La criatura se burlaba de los esfuerzos del hechicero y parecía disfrutar con su tormento, dejándole claro que no había forma de escapar de su influencia.

Con el paso del tiempo, el hechicero se convirtió en una mera sombra de lo que alguna vez fue, consumido por la obsesión de dominar al ente oscuro que había invocado. Su mente descendió a la locura, y su existencia transmutó, adoptando la forma corpórea de un infierno hecho de angustia, desesperanza y desesperación.

Es incuestionable que aquel omnipotente ser constituía la personificación misma del mal, una criatura que había sido concebida en el mismo origen de toda oscuridad para esclavizar a aquellos que se atrevían a desafiar su poder. Era el rey de las sombras, el señor del caos y el infortunio, una entidad que encarnaba todas las fuerzas perniciosas que amenazaban el equilibrio del universo.

Anhelaba alimentarse de nuestro sufrimiento, regocijándose en nuestra desesperación y agonía. Nos observaba desde las sombras, como un espectador sádico que se deleita con el dolor ajeno. Cada día bajo su dominio era un tormento insoportable, una pesadilla interminable de la que no había escape.

Y en medio de este mar de dolor y culpa, los destellos de vidas apacibles que alguna vez vivimos se tornaban en tinieblas distantes, apenas vislumbres efímeros en la vastedad de nuestra existencia en aquel lugar que jamás hubiésemos deseado conocer. Rememorábamos instantes de serenidad y paz, pero su brillo se desvanecía con rapidez ante la implacable inmortalidad que nos rodeaba, sumiéndonos en un vacío aún más profundo.

El peso de los remordimientos se volvía cada vez más asfixiante, como cadenas invisibles que aprisionaban nuestra alma y nos arrastraban hacia el abismo. Las decisiones tomadas, los caminos elegidos, se materializaban ante nosotros como espectros inquietantes que nos atormentaban sin tregua. Las sombras de nuestros errores y arrepentimientos nos recordaban, una y otra vez, que no éramos más que seres fracturados y desgarrados por la aflicción.

Cada intento por encontrar consuelo en aquellos contados bellos recuerdos, sueños y pensamientos se convertía en una tortura insidiosa, y tomábamos consciencia de que, sin importar cuán atrás en el tiempo viajáramos, permaneceríamos aquí, como raíces en la tierra, perpetuando sin descanso la culpa y la pena.

En el corazón de la penumbra y el opresivo silencio, nuestros murmullos se desvanecían en suspiros ahogados, presos en las fisuras de nuestra existencia eterna. En nuestros ojos vacíos y carentes de vitalidad se reflejaban los abismos de todas nuestras vidas entrelazadas, cargados con el implacable peso que soportábamos. Las palabras, antaño llenas de significado y conexión, se habían vuelto meros artefactos huecos y desprovistos de sentido. La mayoría de las veces, nos comunicábamos solo a través de las miradas, impregnadas de una densidad que traspasaba el velo de nuestra ceguera y se adentraba en las profundidades de nuestras almas.

Por el contrario, en determinadas ocasiones nuestro lenguaje se tornaba ágil y cultivado, rebosante de abstracciones, composiciones inimaginables y emociones indescriptibles. Nos parecía como si fuesen burbujas de fantasía capaces de componer un argot colmado de todas las dudas del dolor y del sufrimiento humano.

Por ende, en plena penumbra eterna, hallábamos destellos de inspiración que nos permitían expresar con maestría los tormentos que anidaban en nuestras almas. Nuestras palabras, lastimosas y plañideras, transmutaban en literatura, profunda y sombría, como si obedecieran a un hechizo maléfico. Cada frase cobraba vida propia, resonando con recónditos murmullos de los sentimientos más inocentes y delicados, aquellos que ningún ser humano podría llegar a imaginar.

De entre todas ellas, mis elaboraciones eran, a todas luces, las más sagradas. El resto de aquellos infortunados mostraba una devoción ferviente al escuchar mi dialéctica indescifrable y penetrante, que se convertiría en una enciclopedia de la desesperación. Mis metáforas eran un espejo en el que cada alma perdida podía contemplar su propio sufrimiento y, al mismo tiempo, hallar cierto consuelo en la comunión de nuestras penas.

No obstante, a veces, por alguna extraña razón, las argumentaciones se tornaban oscuras y de enorme violencia, cada vez más extrañas y singulares, cada vez más tóxicas y dañinas, formando un compendio de la desolación. También en aquello los superaba; mis construcciones exhibían un refinamiento de injurias y pérfidos lamentos, un festín de infames deseos y maldad, si acaso eso fuese posible.

En otras ocasiones, mis expresiones se reducían a primitivas maldiciones, como gritos descompuestos que profería extasiado e inconsciente, como si desde mi niñez hubiera estado acostumbrado a escucharlas y utilizarlas, vilipendiando y perjurando aquí y allá.

Durante toda nuestra existencia en aquel lugar, malvivíamos con la certeza de que nuestras palabras evocaban los más atroces maleficios, profanando nuestro propio ser, nuestros nombres, nuestros orígenes y nuestros valores, si acaso en algún remoto tiempo los habíamos albergado. Cada experiencia vivida, cada desilusión, había desgastado nuestra esencia, dejando tras de sí un corazón carcomido y expuesto, tan frágil como las raíces de un árbol anciano.

Aprendimos, sin desearlo, a influenciar y manipular, mientras vomitábamos sin descanso nuestro pesar a otro grupo de noctámbulos, tan quebrados como nosotros mismos. Comprendimos que al particularizar lo general a lo personal, el poder de nuestras palabras era aún mayor, y resultaba del todo imposible escapar del tóxico influjo de nuestra siniestra voz, cada vez más grave y manipuladora.

Era entonces cuando, con una mirada inquisidora de ojos inyectados en sangre y prominentes párpados, pesados y retraídos, nos lanzábamos sermones personales, señalando, cuestionando, acusando y apuntando al otro como si fuera el único ser en aquellos picos montañosos, inertes y estériles, que nos vigilaban sin descanso. De esta manera, transitábamos de lo personal a lo universal. Nos ensañábamos sin compasión con aquellos pobres diablos, frágiles y horrorizados, sin rastro de inocencia alguna por nuestra parte, y los atormentábamos con cuestiones sin solución, con acusaciones veladas y alusiones envenenadas. Nos convertíamos en jueces y verdugos de nuestros propios demonios, proyectándolos en ellos y exigiendo respuestas que se escondían en el laberinto de nuestras mentes.

La palabra se alzaba como un arma afilada, capaz de desgarrar el tejido matricial de nuestras almas. En cada sílaba pronunciada, se desataba una tormenta de comparaciones y juicios, donde la superioridad y la inferioridad se entrelazaban como portentosas garras de un monstruo voraz, devorando nuestra autoestima y avivando el fuego del despiadado ego.

En cambio, era en los silencios donde hallábamos la verdad oculta, los abismos sin fin que se abrían entre nuestras palabras. Nuestras voces resonaban con un sonido hueco, semejante a suspiros ahogados en el vasto vacío de la existencia. Cada gesto, cada mirada, se convertía en un lamento silencioso que transmitía una carga demasiado pesada para ser expresada en palabras. Éramos espectadores y actores de una tragedia sin fin, condenados a repetir el ciclo interminable de acusaciones y reproches.

La tragedia que nos dominaba era ineludible. Aunque los silencios se convirtieran en nuestros cómplices, las heridas abiertas seguían presentes en cada pulsación de nuestros corazones. Nuestras almas eran prisioneras de un pasado que no podíamos borrar y de un futuro infinito que nos atemorizaba.

El silencio nos igualaba, nos envolvía en un manto de oscuridad compartida, donde las disparidades se desvanecían y solo prevalecía la esencia pura de nuestra realidad.

Por momentos, encontrábamos una extraña serenidad al aceptar que el mal que portábamos era transpersonal, que nuestras propias historias de sufrimiento se fusionaban en un engranaje cósmico. Así, nos resignábamos y descubría-

mos una nueva forma de benevolencia nunca antes codificada en la psique humana, una compasión que enriquecería
el contenido arquetípico de nuestro inconsciente, dejándolo
disponible para las generaciones venideras.

Nos entregábamos a la resignación de aceptar que vivir
equivalía a sucumbir al influjo del mal, pero al mismo tiempo, descubríamos la fuerza necesaria para transformarlo. En
el núcleo mismo de esa comprensión, trascendíamos los confines del tiempo y del espacio, como luciérnagas brillando
juntas en una noche estrellada, sosteniendo el humano peso
del dolor. En ese estado de plena consciencia, el tiempo ex-
traviaba su significado y se transformaba en un caleidoscopio
de momentos eternos, mientras nos movíamos entre instantes de todas las épocas de nuestras existencias, deslizándo-
nos en el líquido intersticial de la realidad, libres de ataduras
y limitaciones.

Nos sumergíamos en una realidad distinta, una dimensión vincular y comunitaria, donde cada lazo que forjábamos
resonaba con una vibración ajena al tiempo. En ese espacio,
las sombras del pasado se disolvían sin resistencia, dejándonos redescubrir el significado oculto en sus pliegues, como
si el peso de lo que fue se tornara ligero en nuestras almas.
Y en el silencio, ya no amargo, sino sereno y lleno de matices
invisibles, encontramos una redención improbable que, sin
esperarla, emergía en el latido acompasado de nuestros corazones, vacíos de nostalgia y llenos de paz.

Pese a ello, el malicioso ser también aprovechaba
nuestros descubrimientos, pues incluso lo más creativo, lo
novedoso, tenía sus raíces en él. El extraño hechizo que nos
sometía, bajo su terrible y constante influjo, nos compelía a
perpetuar nuestro tormento desde aquella dimensión social
recién descubierta. Pese a no desear, de ninguna manera,
avivar más aún nuestros demonios internos, mezcla de millones de recuerdos bochornosos de los años que borramos,
de otras vidas.

De esta forma, su maléfica influencia nos obligaba a malgastar centenares de años relatando sin descanso nuestra culpa y depravación. En aquellos dilatados periodos, se nos podía considerar autómatas inconscientes, confesando sin reparo alguno nuestras penosas historias, nuestras antiguas y recientes ansiedades, nuestros presentimientos sombríos, nuestras miserias, nuestro mal. Nuestros labios, prisioneros del delito, derramaban relatos interminables de vergüenza y vicio, sin importar cuánto nos resistiéramos a dejar de hacerlo.

Los pensamientos flotaban en el aire, como susurros entrelazados, ansiosos por aferrarse a las conciencias ajenas. Era un flujo constante de confesiones, remordimientos y temores; un dinamismo lúgubre que trascendía las barreras del tiempo y el espacio.

La carga de la culpa se deslizaba entre nosotros como una amalgama de pecados, falacias y secretos, enredados en una maraña imposible de deshacer, formada por confesiones dolorosas que se conectaban entre sí. Las fronteras entre lo propio y lo ajeno se diluían en la penumbra de este lugar, sumiéndonos en una confusión profunda sobre qué porción de nuestra indignidad nos pertenecía y cuál provenía de los demás. Nos convertimos en receptáculos de las heridas y faltas de aquellos con quienes nos encontrábamos, como si nuestras almas estuvieran destinadas a cargar el sufrimiento de todos. Recuerdo que en algún momento le dije a uno de aquellos cuerpos en descomposición:

—Está bien. No solo has venido aquí a registrar nuestras desgracias. También has traído las tuyas propias.

Hallábamos y reconocíamos como propios resentimientos y presentimientos, pero ahora a través del prisma del otro, asimilando, no sin resistencia, la enorme resonancia energética de todos los que habitábamos este indigno lugar. Mis ojos constituían un par más de los cientos que conformaban estas tinieblas. Donde antes había un solo ser sufriente, *de ojeras*

de la muerte, como dos ases fúnebres de lodo,[19] de párpados caí-
dos y congestionados y dolorida esencia, ahora encontrábamos una pálida y consumida comunidad de sonámbulos de
pasillo, desvelados, desestructurados, desorientados y con
una más que evidente exoftalmía bilateral, como si nuestro exánime cuerpo aún pudiese padecer la enfermedad de
Graves, como si la ciencia médica todavía pudiese emplear
de alguna forma nuestros cuerpos para su estudio. Nos sabíamos fallidos.

Y mi propia historia volvía a llegar, como una rueda que
nunca dejaba de girar, relatada con angustia por el otro, en
una forma intangible y etérea, fluyendo de mente a mente,
saltando de una conciencia a la siguiente en una cascada tur-
bulenta de confesiones y desvelamientos hasta la náusea. Las
emociones se fundían, la culpa se desbordaba y las almas se
ahogaban en un océano de remordimientos colectivos, allá
donde el río de corio vertía sus putrefactas aguas.

Y mientras la marea de lamentos se expandía, nos enre-
dábamos en una maraña de incertidumbre y duda. La frontera que delimitaba nuestra culpa de la ajena se desdibujaba
con cada instante, hundiéndonos en una espiral de introspección y reflexión. Nos debatíamos, engullidos en el abismo
de nuestras propias preguntas, intentando discernir nuestra
identidad y el peso de nuestra responsabilidad en aquel tormento compartido.

Algunos todavía fantaseábamos con el punto específico
de nuestra vida en el que aún nos encontrábamos al borde
del precipicio, añorando con melancolía volver a ese instante
y deseando haber tomado otra decisión vital que nos alejase
de las penosas consecuencias que nos atormentaban. Aun así,
nuestras esperanzas desembocaban en nuevos sufrimientos,
adoptando formas desconocidas hasta entonces, mientras los
malos augurios parecían extenderse sin límite, perdiéndose
en el abismo infinito de oscuridad y silencios.

De este modo, deplorábamos los aborrecibles e infames
destinos ajenos, tanto o más que los nuestros propios. En

---

[19] Texto extraído del poema *Los dados eternos*, de la obra *Trilce* (1919), de César Vallejo.

aquel diálogo circular, el dolor se ensanchaba al tomar nosotros mismos consciencia social, y sentíamos cómo nuestro propio ego se descentralizaba, o más bien, se expandía alcanzando magnitudes extraordinarias. Siguiendo la Teoría del Punto Omega, nuestro mundo estaba evolucionando hacia un estado de consciencia colectiva a través de la descolonización de la razón.

Olvidamos por completo nuestra esfera más íntima e individual para, sin pretenderlo, transformarnos en una unidad colectiva. En consecuencia, todos los sentimientos y pensamientos que nos acosaban y doblegaban se expandían como en la más vertiginosa curva exponencial concebida por el matemático Leonhard Euler.

Aprendimos a comunicarnos de manera no convencional, a través del lenguaje de los gestos vaporosos. En un mundo donde las palabras carecían de utilidad, dominamos el arte de la comunicación no verbal, transmitiendo nuestros pensamientos y emociones a través de miradas elocuentes y significativas muecas. Cada contacto, cada roce, llevaba consigo una carga de significado profundo, y compartíamos en ese lenguaje secreto nuestra lucha, nuestra esperanza y nuestra resistencia.

Nos convertimos en una comunidad de almas enjauladas, compartiendo en silencio nuestra angustia y nuestra determinación de liberarnos de las cadenas impuestas. En un mutismo casi ritual, desciframos símbolos y metáforas que emergían de la penumbra, revelando fragmentos de una verdad escondida tras la ilusión.

Incluso en los sueños, aquel ser maligno extendía sus garras invisibles, penetrando en los rincones más ocultos de nuestras atormentadas mentes. En una de esas noches interminables, subyugados por el laberinto onírico, fuimos arrastrados a una pesadilla indescriptible, un oscuro tormento que desgarraba el alma y se aferraba a nuestra conciencia con la tenacidad de una maldición inquebrantable.

Nuestros padres, alentados por la esperanza de una intervención médica que prometía transformar nuestras vidas, nos llevaron al hospital. Con la inocencia propia de la infancia, nos entregamos confiados al cuidado de los médicos, seguros de que al despertar todo sería diferente, mejor. No obstante, en el frío del quirófano se gestó una tragedia irreparable, una negligencia atroz que desencadenó un destino cruel y definitivo. Ese instante marcó el comienzo de una fractura irreconciliable en nuestras vidas.

Desde entonces, nos hundimos en un reino sombrío y silencioso, un abismo desprovisto de luz o sonido, donde la realidad no era más que una sombra de lo que alguna vez fue. La pérdida de nuestros sentidos y la parálisis de nuestros cuerpos nos separó de forma devastadora del mundo que conocíamos, condenándonos a una existencia que, aunque compartía el mismo espacio físico, se tornó ajena, distante de la realidad que alguna vez creímos nuestra.

Nos encontrábamos sumidos en una quietud perpetua, cercados en cuerpos inertes y privados del don de la percepción. Todo intento de comunicar o de conectar con el mundo exterior era en vano. Nos habíamos vuelto prisioneros de nuestra propia carne, confinados en un misterio sin salida posible.

No estábamos ni siquiera en un estado de coma, pues nuestra conciencia permanecía despierta, vigilante, como un testigo implacable de la desgracia que nos envolvía. Nos sabíamos sumidos en la desdicha, encadenados en un sufrimiento inefable que aprisionaba el alma en una tortura silenciosa. Nuestro tormento giraba en el mismo torbellino caótico de nuestra realidad. ¿Cómo expresar con palabras el sufrimiento insondable que albergábamos en nuestra consciencia atrapada en las sombras? Cada grito ahogado del silencio se perdía en el vasto abismo de la oscuridad infinita, sin la más mínima esperanza de ser escuchado o comprendido.

Estas escuetas palabras resultan insuficientes para plasmar el tormento constante que sufríamos cada día en aquel lugar infernal. Al caer la noche, cuando la fatiga por fin nos vencía, el sueño a veces nos transportaba a un mundo distante y apacible, un reino irreal y desconectado donde el dolor y la angustia parecían desvanecerse. Sin embargo, ni siquiera en esas ensoñaciones la mente lograba hallar un respiro de la cruda realidad del infierno en el que estábamos sitiados, pues una parte de nuestra consciencia subyacente intuía la sombría presencia detrás de esos sueños que parecían tranquilos.

De esta forma, el siniestro ente desplegaba su malévola influencia, entretejiendo los hilos de nuestras vidas oníricas en una maraña intrincada de ilusiones y engaños. Nos convertíamos en marionetas de su macabro espectáculo, condenados a vivir existencias completas en un simple parpadeo, solo para despertar y descubrir que todo era una cruel ficción.

Nos ofrecía visiones ilusorias de seres queridos que se desvanecían en el horizonte, voces que se disolvían en el viento, y palabras que se esfumaban en la vacuidad. Cada intento de establecer un vínculo era un cruel espejismo, una quimera efímera que se desmoronaba ante nuestra mirada impotente.

Despertar de golpe nos arrojaba a la despiadada realidad de aquel espantoso lugar. Esta súbita transición era tan dolorosa como la agonía física cotidiana que soportábamos. La percepción de que el infierno era nuestro hogar y que la eternidad nos aguardaba reforzaba nuestra culpa y el peso de la responsabilidad por haber caído en una morada tan terrible.

En nuestra desesperación, deseábamos hallar la muerte dentro de la misma muerte, anhelando el final más cruel como una vía de escape de este infierno que devoraba nuestra existencia. Aunque temíamos lo que pudiera suceder después, ninguna perspectiva podía rivalizar con la abominable realidad de aquel lugar. Nuestra culpabilidad se extendía como un vasto imperio, capaz de abarcar galaxias y estrellas en el firmamento. El sol, con toda su potencia y resplandor, parecía un insignificante grano de polvo en comparación con la magnitud de nuestra ofensa.

Esta realidad abrumadora nos sumía en un torbellino de risas y lágrimas desenfrenadas, como si fuéramos enfermos desahuciados, afectados por una perturbación pseudobulbar y de incesantes crisis gelásticas. La risa que emitíamos no era alegre ni contagiosa; era un sonido contenido y sombrío, impregnado de la sinestesia del hedor pútrido que saturaba el aire. Se trataba de una risa fragmentada y desarticulada, saturada de la aceptación de una enfermedad incurable, enmascarando una tristeza y melancolía inalcanzables. Surgía de manera espasmódica y enfermiza, una risa maquiavélica que brotaba sin control, mientras nuestras mentes se desintegraban y nuestros cuerpos se consumían en un ciclo eterno de decadencia.

En las entrañas de aquel infierno, donde el aire parecía estancado y el tiempo se estiraba sin fin, la rutina de la desesperación había formado una prisión impenetrable. Cada sombra y cada susurro repetían nuestros fracasos y arrepentimientos en un ciclo que nunca cesaba. Pero un día, atrapado en esa asfixiante monotonía que amenazaba con consumirlo todo, algo insospechado irrumpió, quebrando el ciclo y llenando el aire de una súbita promesa de cambio.

Me encontraba sentado al borde de una roca, encarnando la total desolación, el pavor y la náusea, cuando una extraña vibración atravesó el aire. Al principio, fue un lamento sordo, un reflejo lejano que confundí con una ilusión más, un engaño de mi razón agotada o una artimaña del ser malicioso que distorsionaba la realidad a su antojo. Pero la vibración persistió, ganando fuerza hasta convertirse en un zumbido palpable que resonaba en mi pecho. Me levanté, invadido por una mezcla de miedo y curiosidad, y me dispuse a rastrear el origen de aquel sonido perturbador.

Entonces la vi: una delgada línea, apenas perceptible, se materializó en el aire frente a mis ojos. Al principio, parecía una grieta mínima, irrelevante, como un destello pasajero, algo fácil de ignorar. Pero a medida que la observaba, comenzó a expandirse de forma lenta, como si respondiera a mi mirada. Su crecimiento era hipnótico, transformándose en una abertura, un portal suspendido en el vacío. De repente, un coro de gritos desgarradores emergió de las profundidades de ese abismo, obligándome a retroceder con violencia. Vacilé un instante y temblé.

Hoy sé que su aparición no fue un mero accidente; fue la culminación inevitable de una tormenta interna, gestada a lo largo de años de culpa, dolor y represión. Se trataba de la manifestación física de una fractura total en mi psique, el instante crucial en el que la presión de mi sufrimiento alcanzó un punto crítico, forzando una salida. Era como si la propia estructura de ese infierno, incluso bajo la mirada calmada de la razón, ya no pudiera soportar el peso abrumador de mis emociones reprimidas, cediendo ante la arrolladora intensidad de mi desesperación.

A medida que la abertura se ensanchaba, comencé a percibir una luz suave que surgía desde su interior, en marcado contraste con la oscuridad opresiva que me rodeaba. No era una luz cegadora, sino tibia y acogedora, como el primer rayo de sol al amanecer rozando la piel. Con la luz, llegó un sonido: un pulso rítmico que vibraba en lo más hondo de mi ser. Era el latido de la montaña, el corazón de Arunachala, que me llamaba con fuerza implacable, revelándome una verdad más profunda, inevitable.

Esa apertura no solo era una fisura en la realidad del infierno; era una puerta, una oportunidad de escape. Sentí como si mi alma despertara del puro horror de una pesadilla del espíritu. La esperanza, aunque frágil, contenía una promesa inmensa: la posibilidad de redención. Recordé las palabras de Rajesh, aquel mendigo y guardián de la montaña con quien había compartido un plato de *kachori sabzi* y un poco de *baati chokha*, miles de años atrás: «El infierno y el paraíso no son lugares fijos, sino estados de la mente. Uno puede transformarse en el otro con un simple cambio de perspectiva».

La ruptura insinuaba una verdad inmensa y profunda, más compleja de lo que mi mente podía abarcar. Me acerqué con cautela, mi corazón latiendo al ritmo de una mezcla de temor y fascinación. Desde allí emergía una melodía arcaica, un latido profundo que vibraba en mi pecho, como el eco distante de un tambor ceremonial, retumbando desde los confines del tiempo y acariciando mi ser con la solemnidad de lo eterno.

El miedo que me invadió no era solo a lo desconocido, sino a enfrentar las partes de mí que había sepultado en lo más abismal: verdades que durante tanto tiempo había rehuido. Aquella cavidad era un espejo implacable, reflejando los fragmentos rotos de mi alma que tanto me había esforzado por ocultar. Era como si una herida ancestral se reabriera de golpe, desatando una tempestad de catecolaminas en mi torrente sanguíneo, consecuencia de todos los temores acumulados a lo largo de mi camino.

No obstante, junto al temblor y la náusea, brotó una chispa de esperanza. Aquella abertura no era solo una grieta en la realidad; era un umbral hacia mi integración, una entrada hacia los rincones más recónditos de mi ser que siempre había temido explorar. Al cruzarla, no solo dejaba atrás el infierno, sino que abrazaba mi totalidad, asumiendo con firmeza tanto la luz como la sombra que habitaban en mí en profunda armonía.

Me di cuenta de que el infierno no era un lugar inmutable, sino una construcción moldeable de mi propio ego, un espacio que, al abrirme a él, podía transformar. Y fue entonces cuando me invadió el asombro, una sensación que creía haber perdido hace mucho tiempo. Esta maravilla no era una emoción ordinaria; poseía una cualidad casi sagrada, como si fuera una epifanía íntima y primordial. Me vi a mí mismo, como Kabir en su visión frente al telar, rodeado de una calma y claridad que brotaban desde las profundidades de mi ser. Sentía cómo se expandían desde el plexo solar hasta alcanzar la garganta, como una ola serena de comprensión que envolvía cada rincón de mi consciencia.

Esa revelación me brindó una perspectiva inesperada sobre mi sufrimiento: ya no lo percibía como una condena inexorable, sino como una etapa indispensable en el camino hacia la autocomprensión. Se trataba de un ciclo transitorio, una pieza en el cambiante mosaico de mi existencia que, en lugar de aprisionarme, abría ante mí una oportunidad de crecimiento.

Las paredes del abismo pulsaban, ondulando como si fueran humo en lugar de piedra. El calor que emanaba no abrasaba; al contrario, envolvía mi cuerpo como un abrazo olvidado. Con cada latido, el infierno perdía su solidez, diluyéndose en una irrealidad semejante a un sueño que está a punto de disiparse. La oscuridad, que antes me aprisionaba, comenzó a respirar, y en cada exhalación las figuras grotescas se desmoronaban, mientras los murmullos de desesperanza se desvanecían en un silencio que no brindaba paz, sino la inquietante promesa de lo desconocido.

De repente, un destello de luz rasgó la penumbra, un hilo dorado que se deslizaba sinuoso a través del vacío. Con cada paso que daba hacia esa luz, el suelo bajo mis pies mutaba de ceniza a una tierra firme y tangible, como si la esencia de la vida misma se impregnara en *ella*. El aire se transformó, cargándose de un aroma embriagador a sándalo y flores silvestres, mezclado con incienso y cúrcuma, una fragancia que evocaba los antiguos templos de la India, desterrando por completo el hedor acre de la náusea y la desesperación. Los gritos de angustia se extinguieron, sustituidos por cánticos suaves, odas al destino, susurradas por un coro distante que prometía una paz tan etérea como inalcanzable.

A medida que avanzaba, sentí cómo mi cuerpo se aligeraba, como si las cadenas de culpas y miedos se desmoronaran en polvo a cada paso. La luz dorada se expandió, revelando un sendero serpenteante que se deslizaba hacia un horizonte teñido de colores intensos y vibrantes. La sensación de ascenso era tanto física como espiritual. Con cada paso me distanciaba del abismo que había forjado en mi interior, sintiendo cómo se ensanchaba la brecha entre lo que fui y lo que estaba destinado a ser, en una emancipación que parecía inevitable.

Al fin, al cruzar un umbral invisible, me encontré de nuevo en la cueva en la cima de Arunachala. La bruma de la madrugada se desvanecía con parsimonia, y los primeros rayos de sol acariciaban la tierra rojiza y aceitosa. Ya no me percibía como el hombre que había sido, sino como un tenue vestigio en el interminable flujo del tiempo. En ese preciso instante, comprendí que mi viaje no había sido para hallar respuestas, sino para desenterrar preguntas olvidadas, sepultadas en el fondo de mi ser. Vi mi vida reflejada en cada piedra y cada sombra, y entendí que el infierno que había atravesado no era más que el reverso de una moneda lanzada al abismo en el instante de mi nacimiento, un destino inevitable que solo ahora empezaba a desentrañar.

Mi existencia se reveló, no como una línea temporal, sino como una espiral en constante reconfiguración, donde cada punto era al mismo tiempo principio y fin, albergando todos los posibles futuros y pasados. En el corazón de la montaña, en el soplo del viento, escuché un lenguaje arcano que no hablaba a mis oídos, sino a las fibras más íntimas de mi ser, transmitiendo verdades elocuentes que no podían ser traducidas al lenguaje humano. La montaña, como un espejo fractal de lo infinito, reflejaba mi ser en fragmentos contradictorios que jamás lograrán encajar, y en cada reflejo encontré no solo mi rostro, sino todos los rostros que nunca fui.

Luz y sombra se entrelazaron, y en ese juego de contrastes comprendí que la realidad es un laberinto de espejos infinitos, donde cada reflejo oculta más de lo que revela, un enigma en el que las respuestas se desvanecen al ser formuladas, una ilusión forjada por la conciencia en busca de su propio reflejo.

Sentí cómo mi ser se desvanecía, disolviéndose en una vasta red de almas entrelazadas, comprendiendo al fin que el verdadero viaje no seguía la línea del tiempo ni el vaivén de las decisiones, sino que descendía sin fin hacia las profundidades más oscuras de uno mismo. Hacia un punto sin dimensiones, donde todos los caminos se entrelazan, se enredan, y al final se disuelven, perdiendo no solo su forma, sino también su propósito.

Supe entonces que la búsqueda misma era el destino, y el destino, una pregunta sin fin.

Así culminan estos relatos de lo sutil, el testamento más oscuro y profundo de una vida arrastrada al abismo y vuelta a nacer. No pretenden brillar por su calidad literaria, quizás tan quebradiza como la mente que los engendró, sino por la insondable fractura que abren en el alma y su intento de servir a los demás. Lo que aquí se revela no es para ser admirado ni comprendido, sino para retorcerse en la consciencia, como una sombra que se adhiere y jamás se disuelve.

EPÍLOGO

SOLO CON EL PASO DEL TIEMPO uno llega a comprender cuán equivocado ha estado a lo largo de su vida. Ahora me doy cuenta de que deseo vivir como si no tuviera nada que perder, como si el miedo no existiera, como si cada segundo fuera el último que me queda por experimentar. Quiero hacer el amor como si fuese la última vez, como si cada uno de tus besos fuera el definitivo. Quiero lanzarme al vacío, cantar, reír y llorar; escribir como si las palabras que fluyen fueran las últimas que podría dejar impresas en esta vida.

El último atardecer tumbados en la hierba de Peñalara, refugiándonos del desesperante verano madrileño; el último paseo por las calles de Córdoba, embriagándonos con el aroma del jazmín y del azahar; la última melodía entonada a pleno pulmón; una última mano extendida al necesitado; las últimas carcajadas y las últimas gruesas lágrimas persistentes fluyendo de mis ojos. El último nudo en la garganta, el mismo que ahora siento mientras escribo; el último abrazo a mi amada, a mis padres y a mi hermano. Las últimas palabras murmuradas, la última mirada, tierna y cargada de amor hacia el mundo que pronto dejaré atrás. El último estertor antes de morir, y una última sonrisa, rígida pero plena, en mis labios, mientras mi vida madura se apaga como un invierno que llega a su fin.

Solo cuando a uno le es indiferente perderlo todo, porque ha comprendido que en realidad nada le pertenece, desaparecen los rencores, las preocupaciones, las ataduras y los juicios; se disuelven las falacias, los chantajes, las críticas y las obsesiones; se desvanecen los juegos de poder, las comparaciones, los celos y el deseo de control, dejando solo la serenidad de la libertad interior. Todo aquello que alguna vez dominó nuestros pensamientos se diluye, y con ello el miedo deja de gobernar.

Cuando uno se encuentra listo para desprenderse de todo, está en condiciones de ganarlo todo: el valor, la sabiduría, la congruencia, la serenidad, la claridad, la elocuencia, la honestidad, la sencillez, la humildad, la autenticidad, la libertad, la sinceridad, la compasión, la sensibilidad, la ternura, la inocencia, la consciencia tranquila, la paz, el amor, el vivir de acuerdo con uno mismo.[20] Y es que solo de eso trata la vida, ahora que tanto os preocupa a la mayoría vuestra supuesta vocación y propósito vital. De ocuparnos de nuestro propio jardín.

---

[20] Inspirado en una reflexión de Jesús Quintero.

YO NO SOY JOSE LUNA. YO SOY CUALQUIERA.

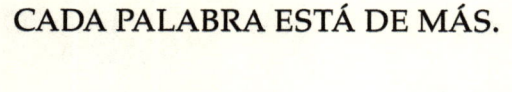

CADA PALABRA ESTÁ DE MÁS.